AF304539

Elisa Rimpach ist das Pseudonym des Autors Matthias Ernst, der 1980 in Ulm geboren wurde. Er arbeitet tagsüber als Psychologe mit Vorschulkindern und schreibt abends Krimis, Thriller und historische Romane. Im dp Verlag erschienen zuletzt die Thriller „Der Therapeut" und „Die Professorin". Matthias Ernst lebt mit seiner Familie, einer betagten Schildkröte und einer neurotischen Hundedame in Oberschwaben.

ELISA RIMPACH

SCHATTEN DER FREIHEIT

DIE GROSSE MÜNCHEN-SAGA

Erstausgabe September 2023

Copyright © 2023 dp Verlag, ein Imprint der
dp DIGITAL PUBLISHERS GmbH
Made in Stuttgart with ♥
Alle Rechte vorbehalten

SCHATTEN DER FREIHEIT

ISBN 978-3-98778-710-2
E-Book-ISBN 978-3-98778-609-9

Covergestaltung: Anne Gebhardt
Umschlaggestaltung: ARTC.ore Design
Unter Verwendung von Abbildungen von
commons.wikimedia.org: © Photochrom Print Collection
stock.adobe.com: © teerawit
shutterstock.com: © Tomsickova Tatyana
Trevillion: © Ildiko Neer / Trevillion Images
Lektorat: The Write Spirit
Satz: dp DIGITAL PUBLISHERS GmbH
Druck und Bindung: Books on Demand GmbH, Norderstedt

KAPITEL 1

München, Sedantag 1899

„Ich weiß nicht, was soll es bedeuten, dass ich so traurig bin …"

Die Stimme erhob sich rein und klar über die Gitarrenakkorde. Die Geräusche, die eben noch das Café Noris erfüllt hatten, das allgegenwärtige Klirren der Gläser, das Lachen, das Husten und das Brummen der Gespräche, traten in den Hintergrund und verstummten schließlich.

„Ein Märchen aus uralten Zeiten, das kommt mir nicht aus dem Sinn."

Isolde spürte, wie sich Emilys kalte Finger um ihre schlossen und fest zudrückten.

„Die Luft ist kühl und es dunkelt und ruhig fließt der Rhein."

Die Sängerin, eine schlanke Brünette mit funkelnden, braunen Augen, erhob sich und nahm die Pose einer Operndiva ein.

„Der Gipfel des Berges furu-unkelt im Abendsonnenschein."

Es dauerte einen Augenblick, bis das erste Kichern die andächtige Stille durchbrach. Isolde schreckte hoch, als sich der neben ihr sitzende Maler Wengenroth, ein stattlicher Mann mit einem eindrucksvollen Schnurrbart, auf den feisten Schenkel klopfte und in ein brüllendes Lachen ausbrach. Gleich darauf stimmte der ganze Saal ein. Die Sängerin lächelte verschmitzt und verbeugte sich tief, während die Menge klatschte und johlte.

„Das nenne ich einen Auftritt!", sagte Emily, die zwei Finger in ihren Mund steckte und einen lauten Pfiff ertönen ließ, der Isolde in den Ohren wehtat. Emilys Wangen waren gerötet und ihre Augen glänzten.

„Kennst du die Frau?", fragte Isolde.

„Ja, das ist Franziska zu Reventlow. Die haben wir doch schon ein paar Mal getroffen."

Isolde kniff die Augenbrauen zusammen. Sie konnte sich vage an das Gesicht der Sängerin erinnern, aber sie war sich sicher, dass sie noch nie mit ihr gesprochen hatte. „Ist sie eine Soubrette?", fragte sie.

„Sie ist viel mehr als das", mischte sich Wengenroth mit seinem Brummbass in das Gespräch ein. „Sie ist eine wahre Künstlerin. Ihr Leben ist Kunst. In ihr sind die Musen wieder geboren."

„Alle auf einmal?" Die Frage kam von der anderen Seite des Tisches und gestellt hatte sie ein spindeldürrer Mann, der damit beschäftigt war, eine Meerschaumpfeife zu stopfen, die beinahe halb so groß war wie sein Kopf.

„Nun, ganz sicher Euterpe, Melpomene, Erato, Thalia, Polyhymnia und Kalliope. Vielleicht auch Terpsichore, eher nicht Klio und Urania", sagte Wengenroth.

Isolde spürte, wie Emily ihr den Ellbogen in die Seite drückte. „Urania, das wäre deine Muse, oder? Die Schirmherrin der Astronomie."

„Ja, wenn mich eine Muse küssen würde, dann wohl am ehesten die. Oder Kalliope, die deckt die Wissenschaften ab", sagte Isolde und lachte.

Emily zog sie zu sich heran und Isolde spürte, wie sich die weichen Lippen ihrer Freundin für einen Wimpernschlag auf die ihren legten. Aus den Augenwinkeln sah sie, wie das schmunzelnde Gesicht ihres Gegenübers hinter der Meerschaumpfeife verschwand.

„Dass das klar ist: Die einzige Muse, die dich küssen darf, bin ich", sagte Emily.

„Wohl gesprochen", erwiderte Wengenroth und nahm einen gewaltigen Zug aus seinem Maßkrug.

Isolde sah auf ihre Uhr. Es war kurz vor elf. „Ich muss bald aufbrechen", sagte sie zu Emily. „Morgen muss ich früh raus."

Ihre Freundin seufzte. „Ach, Isibella, das Leben ist zu kurz und zu süß, um es zu verschlafen."

Isolde biss sich auf die Zunge, um die Antwort für sich zu behalten, die ihr über die Lippen kommen wollte. Natürlich hatte Emily leicht reden. Sie musste nicht in aller Frühe aufstehen und zur Arbeit ins Atelier *Elvira* eilen.

„Ich werde trotzdem gehen", sagte Isolde und winkte der Kellnerin.

„Sei doch keine Spaßbremse", entgegnete Emily naserümpfend.

„Hören Sie auf Fräulein Winter", sagte das Männchen mit der Meerschaumpfeife. Seine Stimme drang durch einen dichten Schleier aus Tabakqualm. „Carpe noctem."

„Müssen Sie morgen Früh arbeiten?", fragte Isolde.

Er kicherte. „Ich arbeite hier und jetzt. Ich bin Dichter und wo, wenn nicht hier, sollte ich die Eindrücke für meine Werke finden."

Die Kellnerin kam und Isolde bezahlte ihre und Emilys Getränke. Dann stand sie auf.

„Na gut", knurrte ihre Freundin und erhob sich ebenfalls. Sie knickste vor den anwesenden Herren und ließ zu, dass Wengenroth ihr in den Mantel half. Trotzdem dauerte es noch eine gute Viertelstunde, bis sie sich von allen Freunden und Bekannten verabschiedet hatten. Als sie endlich auf der Leopoldstraße standen, atmete Isolde tief ein. Die frische, nach Spätsommer duftende Luft tat ihr wohl.

„Und nun?", fragte Emily.

„Soll ich dich nach Hause begleiten?"

Ihre Freundin zuckte mit den Achseln. „Der Umweg wird dich mindestens zwanzig Minuten deines wertvollen Schlafes kosten", sagte sie.

Isolde seufzte. „Das ist es mir wert."

„So so", erwiderte Emily. Sie hakte sich unter und gemeinsam schlenderten sie die Straße entlang. Die Sterne funkelten von einem wolkenlosen Himmel und die Stadt leuchtete.

„Hast du viel zu tun morgen?", fragte Emily.

Isolde nickte. „Sophia ist auf einer Frauenkonferenz in Nürnberg und deshalb werde ich die nächsten Tage alleine fotografieren."

„Es ist ein Jammer, dass sie und Anita sich getrennt haben", sagte Emily.

„Ja, die beiden hatten so gut zusammengepasst."

„Meinst du, wir passen besser zusammen?"

Isolde hielt inne und sah ihre Freundin an. Ihre Kehle wurde eng und sie spürte, wie ihr Mund auszutrocknen begann. „Ich denke ... ich denke ... natürlich."

Emily lächelte. Sie löste ihre Hand aus Isoldes Griff und legte sie auf ihre Brust. „Du sollst nicht denken, Isibella", flüsterte sie und Isolde lief ein wohliger Schauer den Rücken hinab, wie jedes Mal, wenn Emily sie bei dem Kosenamen nannte, den sie ihr zu Beginn ihrer Beziehung gegeben hatte. „Wie oft habe ich dir das schon gesagt? Du sollst es fühlen."

Sie beugte sich vor und küsste Isolde kurz und flüchtig auf die Lippen. Die beiden sahen sich um, aber keiner der Passanten schien Notiz von ihnen nehmen zu wollen. Emily lächelte. Dann verzog sich ihr Gesicht zu einer Grimasse und sie wurde von einem jähen Hustenanfall geschüttelt.

„Ist alles in Ordnung?", fragte Isolde besorgt.

Emily winkte ab. „Alles gut. Aber vielleicht war es doch keine schlechte Idee, nach Hause zu gehen. Bringst du mich ins Bett?"

Isolde grinste. „Aber gerne doch."

***

Elsa beugte sich über das Bett und drückte ihre Lippen auf die Stirn des Jungen.

„Liest du mir eine Gute-Nacht-Geschichte vor?", fragte Hermann.

Sie küsste ihn noch einmal.

„Ich fürchte, dafür bleibt keine Zeit mehr. Das muss wohl Eulalie übernehmen."

Der Vierjährige verzog das Gesicht und seine blauen Augen füllten sich mit Tränen. Elsa schluckte.

„Was hältst du davon, wenn wir morgen in den Englischen Garten gehen? Nur du und ich?", schlug sie vor.

Sofort änderte sich der Gesichtsausdruck ihres Sohnes. Seine Mundwinkel zuckten nach oben und entblößten ein noch unvollständiges Gebiss.

„Au, gerne, das wird fein."

Sie küsste ihn erneut auf die Stirn, dann ging sie zur Tür. Ehe sie den Raum verließ, blickte sie zurück. Ihr Sohn hatte sich auf die Seite gedreht und die Augen geschlossen. Er sah aus wie ein Engel mit seinen blonden Haaren und der feinen, weißen Haut. Elsa lächelte und spürte, wie ein warmes Gefühl sie durchströmte. Sie ging in ihr Ankleidezimmer und drückte auf den Klingelknopf, der vor Kurzem als Ersatz für die schon etwas abgewetzte Schnur installiert worden war.

Sie nahm vor dem Schminktisch Platz und gleich darauf hörte sie, wie die Tür geöffnet wurde und sich rasche Schritte näherten. Im Spiegel sah sie, dass Edith, ihre Zofe, an das Frisierzeug gedacht hatte. Sie trug es in einem Korb mit sich, aus dem sie Bürsten, Spangen und den Ondulierstab hervor holte und auf den Tisch legte.

„Wie hätten es die gnädige Frau gerne?", fragte das Mädchen.

„Simpel. Der Empfang des Grafen von Mexenstein ist kein allzu prächtiger Anlass. Kämmen Sie mich und stecken Sie mir das Haar hoch. Eine weiße Rose oder etwas in der Art könnten Sie noch hineinflechten."

Die Zofe machte sich an die Arbeit. Elsa schloss die Augen und atmete tief durch. Der heutige Abend war eine Pflichtveranstaltung, keine Kür. Sie musste nicht glänzen und mit ein wenig Glück würde sie sich sogar amüsieren.

Als Edith die Frisur fertiggestellt hatte, begann Elsa damit, sich zu schminken. Sie trug Lippenstift auf, applizierte Rouge und einen Schönheitsfleck auf ihre linke Wange. Die Augen hob sie mit einem Kajal ein wenig hervor. Dann befahl sie der Zofe, ihr in das Kleid zu helfen, das sie am Nachmittag herausgesucht hatte. Es war pfirsichfarben und würde einen reizvollen Kontrast zu ihren dunklen Haaren bilden.

Als sie fertig angezogen war, betrachtete sie sich im Spiegel. Was sie sah, stellte sie mehr als zufrieden. Sie hatte sich gut gehalten. Nach Hermanns Geburt hatte sie ein wenig mit ihrem Gewicht zu kämpfen gehabt, aber inzwischen war sie so schlank wie zuvor. Ihr Teint war gesund und ihre Augen glänzten vor Unternehmungslust.

Es klopfte an der Tür und ohne eine Aufforderung abzuwarten, trat ihr Ehemann ein. Eugen nickte ihr knapp zu. Edith knickste und eilte aus dem Raum.

„Guten Abend", sagte Elsa.

Er antwortete nicht.

„Ich bin fertig, wollen wir dann los?", fragte sie.

Eugen nickte. „Denk bitte daran, dass das heute ein wichtiger Abend für mich ist", sagte Eugen. „Der Graf von Mexenstein ist einer der besten Kunden unserer Bank. Er sollte uns weiterhin gewogen bleiben."

„Habe ich dich in dieser Hinsicht jemals enttäuscht?", fragte Elsa.

Er blieb ihr eine Antwort schuldig. Nicht einmal einen Blick wollte er ihr gönnen. Sie kniff die Lippen zusammen und folgte ihm hinaus ins Treppenhaus, wo Edith mit dem leichten Mantel auf sie wartete. Nachdem sie ihn angelegt hatte, ging sie die Treppen hinab und trat ins Freie. Der Kutscher war bereits vorgefahren. Er half ihr in den Wagen. Ihr Mann stieg nach ihr ein.

Wie üblich verlief die Fahrt in bleiernem Schweigen. Eugen sah aus dem Fenster zu seiner Linken und Elsa beobachtete die vorüberziehenden Häuser auf der anderen Seite. Die Stille war nicht so schwer und schneidend wie am Anfang ihrer Ehe. Sie hatte sich daran gewöhnt und nun war es ihr gleichgültig. Es hätte sie eher überrascht, wenn ihr Mann etwas zu ihr gesagt hätte.

Nach einer knappen Viertelstunde hielt der Wagen vor einem hell erleuchteten Palais. Der Kutscher half ihr beim Aussteigen. Eugen trat neben sie und reichte ihr den Arm. Sie legte ihre Hand darauf und gemeinsam stiegen sie die Treppen zur Eingangstür hinauf. Ein Page führte sie in den Salon. Elsa ließ den Blick durch den Raum schweifen. Die übliche Mischung aus uniformierten Offizieren, Herren in Fräcken und Damen in Abendkleidern.

Ein kleiner Mann mit einem kugelrunden, kahlen Kopf trat auf sie zu. Eugen nahm Haltung an. Elsa hielt ihm ihre behandschuhte Rechte entgegen, die er küsste.

„Graf von Mexenstein“, sagte sie mit ihrer fröhlichsten Stimme. „Es ist mir eine große Freude, Sie zu sehen. Mein Mann und ich danken Ihnen von Herzen für Ihre Einladung.“

Der Gastgeber lächelte ihr zu, während er Eugen mechanisch die Hand schüttelte.

„Und mir ist es erst eine Freude, Sie bei mir begrüßen zu können. Sie beide sind das prächtigste Paar der Münchener Gesellschaft. Kommen Sie, ich möchte Sie meinen Geschäftspartnern vorstellen."

Er führte sie zu einer Gruppe von befrackten Herren, in denen Elsas geübter Blick sofort die Unternehmer erkannte. Ein Mann stach besonders daraus hervor und bei seinem Anblick musste sie ein Schnauben unterdrücken.

„Herr von Berlitz", sagte sie mit zuckersüßer Stimme, als er ihr die Hand schüttelte. „Sie habe ich ja schon seit Ewigkeiten nicht mehr gesehen."

Der alte Rivale ihres verstorbenen Vaters musterte sie mit einem kühlen Blick. „Aber Sie haben mich gleich wiedererkannt."

Sie lächelte ihm zu, nahm einen Champagnerkelch vom Tablett eines vorbeieilenden Pagen und sagte: „Ich bin noch gar nicht dazu gekommen, Ihnen zur Erhebung in den Adelsstand zu gratulieren."

„Danke", erwiderte der Unternehmer. „Ich sehe, dass es Ihnen prächtig geht. Nach dem Tod Ihres Vaters und der Pleite seiner Firma waren Ihre Aussichten nicht gerade rosig."

Sie nahm einen Schluck und der perlende Alkohol schien ihr sofort die passende Erwiderung auf die Lippen zu legen. „Ja, prächtig ist das richtige Wort dafür. Sehen Sie uns an. Das glücklichste und strahlendste Paar in München."

Er legte den Kopf schief und erwiderte mit kalter Stimme: „Nun, wenn dem so sein sollte, freut mich das für Sie."

Von Berlitz nickte ihr zu und ging davon.

Sie sah ihm nach und spürte, wie eine alte Wut an ihrem Herzen nagte.

KAPITEL 2

München, Montag, 4. September 1899

Isolde gähnte. Sie stieg die Treppe ins Erdgeschoss der windschiefen Villa ihres Onkels hinab. Das Ratschen der Kaffeemühle drang an ihr Ohr und gleich darauf zog ihr der verführerische Duft frisch gemahlener Bohnen in die Nase.

„Guten Morgen, Zenzi", sagte sie, als sie die Küche betrat.

„Guten Morgen, Fräulein Isolde", erwiderte die Haushälterin. Sie zog einen Stoffhandschuh über, griff nach dem kupfernen Wasserbehälter auf dem Herd und goss kochendes Wasser auf das Kaffeepulver in der Kanne.

„Den habe ich bitternötig", sagte Isolde. Sie setzte sich an den Tisch. Zenzi stellte ihr eine Tasse hin und füllte einen Schwall des braunen Getränks hinein. Isolde nahm einen vorsichtigen Schluck und fühlte sich sofort belebt.

„Ist es gestern Abend wieder später geworden?", fragte Zenzi in dem leicht vorwurfsvollen Ton, den Isolde nur allzu gut an der Haushälterin kannte.

„Ja, leider. Und heute bin ich allein im Studio."

„Das dürfte doch kein Problem für dich darstellen", hörte sie ihren Onkel sagen. Sie wandte sich um und sah ihn im Türrahmen stehen. Er rieb sich die rechte Hüfte und sein Gesicht war schmerzverzerrt.

„Guten Morgen", sagte sie. „Ja, das kein Problem. Eher eine willkommene Herausforderung. Sind die Schmerzen wieder schlimmer geworden?"

Er winkte ab.

„So ist es eben, wenn man alt wird. Das ist nicht der Rede wert."

Er setzte sich ihr gegenüber und nahm einen Schluck aus der Tasse, die Zenzi ihm hinschob.

„Ah, herrlich", sagte er, lehnte sich zurück und schloss die Augen für einen Moment. „Wie läuft es denn im Atelier?"

„Blendend. Wir können uns vor Anfragen kaum retten. Der Neubau war die beste Reklame für das *Elvira*."

Der Onkel zwinkerte ihr zu. „Ich könnte mir aber auch vorstellen, dass nicht wenige Kunden von der Fassade abgeschreckt werden."

Isolde zuckte mit den Achseln. „Das sind dann wahrscheinlich genau diejenigen, die wir ohnehin nicht fotografieren wollen."

„Schön, dass ihr euch das aussuchen könnt", sagte der Onkel und schmunzelte.

„Wie läuft es bei dir?", fragte Isolde.

Er lächelte. „Ich habe gestern ein Bild verkauft und der Landwirtschaftsminister hat für sein Büro etwas Großformatiges in Auftrag gegeben."

„Das ist schön zu hören."

„Ja, ich scheine in meiner Nische überleben zu können. Die Kunst marschiert zwar mit Riesenschritten voran, aber wenn es so weitergeht, werde ich bis ans Ende meiner Tage meinen Lebensunterhalt mit Kühen verdienen. Vorausgesetzt, die Gicht lässt es zu."

„Dann müssen der Herr Kunstmaler eben auf Vorrat malen", warf Zenzi ein.

„Ach Zenzi, was würde ich nur ohne dich tun", rief er und lachte.

„Verhungern", sagte die Haushälterin trocken und stellte einen Teller mit Rührei vor ihn auf den Tisch.

„Ich muss los", sagte Isolde. Sie nahm eine Scheibe Brot und eilte in den Flur, wo sie sich ihren Mantel überwarf. Es war ein herrlich warmer Morgen. Die Vögel sangen und die frische Luft weckte ihre Lebensgeister. Sie holte das Fahrrad aus dem Schuppen, schob es auf die Straße und schwang sich darauf.

Das Fahrradfahren hatte sie erst im Zuge ihrer Beziehung zu Emily für sich entdeckt. Gemeinsam hatten sie München und Umgebung erkundet. Der größere Bewegungsradius, den die Räder boten, hatte es ihnen erlaubt, verschwiegene Plätzchen in der Natur zu finden, an denen sie vor neugierigen Augen und Ohren sicher waren. Isolde wollte das Radeln nun nicht mehr missen. Zudem war sie so viel schneller bei der Arbeit.

Nach fünf Minuten hatte sie die Von-der-Tann-Straße erreicht. Schon von Weitem sah sie die Fassade des Atelierneubaus. Das Haus schmiegte sich in eine Lücke zwischen zwei größeren Gebäuden und doch stach es hervor. Dies lag vor allem an den auffällig geformten Fenstern, die aussahen wie kleine, von Ästen durchzogene Höhlungen, und den Stuck-Ornamenten, die an der Fassade angebracht worden waren. Dort prangte ein riesiges, fantastisches Tier, das Isolde an eine Mischung aus Seepferdchen und Drachen erinnerte. Es hatte große Debatten ausgelöst und jeder, mit dem sie darüber gesprochen hatte, schien es entweder zu lieben oder es zu hassen. Immerhin hatte es das Atelier *Elvira* im Gespräch gehalten.

Sie stellte das Fahrrad im Innenhof des Gebäudes ab und ging durch die Hintertür hinein. Auch der Empfangsbereich zeichnete sich durch Formen aus, die sie eher in einer Höhle vermutet hätte als in einem Neubau. Überall waren geschwungene Linien vertreten. Das Geländer der Treppe, die in den ersten Stock führte, war aus unbearbeitetem Holz gefertigt, der Tresen mit aufwendigen Schnitzereien verziert. Dahinter stand Auguste, das neue Lehrmädchen.

„Guten Morgen", sagte Isolde.

„Grüß Gott. Die Frau Hoffmann ist schon da."

Isolde schenkte ihr ein Lächeln. Sie mochte das schüchterne Mädchen, das zwar nur wenige Worte von sich gab, aber bei ihren ersten Fotografien bereits ein beachtenswertes Talent durchscheinen lassen hatte. Ein besonderes Händchen schien sie für Retuschierarbeiten zu haben.

„Danke", sagte Isolde. „Wie viele Termine haben wir heute?"

„Siebzehn. Ich hoffe, das ist nicht zu viel."

Isolde winkte ab. „An manchen Tagen hat Frau Goudstikker die doppelte Menge. Das sollte ich schaffen. Hat sie noch irgendwelche Nachrichten für mich hinterlassen?"

Auguste reichte ihr einen Briefumschlag, den Isolde rasch öffnete. Sie las die Zeilen und auf ihrem Gesicht breitete sich ein Lächeln aus.

Liebe Isolde,

danke, dass du mich vertrittst, während ich den Kampf für die Rechte unserer Geschlechtsgenossinnen ausfechte. Fühle dich wie zu Hause in unserem Studio und mach den Mädchen klar, dass du jetzt die Herrin im Hause bist. Vor allem aber: habe Spaß und Freude am Fotografieren.

Bis bald

Sophia.

Sie schob den Brief in die Tasche, legte ihren Mantel an der Garderobe ab und stieg die Treppe hinauf. Vor der Studiotür saß bereits die erste Kundin. Isolde begrüßte sie und bat sie um ein paar Minuten Geduld. Dann betrat sie das Studio, um alles für die Aufnahmen vorzubereiten. Sie zog die Vorhänge vom Oberlicht zurück, nahm die Schutzhaube der Kamera ab und holte Platten aus dem Lager. Schließlich bat sie die Kundin herein.

„Was kann ich heute für Sie tun?“, fragte sie.

Frau Hoffmann lächelte schüchtern. „Ein Porträt. Für meinen Mann.“

„Gut, dann wollen wir mal anfangen.“

***

Elsa drückte den Klingelknopf und Augenblicke später betrat Edith ihr Ankleidezimmer.

„Haben die Herrschaft gut geschlafen?“, fragte die Zofe.

„Ja, fast zu gut." Elsa sah aus dem Fenster. Die Sonne war schon vor einiger Zeit aufgegangen und stand nun golden am Horizont.

„Kämmen Sie mich und dann stecken Sie mir die Haare hoch. Einfach und schmucklos. Ich werde heute ausgehen und ein Hütchen tragen."

Sie lehnte sich zurück und überließ sich den geschickten Fingern der Zofe. Währenddessen ließ sie den gestrigen Abend Revue passieren. Der Empfang war glanzvoll gewesen und zu aller Überraschung war kurz vor Mitternacht der Sohn des Prinzregenten erschienen. Viel wichtiger war aber, dass der Gastgeber kaum die Augen von Elsa hatte lassen können. Das schmeichelte ihrer Eitelkeit, weil es sie ihrer Wirkung bewusst werden ließ. Und sie hatte die Aufgabe erfüllt, die Eugen ihr gestellt hatte. Der Graf würde beim Gedanken an das Geldinstitut immer einen Hauch des Gefühls empfinden, das die Gattin des Bankiers in ihm hervorgerufen hatte.

Als Edith fertig war, wusch sich Elsa das Gesicht und kleidete sich an. Dann ging sie die Treppe hinab in den Speisesaal. Eugen saß bereits am Frühstückstisch. Er hatte die Zeitung aufgeschlagen. Das Sonnenlicht fiel auf seine Wange und ließ die Mensurnarbe glänzen. Elsa verspürte einen Anflug des Gefühls, das sie empfunden hatte, als sie ihn zum ersten Mal gesehen hatte. Ihr wurde leicht ums Herz und ihr Mund trocknete aus. Sie spürte ein Kribbeln in der Magengrube und ein fast vergessenes Verlangen erwachte.

Eugen hob den Blick und musterte sie mit kalten Augen. Die Emotion erstarb wie eine Blume, die dem Nachtfrost ausgesetzt war. Er grüßte sie nicht, sondern vertiefte sich wieder in die Lektüre der Zeitung. Elsa verzichtete ebenfalls darauf, ihm einen guten Morgen zu wünschen. Sie wusste, dass es zwecklos war. Zu Beginn ihrer Ehe hatte sie noch versucht, ihn für sich zu gewinnen, aber an seiner kalten Fassade waren alle ihre Avancen abgeprallt. Sie schenkte sich Kaffee ein und nahm eine Scheibe Toast, die sie mit Butter und Orangenmarmelade bestrich.

Gedankenverloren biss sie ein Stück ab und überlegte, wie sie den Tag gestalten sollte. Eugen legte die Zeitung auf den Tisch, faltete sie zusammen und erhob sich. Ohne seine Frau eines Blickes zu würdigen, verließ er den Speisesaal. Ein Gefühl der Leere breitete sich im Raum und in Elsa aus. Sie sah ihm nach, wehmütig, traurig, in dem Wissen, ihn nie für sich gewinnen zu können.

Sie rief nach dem Butler und bat ihn, das Kindermädchen zu holen. Eulalie Grammont, eine junge Französin, kümmerte sich seit nunmehr einem halben Jahr um Hermann. Sie trat ein, knickste und sah Elsa fragend an.

„Richten Sie bitte Hermann her. Er soll für einen Ausflug in den Englischen Garten entsprechend angezogen sein", sagte sie.

Eulalie nickte, knickste und zog sich zurück. Elsa sah ihr mit finsterer Laune nach. Sie war sich sicher, dass Eugen mit dem Mädchen schlief. Aber an Derartiges war sie inzwischen gewöhnt. Ironischerweise waren sie nie Mann und Frau in dem Sinn gewesen, der ursprünglich dazu geführt hatte, dass sie geheiratet hatten. Eugen hatte ihr Bett kein einziges Mal aufgesucht.

Eulalie kehrte mit Hermann zurück. Er trug einen blau-weiß gestreiften Matrosenanzug und eine passende, dunkelblaue Mütze, deren Rand golden eingefasst war.

„Gehen wir in den Park?", fragte er.

Elsa erhob sich und trat ihm entgegen. „Aber natürlich, das habe ich dir doch versprochen."

Er rannte auf sie zu und sie breitete die Arme aus. Sie spürte seinen warmen, kleinen Körper, der sich eng an sie schmiegte. Eine Welle der Liebe zu ihrem Kind überflutete sie und wusch alle Zweifel davon, ob es richtig gewesen war, den Weg einzuschlagen, der sie hierher geführt hatte.

Sie setzte Hermann wieder auf den Boden und nahm ihn bei der Hand.

„Soll ich die Kutsche anspannen lassen?", fragte der Butler.

„Nein, Graham, wir gehen zu Fuß."

„Wie gnädige Frau wünschen."

Er öffnete die Tür zur Eingangshalle und Elsa trat mit ihrem Sohn hindurch. Hermann hüpfte an ihrer Hand die Stufen der Treppe vor dem Eingangsportal des Lampeck'schen Palais hinab und jauchzte dabei vor Freude.

Sie spazierten in Richtung des Englischen Gartens. Die Bäume waren noch grün, die Luft noch warm, das Licht noch hell. Elsa spürte, wie sich ein Gefühl der Freiheit in ihr ausbreitete. Und ein Gefühl des Stolzes. Sie ging mit ihrem Sohn, dem Erben des Titels und der Privatbank derer von Lampeck spazieren, präsentierte sich und ihre Familie vor aller Augen und war sich der Bewunderung der Passanten gewiss.

Als sie den Eingang des Parks erreichten, riss Hermann sich los und jagte auf eine Gruppe von Tauben zu, die auf dem Kiesweg saßen und irgendetwas vom Boden aufpickten. Die Vögel stoben auseinander und ihr Sohn lachte und kreischte. Elsa suchte sich eine Bank, von der aus sie das Spiel des Jungen beobachten konnte. Sie nahm Platz und ließ den Blick über die weiten Wiesenflächen und den alten Baumbestand des Englischen Gartens schweifen. In der Ferne ragte die Pagode auf. Überall waren Spaziergänger unterwegs. Teilweise alleine, meist jedoch paarweise.

Der Anblick versetzte ihr einen Stich. Sie war seit nunmehr dreieinhalb Jahren verheiratet und doch hatte ihr Ehemann sie kein einziges Mal zu einer Promenade ausgeführt. Oft war sie an seinem Arm gegangen, aber ausschließlich bei offiziellen Gelegenheiten, bei denen er die Bank oder die Familie repräsentiert hatte.

Sie war noch nie mit ihm spazieren gewesen. Selbst in der Phase vor ihrer Hochzeit, als er alles daran gesetzt hatte, sie zu verführen, hatten sie sich bei gesellschaftlichen Anlässen getroffen. Promeniert war sie nur mit Werner Müller, dem stocksteifen Reserveleutenant. Sie ertappte sich bei dem Gedanken, wie es ihm wohl erging und was aus ihr geworden wäre, wenn sie sich nicht für Eugen, sondern für Müller entschieden hätte.

„Mama, schau mal!"

Hermanns Ruf riss sie aus ihren Überlegungen. Er deutete auf ein Eichhörnchen, das einen Baum hinauf eilte. Lachend klatschte er in beide Hände und der

Anblick löste eine wilde Freude in Elsa aus. Wie gut, dass sie sich nicht für Müller entschieden hatte!

KAPITEL 3

München, Mittwoch, 6. September 1899

Elsa ließ sich von dem Kutscher aus dem Wagen helfen, lehnte aber ab, als dieser anbot, Hermann aus dem Fond zu heben. Sie öffnete die Arme und ihr Sohn warf sich mit Schwung hinein. Elsa wirbelte mit ihm ein paar Mal um ihre Achse, bis ihr schwindelig wurde. Der Junge jauchzte und quietschte und über ihren Rücken breitete sich eine wohlige Gänsehaut aus.

Sie setzte Hermann ab, nahm ihn bei der Hand, beauftragte den Kutscher, sie abends wieder abzuholen, und ging durch den Vorgarten auf das Haus des Onkels zu. Isolde hatte mit Emilys Hilfe ganze Arbeit geleistet. Wo zuvor abgestorbene Sträucher und gelbe Grasbüschel einen traurigen Anblick geboten hatten, blühten nun späte Rosen auf einem ordentlich gepflegten, kurz geschnittenen Rasen.

Zenzi erwartete sie an der Tür. Hermann riss sich von Elsas Hand los und stürmte auf die Haushälterin ihres Onkels zu.

„Sensi!", rief er.

Auf dem faltigen Gesicht der alten Frau breitete sich ein ungewohntes Grinsen aus. Sie nahm den Jungen in die Arme und hob ihn hoch.

„Ich hab Apfelstrudel gebacken", sagte sie und Hermann stieß einen Jubelschrei aus.

Elsa begrüßte Zenzi mit einem Lächeln und trat in den Flur.

„Der Herr Kunstmaler ist in seinem Atelier", sagte die Haushälterin und setzte Hermann wieder auf den Boden. Elsa nahm seine Hand und führte ihn in den hinteren Teil der Villa, in dem sich die Arbeitsräume ihres Onkels befanden.

Dieser stand vor einer riesigen Leinwand und betrachtete einen Kuhkopf, aus dessen glänzend feuchtem Maul sich eine rosafarbene Zunge hervor schlängelte wie eine Blindschleiche.

„Muh!", rief Hermann.

Der Onkel drehte sich um. Seine kleinen Augen funkelten und in seinem Bart öffnete sich ein breiter Spalt, als er in ein herzhaftes Lachen ausbrach.

„Grüß dich!", sagte er und trat auf Elsa zu. Er kniff Hermann sanft in die Wange und umarmte dann seine Nichte. Sie roch Knoblauch und Zwiebeln und Altherrenschweiß, aber gleichzeitig fühlte sie sich so wohl und geborgen wie schon lange nicht mehr.

„Dann wollen wir mal schauen, was wir gemeinsam malen", sagte der Onkel und Hermann klatschte in die Hände. Er nahm den Jungen mit in den hinteren Teil des Ateliers, wo sich eine niedrige Staffelei mit einer kleinen Leinwand befand. Darauf prangten bereits wilde Farbspritzer von früheren Anlässen. Elsa sah den beiden lächelnd nach. Dann trat sie durch eine Tür in den Nebenraum.

Die kleine Werkbank lag im Halbdunkel. Elsa nahm Platz und strich mit dem Finger über das halb bearbeitete Stück Leder, das dort seit ihrem letzten Besuch lag. Sie hatte damit begonnen, den Rand des Werkstücks mit einem mäandernden Muster zu versehen. Nun griff sie nach dem Hammer und dem Punziermeisel, setzte ihn an und trieb eine feine Lederfaser aus dem Material. Sie besah sich das Ergebnis und nickte. Dann fuhr sie fort.

Das Licht war bereits deutlich schwächer geworden und die Sonne stand tief am Horizont, als ein Geräusch an der Tür sie aus ihrer Konzentration auf die Arbeit riss. Sie wandte sich um und sah Isolde im Türrahmen stehen.

„Grüß dich", sagte sie und trat auf ihre Schwester zu. Sie umarmten sich. Isolde warf einen Blick auf die Werkbank. „Ein schönes Stück", sagte sie. „Was soll einmal daraus werden?"

Elsa zuckte mit den Achseln. „Darüber habe ich mir noch gar keine Gedanken gemacht. Es ist auch nicht so wichtig, was am Ende daraus wird. Mir macht es große Freude, daran zu arbeiten. Das ist die Hauptsache."

Isolde nickte. „Das kenne ich, mir macht das Fotografieren selbst auch die meiste Freude. Klar ist es schön, eine Fotografie in Händen zu halten, aber der Weg dahin ist viel reizvoller."

„Wer hätte das gedacht", sagte Elsa. „Dass wir uns einmal über Kunst austauschen würden?"

„Ja, es hat sich viel verändert. Zum Guten und zum weniger Guten", sagte Isolde.

„Das ist wahr."

Sie schwiegen.

„Wie geht es Eugen?", fragte Isolde.

Elsa zuckte mit den Achseln. „Er arbeitet viel. Wie immer. Für Hermann hat er leider nur wenig Zeit. Das ist bedauernswert, der Kleine hängt sehr an seinem Vater."

„Und wie viel Zeit hat er für dich?"

Elsa schluckte. Sie war sich sicher, dass Isolde ahnte, wie unglücklich ihre Ehe war. Aber darüber gesprochen hatten sie noch nie. Und das wollte sie auch nicht. „Wir gehen abends häufig zusammen aus. Es gibt viele Empfänge, Bälle oder andere Lustbarkeiten. Ich kann mich nicht beklagen."

Isolde legte den Kopf schief. „Nun, ich kenne mich da ja nicht aus, aber dass sich nicht beklagen zu können, das Kennzeichen einer glücklichen Ehe sein soll, wage ich doch zu bezweifeln."

„Es ist, wie es ist. Wie geht es Emily?"

Isolde schmunzelte. Offenbar war ihr nicht entgangen, dass Elsa die Frage nach ihrer Freundin als die erste und beste Möglichkeit eines Ablenkungsmanövers genutzt hatte.

„Sie arbeitet an ihrem Roman. Zuletzt war sie ein wenig krank, ich werde später noch bei ihr vorbeischauen."

„Dann richte bitte Grüße von mir aus", sagte Elsa.

Isolde nickte. Sie schwiegen wieder. So wie es ihr unangenehm war, wenn Isolde sie nach ihrer Ehe fragte, war auch die Beziehung zwischen ihrer Schwester und Emily ein Thema, über das die beiden nicht direkt sprachen.

„Mama, Apfelstrudel", rief eine Kinderstimme aus dem Atelier.

Elsa und Isolde sahen sich an und brachen gleichzeitig in ein schallendes Gelächter aus.

„Ich sehe, Hermann hat ein Gespür für die wichtigen Dinge im Leben entwickelt", sagte Isolde.

„Aber natürlich. Zenzis Apfelstrudel gehört ganz sicher zu den unverzichtbaren Erfahrungen. Komm, lass uns ein Stück probieren."

Sie hakte sich bei Isolde unter und gemeinsam gingen sie hinaus.

***

Isolde klopfte an Emilys Zimmertür und trat ein, ohne eine Aufforderung abzuwarten. Ihre Freundin saß an dem kleinen Schreibtisch, den sie selbst aus grobem Abfallholz zusammengezimmert hatte. Sie wandte den Kopf. Ihre Augen glänzten und ihre Wangen waren gerötet.

„Gott zum Gruße, werte, hohe Frau", sagte sie, erhob sich und stürmte auf Isolde zu. Sie umarmten und küssten sich. Isolde legte ihre Hand auf Emilys Stirn.

„Du fühlst dich warm an", sagte sie.

„Das liegt daran, dass ich so heißblütig bin. Schau, ich habe heute schon mehr als zehn Seiten geschrieben."

Sie deutete auf einen Haufen von Blättern, der mit ihrer ausladenden, schwungvollen Handschrift gefüllt war.

„Sauber", sagte Isolde. „Schön, dass es vorangeht. Was macht deine Erkältung?"

„Deutlich besser", sagte Emily. „Das Schreiben ist die beste Kur. Wenn ich noch zehn Seiten schaffe, bin ich kerngesund."

„Vielleicht solltest du dich eher ausruhen", gab Isolde zu bedenken.

Ihre Freundin legte den Kopf schief. Sie sah sie mit ihren hellblauen, ein wenig zu weit auseinanderstehenden Augen an. Eine rötliche Locke fiel ihr ins Gesicht und sie blies sie beiseite. Ihre Lippen kräuselten sich.

„Deine mütterliche Fürsorge ehrt mich", sagte sie in einem neckenden Ton. „Aber mir ist nicht nach Ausruhen. Ich brauche Anregung, Gespräche, pralles Leben. Lass uns ausgehen."

Isolde seufzte. „Mir ist heute nicht nach Ausgehen. Der Tag war anstrengend genug."

„Ach komm, sei keine Spielverderberin. Ein Glas Wein im Café Größenwahn und danach machen wir es uns hier gemütlich."

Isolde atmete tief durch, doch dann gab sie sich geschlagen. „Gut, aber es bleibt bei dem einen Glas."

Eine Viertelstunde später waren sie auf dem Weg in Richtung Maxvorstadt.

„Was war denn so anstrengend heute?", fragte Emily.

„Ach, es waren schwierige Kunden da. Ein Offizier hat die ganze Zeit versucht, mir schöne Augen zu machen, und als er gemerkt hat, dass das mit mir nicht klappt, hat er Auguste belästigt. Ich musste ihn mit recht klaren Worten in seine Schranken weisen. Das war unschön."

„Männer!", knurrte Emily. „Die glauben, dass sie sich alles erlauben können. Besonders wenn sie eine Uniform tragen."

„Ja. Aber es scheint ja auch Frauen zu geben, die das ganz attraktiv finden."

„Die Männer oder die Uniform?"

„Den Mann in Uniform, denke ich."

Emily hielt inne. „Wenn ich eine Uniform trüge. Fändest du mich attraktiv?"

„Ich fände dich auch in Lumpen gekleidet attraktiv."

Emily sah sich nach allen Seiten um, dann küsste sie Isolde auf den Mund. „Das war die richtige Antwort", sagte sie.

„Wo wir schon beim Thema: *Frauen, die für Männer in Uniform schwärmen* sind. Ich habe heute Elsa gesehen."

„Ah, wie geht es ihr?"

Isolde verzog das Gesicht. „Sie hat an einem Stück Leder in der Sattlerwerkstatt gearbeitet, die sie sich bei meinem Onkel eingerichtet hat. Ganz versunken war sie. So wie du, wenn du an deinem Roman schreibst."

„Es freut mich für sie, dass sie so darin aufgeht."

„Ja, das ist schön. Ich fürchte aber, dass sie ansonsten nur wenig Gelegenheit hat, sich an ihrem Leben zu erfreuen."

„Ist das so abwegig? Wenn ich an die Umstände ihrer Eheschließung denke, wundert es mich nicht, dass ihr Dasein freudlos ist."

„Immerhin hat sie Hermann. Der Kleine ist ein Sonnenschein."

Sie gingen schweigend nebeneinanderher, bis sie das *Café Stefanie* erreicht hatten, das in ihren Kreisen den passenderen Namen *Café Größenwahn* trug.

Sie traten ein. Der Gastraum war bereits gut gefüllt. Eine Duftwolke aus Zigarettenqualm, dem würzigen Rauch von Zigarren, Wein und Bier hüllte Isolde ein.

An einem Tisch im Hintergrund sah sie einen Mann, der ihnen zuwinkte.

„Ignorier ihn“, flüsterte Emily ihr zu. „Das ist Schmitz. Der ist unausstehlich, wenn er getrunken hat. Dann sind die Frauen wieder an seinem Unglück schuld. Dabei kann ich jede verstehen, die vor so einem Jammerlappen Reißaus nimmt.“

Sie steuerten auf einen Tisch an der anderen Seite des Raumes zu. Dort saß eine schon etwas ältere Dame und las. Als sie sie kommen sah, schlug sie das Buch zu und lächelte.

„Ah, die Fräuleins Winter und Hartmann“, sagte sie. „Wollen Sie sich zu mir gesellen?“

„Gerne“, sagte Emily und setzte sich. Isolde nahm neben ihr Platz. Sie kannte die Frau flüchtig, sie war eine Schauspielerin am Residenztheater. Ihr Name wollte ihr aber nicht einfallen.

Die Kellnerin kam und Elsa bestellte eine Flasche Wein und zwei Gläser.

„Wolltest du nicht nur ein Glas trinken?“, fragte Isolde.

Emily zuckte mit den Achseln. „Wenn ich kein zweites schaffe, musst du eben die Flasche leer trinken. Das würde dir auch nicht schaden.“

Isolde sah, dass die Schauspielerin schmunzelte.

„Was macht Ihr Roman?“, fragte die Frau und Emily begann, ausführlich von ihrem Schreiben zu erzählen. Isolde lehnte sich zurück und beobachtete ihre Freundin. Wenn sie von ihrem Buch berichtete, leuchteten ihre Augen. Sie war noch schöner als sonst.

„Und Sie sind immer noch beim Atelier *Elvira* angestellt?“, fragte die Frau. Isolde schreckte hoch.

Emily schenkte ihnen je ein Glas Wein ein und nahm einen großen Schluck.

„Ja, ich vertrete Frau Goudstikker, wenn sie unterwegs ist.“

„Ach, ich muss auch einmal wieder bei Ihnen vorbeischauen und neue Porträts anfertigen lassen. Ich spiele Maria Stuart und das Kostüm ist so lebensecht, das muss einfach festgehalten werden.“

Aus dem Augenwinkel sah Isolde, dass Emily ihr Glas bereits geleert hatte. Notgedrungen griff sie nach ihrem eigenen und trank einen Schluck, doch Emily war schneller. Sie hatte ihres wieder aufgefüllt und nun war die Flasche beinahe leer.

„Macht Ihnen die Arbeit Freude?“, fragte die Schauspielerin.

Isolde nickte. „Ja, ich fotografiere gerne.“

„Warum machen Sie sich dann nicht selbständig?“

„Das habe ich sie auch schon oft gefragt“, mischte sich Emily ein. Sie nahm einen weiteren Schluck und Isolde kämpfte gegen den Impuls an, ihr das Glas wegzunehmen.

„Ich fühle mich wohl im Atelier. Zudem muss ich mich dann nicht um Dinge wie Miete und Löhne kümmern.“

„Aber du hättest mehr Zeit für mich“, sagte Emily. Ihre Stimme war ein klein wenig verwaschen.

Isolde nahm ihr Glas und trank es aus. „Gut, dann lass uns doch zu dir gehen“, sagte sie und erhob sich. „Damit wir mehr Zeit miteinander verbringen.“

KAPITEL 4

München, Samstag, 16. September 1899

Isolde seufzte. In der Küche von Emilys Wohnung herrschte ein furchtbares Chaos. Töpfe, Teller und Tassen standen zu wackligen Türmen zusammengestellt neben dem Spülbecken. Die Dose, in der sie aufgrund der Beschriftung die Kaffeebohnen vermutet hatte, enthielt Zucker und als sie den Brotkasten öffnete, drang ihr der unverkennbare Geruch von Schimmel in die Nase.

Kurzentschlossen holte sie am Brunnen im Hof einen Eimer Wasser. Dann schürte sie den Herd mit frischen Kohlen an, füllte die Kanne aus Messing und begann, zwei Tassen abzuspülen. Nach einigem Suchen fand sie brauchbar aussehende Kaffeebohnen in einer mit „Linsen" beschrifteten Dose. Sie tat sie in die Mühle und mahlte feines Pulver daraus. Eine Viertelstunde später trat sie mit zwei dampfenden Tassen in Emilys Zimmer.

Ihre Freundin lag im Bett und schnarchte leise vor sich hin. Sie stellte die Tassen auf den Schreibtisch und setzte sich auf den Bettrand. Dann legte sie Emily eine Hand auf die Schulter, beugte sich vor und küsste sie auf die Stirn. Sie gab ein grunzendes Geräusch von sich und drehte sich weg. Isolde strich ihr die Haare zur Seite, küsste sie auf das Ohrläppchen und flüsterte ihr zu: „Guten Morgen, meine Schöne. Es wird Zeit, aufzustehen. Dann können wir noch zusammen eine Tasse Kaffee trinken, ehe ich zur Arbeit gehe."

Emilys Lider zuckten und öffneten sich langsam. Sie gähnte und richtete sich auf ihre Ellbogen auf.

„Guten Morgen", sagte sie und wischte sich mit einer Hand über die Augen, wodurch sie beinahe das Gleichgewicht verloren hätte. „Wie spät ist es?"

„Halb sieben", erwiderte Isolde. „Um acht muss ich im Atelier sein."

Emily stöhnte leise auf. „Was für eine unchristliche Zeit."

Isolde zuckte mit den Achseln. „Es ist, wie es ist."

Emily schnaubte. „Aber es ist nicht gut."

Sie küsste Isolde auf den Mund, dann erhob sie sich und widmete sich einer kurzen Morgentoilette. Zehn Minuten später saßen sie an Emilys Schreibtisch, jede eine dampfende Tasse in Händen. Das kräftige Kaffeearoma überdeckte die Gerüche eines ungelüfteten Raumes, in dem zwei Frauen nur wenige Stunden geschlafen hatten.

Auf dem Tisch lag eine Zeitung.

„Von wann ist die?", fragte Isolde.

„Von Mittwoch oder Donnerstag, glaube ich", sagte Emily. Isolde griff danach und schlug sie auf. Die Tagespolitik interessierte sie nicht allzu sehr, in China war irgendeine Krise ausgebrochen. Sie musste kurz an von Linden denken, ihren guten Freund, der kürzlich von einer mehrjährigen Forschungsreise zurückgekehrt war. Sie hatte von seiner Rückkehr aus einer Zeitung erfahren, die seine archäologischen Entdeckungen mit denen Heinrich Schliemanns verglichen hatte.

Als sie zum Anzeigenteil kam, stutzte sie. Emily hatte eine Annonce mit einem Bleistift markiert. Genauer gesagt hatte sie den Abschnitt so lange mit der Mine umkreist, dass das Papier beinahe durchgedrückt worden war.

Albrecht Hofmeier gibt bekannt, dass er sein fotografisches Atelier zum Ende des Jahres aufgibt. Übernahmeinteressenten können sich schriftlich oder persönlich vorstellen.
Die angegebene Adresse lag in der Maxvorstadt.

„Möchtest du ein Fotostudio übernehmen?", fragte Isolde.

Emily nahm schlürfend einen Schluck Kaffee. „Klar, ich habe in etwa so viel Ahnung vom Fotografieren wie du vom Klöppeln."

Isolde grinste. Ihre Freundin fuhr fort: „Nein, ich dachte da eher an dich."

„Warum sollte ich ein Atelier übernehmen wollen?"

Isolde sog ihre Unterlippe ein. Sie hatten schon öfter über dieses Thema gesprochen und sie hatte gehofft, dass Emily inzwischen begriffen hätte, dass sie keinerlei Interesse daran hatte, sich selbstständig zu machen.

„Dafür gibt es viele gute Gründe. Der naheliegendste wäre, dass du dann deine Geschäftszeiten so anpassen könntest, dass du nicht mehr in aller Herrgottsfrühe zum Arbeiten gehen musst."

„Das macht mir nichts aus. Ich bin eine Frühaufsteherin."

Emily seufzte. „Und ich bin eine Eule. Wir haben nur die Sonntage, an denen wir gemütlich ausschlafen können. Das ist mir zu wenig."

Isolde verkniff es sich, ihr zu erwidern, dass selbst das Ausschlafen an Sonntagen eine Qual für sie war, weil sie vor Sonnenaufgang erwachte und nur aus Rücksicht liegen blieb, bis sich Emily zu regen begann.

„Aber auch wenn ich mich selbstständig machen würde, müsste ich früh bei der Arbeit sein. Gerade am Anfang wäre das mit viel mehr Aufwand verbunden. Zumindest so lange, bis der Laden so gut läuft, dass ich mir Gehilfinnen einstellen könnte, die gut genug fotografieren."

„Ja, und je länger du damit wartest, dein eigenes Atelier zu eröffnen, desto weiter wird dieser Zeitpunkt in der Zukunft liegen."

„Aber warum sollte ich mein eigenes Atelier eröffnen? Ich bin glücklich bei Sophia."

„Und was, wenn Sophia morgen von einem Fiaker überfahren wird? Was dann?"

„Das ist doch nur hypothetisch ..."

„Oder wenn sie sich in eine knackige Französin verliebt und beschließt, nach Paris zu ziehen?"

„Das würde sie nie tun."

„Weißt du das bestimmt?"

Isolde sog erneut die Unterlippe ein. „Ich würde sicher ein anderes Atelier finden, das mich einstellt."

Emily verdrehte die Augen. „Gut, ich habe verstanden, dass du den Schritt in die Selbstständigkeit scheust. Ich kann nachvollziehen, dass dir das Angst macht. Es ist mit Risiken verbunden, du wirst Verantwortung tragen, wirst Entscheidungen mit großer Tragweite treffen müssen. Das ist nicht leicht."

Isolde nickte.

„Aber", fuhr Emily fort. „Wenn du deine hübschen Augen immer nur auf die Hindernisse gerichtet hast, verlierst du aus dem Blick, was dahinter liegt."

„Und was liegt dahinter?"

„Nun, stell dir doch einmal vor, wie schön es wäre, wenn du – wie Sophia – eine Wohnung direkt über dem Atelier hättest. Da könnten wir beide leben. Und wenn du abends müde vom vielen Fotografieren bist, musst du nicht mehr durch die halbe Stadt spazieren, sondern steigst einfach die Treppe nach oben, wo unser Hausmädchen bereits das Abendessen zubereitet hat und ich dich erwarte, um dir eine ausgiebige Fußmassage zu verpassen."

Sie schmunzelte. Isolde riss die Augen weit auf.

„Du willst, dass wir zusammenziehen?"

Emily nickte. Isolde spürte ihr Herz schneller schlagen. Gleichzeitig hörte sie die Turmuhr.

„Ich muss los", rief sie.

„Schade. Wenn wir zusammen über dem Atelier wohnen würden, hätten wir jetzt noch eine halbe Stunde Zeit für Allerlei. Überleg es dir."

Sie küssten sich zum Abschied und Isolde eilte hinaus.

***

Es war ein glanzvoller Abend. Elsa hatte sich schon lange auf den Regimentsball gefreut und sie wurde nicht enttäuscht. Das Café Luitpold war hell erleuchtet. Die riesigen Kronleuchter waren mit hunderten, wenn nicht gar tausenden von Kerzen bestückt und elektrisches Licht flutete durch die prächtigen Säle.

Sie ging am Arm ihres Mannes. Eugen hatte zur Feier des Tages seine alte Uniform angezogen und der Anblick ließ Elsas Herz ein wenig schneller schlagen. Bittersüße Erinnerungen wurden in ihr wach. An jene Wochen, jenen kurzen Liebesrausch, der von einem nicht enden wollenden Katzenjammer gefolgt worden war.

Als sie Eugen näher betrachtete, fiel ihr auf, dass er die Uniform mehr ausfüllte als früher. Er hatte ein Bäuchlein angesetzt. Das mochte wohl daran liegen, dass er seltener auf dem Sattel als vielmehr auf dem Stuhl hinter dem Schreibtisch im Büro der väterlichen Bank anzutreffen war. Eigentlich konnte es ihr auch gleichgültig sein, wie ihr Mann aussah. Sie hatte in körperlicher Hinsicht ohnehin nichts von ihm. Vielleicht konnte sie sogar schadenfroh darüber sein, dass seine rasch wechselnden Liebschaften sich nun mit einer weniger attraktiven Version seiner selbst begnügen mussten, während sie ihn damals in Saft und Kraft erleben hatte dürfen.

Eugen wählte den frühestmöglichen Zeitpunkt, ihre Hand von seinem Arm zu lösen, nachdem der Regimentskommandeur, Graf Schacky von Schönfeld, sie beide begrüßt hatte. Sie hatten ein paar Worte gewechselt, dann hatte Eugen sie zu ihrem Platz geführt und sich zu einer Gruppe ehemaliger Offiziere begeben, in deren Mitte sie Woldemar von und zu Horn erkannt hatte.

Sie überlegte, ob sie sich setzen sollte, aber sie säße dann ganz allein an einer langen Tafel und das würde so traurig aussehen, wie sie sich zu fühlen begann. Deshalb hielt sie Ausschau nach bekannten Gesichtern. Sie entdeckte niemanden, dafür sah sie jedoch einen Kellner, der ein Tablett mit Champagnerkelchen durch die wachsende Masse von Gästen balancierte. Sie versuchte, ihn abzufangen, und drängte sich zwischen Grüppchen von Offizieren und älteren Damen hindurch.

Zu ihrem Erschrecken sah sie, dass das Tablett sich langsam leerte, während die Gäste sich an den Champagnerflöten bedienten. Schon stand nur noch ein Glas darauf. Sie war bereits in Reichweite, als eine Männerhand sich um den Stiel des Kelchs schloss.

Elsa gab einen unwirschen Laut von sich und stampfte mit dem Fuß auf. Zwei Damen, die die Szene beobachtet hatten, musterten sie mit abschätzigen Blicken.

„Oh, da habe ich Ihnen doch nicht etwa den letzten Champagner weggeschnappt, Frau von Lampeck", sagte ein volltönender Bariton. Sie sah auf. Vor ihr stand der Mann, der zu der Hand gehörte, die nun das Sektglas hielt. Er streckte es ihr entgegen.

„Bitte verzeihen Sie meine Unhöflichkeit", sagte er. Er lächelte ihr zu. Über seinen vollen Lippen kräuselte sich ein dunkelbrauner Schnurrbart. Seine Wangen waren glattrasiert, eine Mensurnarbe war nirgendwo zu sehen. Seine Augen hatten die Farbe von reifen Kastanien. Der Blick war neugierig und warm.

Sie schluckte, als sie den Mann erkannte. Es war Moritz von Berlitz, der Sohn des alten Widersachers ihres Vaters. Sofort traten Bilder vor ihr inneres Auge, Erinnerungen an den Moment, als Isolde Moritz vor dem Altar hatte stehen lassen.

„Danke", sagte sie und lächelte ihm höflich und auch ein wenig schuldbewusst zu. Seine Gegenwart war ihr unangenehm. Trotzdem fügte sie der Höflichkeit halber hinzu: „Sie retten mir den Abend."

Seine Augen weiteten sich. „Wie das?"

„Nun, nachdem mein Mann mich allein an meinem Platz zurückgelassen hat und ich keinen Menschen in meiner Umgebung kenne, kann mich nur der Champagner fröhlich stimmen."

„Es freut mich, dass ich – wenn auch nur indirekt – dazu beigetragen habe, Ihre Laune zu heben."

Ein weiterer Kellner kam vorbei. Von Berlitz nahm ein Glas von dessen Tablett und hielt es Elsa entgegen.

„Nun denn", sagte er. „Auf einen fröhlichen Abend."

Elsa prostete ihm zu und wollte sich dann abwenden.

„Sie wollen schon gehen?", fragte er.

Sie schluckte den Champagner hinunter, der auf ihrer Zunge perlte. „Herr von Berlitz, ich danke Ihnen dafür, dass Sie mir ein Glas dieses wunderbaren Getränks verschafft haben. Aber lassen Sie mich aufrichtig zu Ihnen sein. Ich wüsste nicht, worüber wir uns unterhalten sollten. Ich muss zurück zu meinem Mann."

Sie drehte sich um und ließ ihn stehen.

KAPITEL 5

München, Montag, 18. September 1899

Isolde trat in das Studio, wo Sophia bereits damit beschäftigt war, die große Balgenkamera auf dem Dreibeinstativ auszurichten und für den Tag vorzubereiten. Mit einem feinen Seidentuch strich sie behutsam über das äußere Glas des Objektivs, um Fussel und Staubkörnchen zu entfernen. Sie schien wie immer vollkommen in ihrer Arbeit versunken.

„Guten Morgen", sagte Sophia, ohne ihre Tätigkeit zu unterbrechen.

Isolde erwiderte den Gruß und trat zu ihr.

„Übernimmst du heute bitte die Retusche?", fragte die Chefin des Ateliers *Elvira*. „Frau Mangfalls Mann hat ausrichten lassen, dass seine Frau mit einer schweren Grippe im Bett liegt."

„Gerne", sagte Isolde. Sie sog ihre Unterlippe ein und wartete.

Sophia sah auf. „Du hast ein Anliegen", sagte sie. „Das sehe ich dir an der Nasenspitze an."

Isolde grinste, der Anspannung zum Trotz, die von ihrem ganzen Körper Besitz ergriffen hatte. „Ich ... ja, ich habe da ein Anliegen", sagte sie.

Sophia lehnte sich mit einem Arm an die Balgenkamera und sah sie erwartungsvoll an.

Isolde widerstand dem Impuls, den Blick zu senken. Sie hatte sich vor diesem Gespräch gefürchtet, in dem

Wissen, dass sie wohl eines Tages nicht umhinkommen würde, es zu führen.

„Ich ... ich hatte überlegt, mich selbstständig zu machen.“

Sophias Augen weiteten sich und Isolde schaute instinktiv zu ihrer Stirn in Erwartung der Zornesfalte, deren Tiefe der beste Gradmesser dafür war, wie verstimmt ihre Chefin war. Doch Sophias Haut blieb glatt. Dafür vertieften sich die Lachfältchen um ihre Augen und auf ihren Lippen erschien ein Lächeln.

„Na endlich“, sagte sie. „Ich hatte schon befürchtet, du würdest gar nicht mehr in die Gänge kommen.“

Isolde klappte der Unterkiefer nach unten. Damit hatte sie nicht gerechnet. „Du bist mir nicht böse?“

Sophia kicherte. „Weswegen sollte ich dir denn böse sein? Erinnerst du dich noch an dein Vorstellungsgespräch bei uns?“

Isolde erinnerte sich sehr gut an den Tag, an dem die beiden Besitzerinnen des Ateliers sie auf Herz und Nieren geprüft hatten. „Du warst skeptisch und wolltest mich nicht als Lehrmädchen annehmen.“

Sophia nickte. „Aus heutiger Sicht wäre das natürlich ein schrecklicher Fehler gewesen. Aber damals hatte ich meine Zweifel, ob du es mit der Ausbildung wirklich ernst meintest.“

„Und da hattest du nicht unrecht“, sagte Isolde. „Die Fotografinnenlehre erschien mir als der schnellste Weg, das Lehrerinnenseminar hinter mir zu lassen und einen Grundstock für meine Pläne zu legen, Reiseschriftstellerin zu werden.“

„Und deswegen war ich skeptisch. Anita und ich, wir hatten uns vorgenommen, jungen Frauen den Weg in die Selbstständigkeit zu ermöglichen. Wirtschaftliche Unabhängigkeit sollte das Ziel sein und das ist es heute noch, auch wenn Anita andere Wege gegangen ist."

Ein Schatten huschte über ihr Gesicht. Eine widerspenstige Locke rutschte auf ihre Stirn und sie schob sie beiseite. „Die Selbstständigkeit erlaubt es Frauen, auf eigene Rechnung zu wirtschaften, ohne einem Mann dafür Rechenschaft ablegen zu müssen. Abgesehen einmal von den Steuerbehörden. Nun ist es bei dir so, dass du ohnehin keinem Mann jemals Rechenschaft ablegen werden musst."

Isolde spürte, wie ihr Gesicht warm wurde.

„Aber trotzdem ist es gut, wenn du auf eigenen Beinen stehst. Du weißt nie, wie lange ich das Atelier noch leiten kann."

Isolde erschrak. „Aber ... mit dir ist alles in Ordnung, oder?"

„Danke der Nachfrage, ich fühle mich blendend", erwiderte Sophia. „Aber es kann so rasch vorbei sein. Erst vorgestern ist wieder eine Fahrradfahrerin von einer dieser stinkenden Benzinkutschen angefahren worden. Sie starb an ihren schweren Kopfverletzungen. Achtzehn Jahre war das junge Ding alt. Das Leben kann schneller vorüber sein, als es uns lieb ist und deshalb müssen wir dafür sorgen, auf eigenen Beinen zu stehen. Und wie gesagt, das war und ist das Ziel der Ausbildung im Atelier *Elvira*. Du sollst dich selbstständig machen."

„Aber dann werden wir Konkurrentinnen."

Sophia schüttelte den Kopf. „Wir werden Kolleginnen auf Augenhöhe. In München leben so viele Menschen, die Porträts von sich anfertigen lassen wollen. Da gibt es Kundschaft für Dutzende weitere Fotografinnen.“

Isolde spürte, wie ein Stein von ihrem Herzen fiel. Sie hatte zwei Nächte kaum geschlafen, weil sie befürchtet hatte, dass Sophia auf ihre Überlegungen gereizt oder beleidigt reagieren könnte.

„Und wie ist es so, ein Atelier zu leiten?“, fragte sie.

Sophia grinste. „Es ist oft herrlich und manchmal die Hölle. Du weißt, wie schön es ist, zufriedenen Kunden ein Porträt zu überreichen. Aber dann gibt es auch noch die Tage, an denen Rechnungen zu begleichen, Löhne auszuzahlen, Reklamationen zu bearbeiten, Schulden einzutreiben und Handwerker zu bestellen sind. Das läge dann alles in deiner Verantwortung.“

Isolde fuhr mit der Zungenspitze über ihre Unterlippe. „Und das macht mir Sorgen“, gab sie zu. „Bisher hast du dich um all das gekümmert und ich durfte einfach nur arbeiten. Aber wenn ich das selbst erledigen muss ... Ich weiß nicht, ob ich das kann.“

Sophia legte ihr eine Hand auf den Unterarm und drückte ihn kurz. „Und darüber musst du dir klar werden. Und jetzt, ab zur Retusche, die ersten Kundinnen warten schon.“

Isolde ging hinaus und die Treppe hinab in den Empfangsbereich. Am Tresen stand eine Gestalt, die sie nur zu gut kannte. „Emily“, rief sie und eilte zu ihr.

Sie umarmten sich. „Ich war auf dem Weg in die Stadt und dachte, da schaue ich mal bei dir vorbei.“

„Das ist eine gute Idee“, sagte Isolde und drückte sie noch einmal.

„Hast du mit Sophia gesprochen?“, fragte Emily unverblümt.

Isolde nickte.

„Und?“

Isolde seufzte. „Ich weiß nicht. Ich befürchte, ich habe nicht die Standfestigkeit, die es braucht, ein eigenes Atelier zu führen.“

Emily kniff die Lippen zusammen. Da diese ohnehin recht klein und schmal waren, verschwanden sie dadurch beinahe.

„Das ist schade“, sagte sie schließlich. „Ich habe dich als eine sehr standfeste Person kennengelernt. Aber vielleicht habe ich mich da getäuscht. Ich wünsche dir einen schönen Tag.“

Sie wandte sich um und eilte aus dem Empfangsbereich. Isolde sah ihr nach und ihre Kehle zog sich zusammen. Wie schnell konnte ein Glücksgefühl verpuffen?

***

Elsa saß am Fenster des Salons und sah hinaus. Es regnete in Strömen. Der Himmel war bleigrau und der Sturm ließ die Baumkronen bedenklich hin- und herschwanken. Blätter wurden abgerissen und von den heftigen Böen durch die Luft gewirbelt. Bald würde der Herbst mit voller Wucht zuschlagen und dann wäre sie noch fester an dieses unwirtliche Haus gefesselt.

Auf der Straße näherte sich ein Fiaker. Die Pferde weckten ihr Mitleid. Die Tiere hatten ihre Köpfe gesenkt und der in einen voluminösen Regenmantel gekleidete Kutscher hatte alle Hände voll zu tun, sie am Laufen zu halten. Vor dem Haus hielt das Gefährt an. Ein Mann stieg aus. Er trug einen Hut. Elsa konnte sein

Gesicht nicht erkennen. Er redete kurz mit dem Kutscher, woraufhin dieser die Pferde antrieb und davon fuhr. Der Besucher eilte die Treppen zum Haupteingang des Lampeck'schen Palais hinauf und verschwand aus ihrem Gesichtsfeld.

Sie hörte das gedämpfte Geräusch der Glocke und dann Grahams gemessenen Gang. Ein Klacken verriet ihr, dass die Tür geöffnet wurde. Die Schritte des Butlers näherten sich und es klopfte an der Salontür. Graham trat ein.

„Gnädige Frau mögen die Störung entschuldigen", begann er. „Ein Herr von Berlitz ist eben unangemeldet erschienen und bittet, zu Ihnen vorgelassen zu werden?"

„Berlitz?", sagte sie, in der Hoffnung, dass sie sich verhört hatte.

„Von Berlitz", korrigierte sie der Butler.

„Hat er gesagt, was genau sein Anliegen ist?"

Graham schüttelte den Kopf. „Nein, ich bedauere. Er wollte mit der gnädigen Frau sprechen. Soll ich ihn wieder wegschicken?"

Elsa wollte schon zustimmen, doch dann obsiegte die Neugier. Sie musste wissen, warum der Sohn des Mannes, der für den Ruin und letztendlich auch für den Tod ihres Vaters verantwortlich war, sich bei ihr vorstellte, nachdem ihre Schwester ihn am Altar hatte stehen lassen und sie selbst ihm erst vor Kurzem auf einem Empfang eine rüde Abfuhr erteilt hatte.

„Führen Sie ihn herein. Bleiben Sie aber bitte in Rufweite, falls es notwendig werden sollte, dem Herrn *von* Berlitz den Ausgang zu zeigen."

Der Butler zog sich zurück. Elsa setzte sich auf einen Stuhl an dem polierten Mahagonitisch, den ihr Mann zum Kartenspielen nutzte, wenn seine Offiziers-kameraden zu Besuch kamen. Sie platzierte sich so, dass das Möbel zwischen ihr und der Tür stand. Diese öffnete sich und Graham führte Berlitz junior herein.

Dieses Mal fiel ihr auch die Ähnlichkeit mit seinem Vater auf. Beide hatten ein eher schmales, hageres Gesicht, aber die kastanienbraunen Augen waren aufmerksam und hellwach. Während sich bei Berlitz senior der Haaransatz jedoch schon sehr weit nach oben verschoben hatte, war das Haar seines Sohnes noch voll und tausende von kleinen Regentropfen, die sich darin verfangen hatten, glänzten im Licht der elektrischen Deckenlampen wie Glühwürmchen.

„Herr von Berlitz", sagte sie und blieb ganz bewusst sitzen. „Was verschafft mir ...", sie überlegte einen Augenblick und fuhr dann fort, „... das Vergnügen Ihres Besuches?"

Moritz von Berlitz wandte kurz seinen Kopf um, wahrscheinlich, um zu überprüfen, ob der Butler noch dort stand. Aber Graham hatte sich bereits zurückgezogen. Er sah Elsa einige Momente lang an, dann sagte er: „Nun, ich hoffe, dass mein Besuch Ihnen tatsächlich so etwas wie Vergnügen bereiten kann. Allerdings zweifle ich daran, wenn ich bedenke, wie Sie am vergangenen Samstag mit mir umgegangen sind."

„Sind Sie gekommen, um sich über mich zu beklagen?"

Er schüttelte den Kopf. „Ich bin gekommen, um von Ihnen zu erfahren, warum Sie mich so rüde zurückgewiesen haben."

Nun war es an Elsa, ihn eine Weile lang anzuschauen.

„Können Sie sich das nicht selbst erklären?“, fragte sie. „In Anbetracht dessen, was zwischen Ihrem Vater und meinem Vater vorgefallen ist, warum sollte ich da in Jubel ausbrechen, wenn ich auf einem Empfang ausgerechnet Ihnen begegne.“

„Ich hatte nicht erwartet, dass Sie in Jubel ausbrechen würden“, sagte er. „Aber genau so wenig hatte ich erwartet, dass ich den Sündenbock für vermeintliche Taten meines Vaters abgeben müsste. Genauso läge es mir fern, Ihnen das Verhalten Ihrer Schwester mir gegenüber vorzuwerfen.“ Elsa wollte etwas erwidern, doch er ließ sie nicht zu Wort kommen. „Ich bin nicht mein Vater. Ich trage seinen Namen, ich werde wohl eines Tages seine Firma erben, aber mein Vater und ich sind zwei verschiedene Personen.“

„Gut, das habe ich verstanden“, sagte Elsa. „War es das, was Sie mir mitteilen wollten?“

Er sah sie an. Sein Brustkorb hob und senkte sich. „Im Grunde schon“, sagte er. „Erlauben Sie mir, Ihnen noch eine Kleinigkeit zu sagen, die ich an jenem Samstag nicht mehr losgeworden bin?“

„Wenn es Sie peinigt, dann sprechen Sie schon.“

„Ich denke, wir hätten durchaus Themen, über die wir uns unterhalten könnten. So habe ich mich beispielsweise gegen den Willen meines Vaters dazu entschlossen, eine Sattlerlehre zu machen. Geselle bin ich schon, nun arbeite ich an meinem Meisterstück.“

Elsa legte den Kopf schief. „Warum haben Sie diesen Weg eingeschlagen? Sie hätten es doch viel bequemer haben können.“

Er lächelte. „Ich habe einen Sattel Ihres Großvaters gesehen. Ein Freund meines Vaters hat ihn zu einem unserer Sattler zur Reparatur gebracht. Ich war überwältigt von der hohen Kunstfertigkeit und der Qualität der Arbeit Ihres Herrn Großvaters. Ich konnte an nichts anderes mehr denken, wollte in Erfahrung bringen, wie Menschen so etwas schaffen können. Und deshalb habe ich eine Sattlerlehre begonnen. Ich bin sehr glücklich damit, es war die beste Entscheidung meines Lebens. Und das habe ich Ihrem Großvater zu verdanken. Das wollte ich Ihnen an jenem Abend noch mitteilen. Aber dann haben Sie mich stehen lassen.“

Elsa sah ihn verblüfft an. Sie war es nicht gewohnt, dass ein Mann in ihrer Gegenwart so viel und vor allem so frei über sich und seine Gefühle sprach. Seine Wangen waren gerötet und seine Augen blitzten.

„Gut, mein Großvater hätte sich sicher darüber gefreut, dass seine Arbeit so große Anerkennung erfährt“, erwiderte sie.

Er nickte ihr zu. „Ich verabschiede mich von Ihnen.“ Er verbeugte sich und ging zur Tür.

Elsa verspürte den Impuls, ihn zurückzuhalten, aber sie wusste nicht, was sie hätte sagen sollen, und so war er auch schon im Vorraum verschwunden.

KAPITEL 6

Isolde nahm ihren Mantel, verabschiedete sich von Auguste und eilte aus dem Atelier. Der Tag hatte sich in die Länge gezogen und nun war es schon kurz vor acht. Sie fragte sich, wie Sophia auf sich allein gestellt mit der vielen Arbeit zurechtkommen könnte, wenn sie tatsächlich beschließen würde, ein eigenes Geschäft zu eröffnen.

Doch diese Gedanken wurden sehr rasch von einer fieberhaften Unruhe überdeckt, die sie überkam, als sie daran dachte, was sie wohl bei Emily erwarten würde. Sie hatte nichts von ihrer Freundin gehört, seitdem diese am Vortag so brüsk von dannen gezogen war.

Sie ging, so schnell es ihre Kleidung zuließ. Der Tag war kühl und eine dicke Wolkenmauer verdeckte den Himmel. Aber wenigstens regnete es nicht mehr in Strömen und auch der Sturm hatte nachgelassen. Nach einer Viertelstunde stand sie schwer atmend vor dem baufälligen Gebäude, in dem Emily ein Zimmer bewohnte.

Sie klopfte und der Maler Wankel, ein ziemlich fülliger Mann mit einem Backenbart, um den ihn selbst der alte Kaiser Wilhelm beneidet hätte, öffnete ihr. „Ah, die Konkurrenz von der fotografierenden Zunft", sagte er und zwinkerte ihr vergnügt zu.

„Guten Abend, Herr Wankel“, sagte Isolde. „Wir sind doch nur insofern Konkurrenten wie es Bäcker und Metzger sind. Beide stillen den Hunger auf jeweils ihre eigene Art. Und wir versorgen die Menschen mit Abbildungen.“

Er legte den Kopf in den Nacken und lachte schallend. Sein Bauch hüpfte dabei auf und ab, und sein Gesicht wurde knallrot. „Sehr gut gesprochen, das muss ich mir merken. Dann müssten wir nur noch klären, wer von uns beiden der Metzger und wer der Bäcker ist.“

„Das überlasse ich ganz Ihnen“, sagte Isolde, die keine Lust darauf hatte, das Gespräch weiter zu vertiefen. „Ist Emily zu Hause?“

„Sie müsste in ihrem Zimmer sein. Den Weg kennen Sie ja“, sagte der Maler und ließ Isolde eintreten. Sie ging durch das Wohnzimmer, in dessen einer Ecke sich auch die Küche befand, klopfte an Emilys Tür und trat ein. Ihre Freundin saß am Schreibtisch und kritzelte mit einer Feder über Papier. Dann stieß sie einen kleinen Laut des Unwillens aus, knallte das Schreibgerät auf den Tisch, nahm den Bogen, zerknüllte ihn und warf ihn auf einen beachtlichen Stapel am Boden.

Isolde räusperte sich. Emily wandte sich um. Ihr Gesicht war gerötet und ihre Stirn lag in Zornesfalten.

„Grüß dich“, sagte Isolde.

Emily brummte etwas Unverständliches.

Isolde setzte sich auf einen Stuhl und sah ihre Freundin an.

„Hast du schon Feierabend?“, fragte diese in einem Ton, der ebenso viel Frustration wie Wut verriet.

„Ja, es ist ja auch schon nach acht.“

„Ich habe die Zeit vergessen. War so mit Schreiben beschäftigt. Und wofür? Für nichts und wieder nichts."

„Wollten die Worte nicht kommen?"

Emily schnaubte. „Die Worte sind nicht wie deine Kunden, die einfach so hereinschneien und darum bitten, fotografiert zu werden. Sie sind eher wie Trüffeln, die sich im Boden verbergen und schwer zu finden sind, wenn man nicht gerade die Nase eines Schweins besitzt. Und meine Nase scheint mich im Stich zu lassen."

„Aber das ist ein schöner Vergleich", sagte Isolde. „Könntest du den nicht verwenden?"

„Den könnte ich verwenden, wenn ich einen Roman über mich und meine Situation schreiben würde. Aber zu einer Künstlerin, die ihre Kollegen in der Pariser Szene beeindrucken möchte, passt das nicht."

„Du schreibst über die Pariser Szene?", fragte Isolde.

„Ja, hast du etwas dagegen?"

Isolde schüttelte den Kopf. Sie seufzte. „Emily, was ist los?"

„Was soll denn los sein?" Sie kniff ihren Mund wieder so zusammen, dass die Lippen verschwanden, und sah sie mit funkelnden Augen an.

„Du bist sauer. Und ich habe das Gefühl, dass ich der Anlass dafür bin."

„Ich bin nicht sauer auf dich", stieß Emily hervor. „Jedenfalls nicht hauptsächlich."

„Was ist los? Was macht dich wütend?"

Emily atmete tief durch. „Es ist deine vehemente Ablehnung, dich selbstständig zu machen."

„Darüber haben wir doch schon –"

Emily hob ihre kleine Hand mit den zartgliedrigen weißen Fingern, deren Kuppen mit Tintenflecken übersät waren. „Du hast darüber gesprochen und mir gesagt, dass du dich nicht selbstständig machen willst."

„Und deswegen bist du sauer?"

„Teilweise. Es macht mich wütend, dass du diese Gelegenheit nicht ergreifst. Aber noch viel mehr macht mich wütend, dass du einfach so diese Chance bekommst. Versteh mich bitte nicht falsch. Ich gönne dir deinen beruflichen Erfolg, ich finde es großartig, dass du im Fotografieren die Tätigkeit gefunden hast, die dich erfüllt und dass du an deiner Arbeitsstelle gemocht und geschätzt wirst. Aber gleichzeitig wird mir dadurch bewusst, wie verkorkst mein eigenes Leben ist."

„Du widmest dich auch dem, was dich erfüllt", gab Isolde leise zurück.

Emily schnaubte. „Ja, den ganzen Tag am Schreibtisch sitzen und ein Blatt nach dem anderen zerknüllen. Und selbst wenn ich meinen Roman eines Tages fertiggeschrieben haben werde – wer will ihn lesen?"

„Ich werde ihn ganz bestimmt lesen", sagte Isolde.

Tränen traten in Emilys Augen. „Das weiß ich und dafür liebe ich dich auch. Aber wenn außer dir niemand meine Bücher liest, warum sollte ich dann überhaupt schreiben? Wofür tue ich mir das an? Ich möchte doch einfach nur Erfolg haben, möchte mich ausdrücken und gehört werden."

„Ich höre dir zu", sagte Isolde leise.

Emily brach in ein herzzerreißendes Schluchzen aus. Isolde erhob sich und eilte zu ihrer Freundin. Sie nahm sie in die Arme und schob ihren Kopf an ihre Schulter.

„Du wirfst die Chancen einfach weg, die dir das Schicksal schenkt“, stieß Emily hervor. „Und ich werde niemals eine Chance bekommen.“

Isolde schüttelte den Kopf. „Ich wünsche dir so sehr, dass du glücklich wirst.“ Sie strich ihrer Freundin über die Stirn. „Du glühst ja“, rief sie.

„Vielleicht bin ich ein bisschen erkältet.“

„Dann ab ins Bett!“, rief Isolde.

Emily löste sich von ihr und sah sie mit tränenfeuchten Augen an.

„Aber nur, wenn du mitkommst.“

***

Elsa saß im Salon und starrte aus dem Fenster. Es dunkelte bereits. Bald würde sie wieder einen Tag geschafft haben. Der Gedanke riss ihre ohnehin schon trübe Stimmung weiter in den Keller. Wenn sie ein Ziel gehabt hätte, eine Aussicht auf Erlösung aus ihrer misslichen Lage, dann wäre diese Art zu denken möglicherweise hilfreich gewesen. Aber der einzige Ausweg aus ihrer Situation war der Tod und der durfte noch ein Weilchen warten, bis er sie holte.

Es klopfte an der Tür und Eulalie erschien mit ihrem Sohn.

„Hermann möchte der gnädigen Frau Gute Nacht sagen“, sagte das Kindermädchen. Der Junge rannte auf sie zu und Elsa breitete die Arme aus.

„Muss ich schon ins Bett?“, fragte er.

Sie drückte ihn eng an sich. Sein Geruch stieg in ihre Nase und ein Glücksgefühl überkam sie. „Ja, ich fürchte. Es wird schon dunkel.“

„Spielst du noch ein bisschen mit mir?", fragte er.

Elsa sah ihn an. Er hatte einen derart lieben und flehenden Ausdruck an sich, dass sie es nicht übers Herz brachte, seinen Wunsch abzulehnen. „Gut, ein bisschen noch. Was möchtest du spielen?"

„Mit den Zinnsoldaten!", rief er.

Sie unterdrückte ein Seufzen. Die Figuren, die Woldemar von und zu Horn dem Jungen geschenkt hatte, waren sein größter Schatz. „Gut, dann die Zinnsoldaten. Eulalie, bringst du sie uns bitte?"

Die Französin ging hinaus. Elsa setzte Hermann auf ihren Schoß. Er begann, mit einem Bommel zu spielen, der vom Sofa herabhing und sie strich ihm über die Haare. Wie weich sie waren. Und wie warm er sich anfühlte. Sie legte ihm die Hand auf die Stirn, aber diese war angenehm kühl.

Eulalie kehrte mit einer Kiste zurück, die die Zinnsoldaten enthielt. Elsa erhob sich und stellte ihren Sohn auf den Boden. Dann nahm sie dem Kindermädchen das Behältnis ab und öffnete es. Ein Dutzend Soldatenfiguren starrten sie an. Sie waren kunstfertig gearbeitet, das musste sie zugeben. Die Haltungen wirkten natürlich, die Figuren waren mit vielen Details verziert und aufwendig bemalt worden.

„Die Kanone", rief Hermann. Er nahm das Geschütz aus der Schachtel und stellte es auf den Teppich. Dann platzierte er einen Artilleristen dahinter und stieß Laute aus, die er offenbar für eine Imitation von Geschützlärm hielt.

Er war so damit beschäftigt, auf imaginäre Feinde zu feuern, dass er seine Mutter vergaß. Elsa nahm eine Reiterfigur aus der Schachtel und strich mit dem

Finger über das Pferd. Als sie zum Sattel gelangte, fiel ihr das Gespräch mit Moritz von Berlitz wieder ein. Sie besah sich die Figur näher. Der Sattel war nur angedeutet. Zwei kleine Wölbungen vor und hinter dem Gesäß des Reiters, die braun bemalt worden waren.

Es wären genau diese Sättel gewesen, die Militärsättel M90, deren Fabrikation das Geschäft ihres Vaters vor dem Ruin gerettet hätte. Alfred von Berlitz hatte den Auftrag an seiner statt bekommen, hatte sich die Firma und die Villa der Hartmanns einverleibt und war für seine Verdienste geadelt worden. Ihr Vater war tot. Daran war Moritz von Berlitz nicht schuld, da hatte er recht. Aber irgendwie hatte er doch davon profitiert, wie die Dinge sich ergeben hatten. Andererseits hatte seine Begeisterung für die Sattlerei eine Saite in Elsa zum Klingen gebracht, die viel zu selten ertönte.

Die wenigen Momente, wenn sie sich zu ihrem Onkel schleichen und Leder bearbeiten konnte, gehörten zu den glücklichsten ihres Lebens. Sie war ganz bei sich und vergaß alles um sich herum. Sie konnte sich noch gut daran erinnern, was sie empfunden hatte, als der Notar bei der Testamentseröffnung mitgeteilt hatte, dass sie das Werkzeug ihres Großvaters erben sollte. Sie hatte sich vor den Kopf gestoßen gefühlt, hatte es für einen schlechten Witz gehalten. Und doch hatte sich ihr Vater etwas dabei gedacht, das war ihr nun klar. Er hatte das Talent in ihr gesehen und ihr etwas an die Hand gegeben, womit sie es pflegen konnte. Sie nahm sich vor, in den nächsten Tagen bei ihrem Onkel vorbeizuschauen und ihre Arbeit an dem Werkstück fortzusetzen.

„So, jetzt ist es dann aber auch wieder gut", sagte sie und griff nach der Kanone.

„Oh, Mama, bitte", flehte Hermann.

Sie schüttelte den Kopf. „Du musst jetzt ins Bett."

Er zog eine Schnute. Dann hellte sich sein Gesichtsausdruck plötzlich auf. „Singst du mir noch etwas vor?" Er deutete auf das Klavier.

„Gut, aber dann gehst du ohne Widersprüche schlafen."

Er nickte.

Elsa setzte sich hinter den Flügel und begann, die Einleitung zum Wiegenlied von Brahms zu spielen.

„O nein, sing was Fröhliches", bat Hermann.

Elsa hielt inne, dann schwenkte sie auf Mozart um und sang:

„*Ein Mädchen oder Weibchen, wünscht Papageno sich ...*" Hermann klatschte in die Hände und sang mit. Sie waren gerade bei „*Denn schmeckten mir Trinken und Essen ...*" angekommen, als sich die Tür zum Salon öffnete. Eugen stand dort und musterte sie mit finsteren Blicken.

Hermann sprang auf und lief auf seinen Vater zu. „Papa, Papa."

Eugen strahlte. Er nahm seinen Sohn auf den Arm und herzte und küsste ihn. Der Anblick ließ Elsas Kehle eng werden.

„Ist jetzt nicht Schlafenszeit?", fragte Eugen.

„Mama hat mir noch ein Schlaflied gesungen."

„Gut, dann bringe ich dich zu Bett."

Er ging hinaus, seinen Sohn auf dem Arm. Eulalie folgte ihm.

Elsa sah ihnen nach und kämpfte mit den Tränen. Ihre Finger fanden von selbst die Tasten und sie sang die Arie ihrer Namensvetterin aus dem „Lohengrin":

„Einsam in trüben Tagen
hab' ich zu Gott gefleht,
des Herzens tiefstes Klagen
ergoss ich im Gebet.
Da drang aus meinem Stöhnen
ein Laut so klagevoll,
der zu gewalt'gem Tönen
weit in die Lüfte schwoll:
Ich hört' ihn fernhin hallen,
bis kaum mein Ohr er traf;
mein Aug' ist zugefallen,
ich sank in süßen Schlaf.
In lichter Waffen Scheine
ein Ritter nahte da,
so tugendlicher Reine
ich keinen noch ersah.
Ein golden Horn zur Hüften,
gelehnet auf sein Schwert,
so trat er aus den Lüften
zu mir, der Recke wert;
mit züchtigem Gebahren
gab Tröstung er mir ein:
des Ritters will ich wahren,
er soll mein Streiter sein!"

KAPITEL 7

München, Freitag, 22. September 1899

Isolde zog ihre Schuhe aus, ging auf Strümpfen in den Salon, setzte sich auf die Récamiere, lehnte sich zurück, legte die Beine hoch, schloss die Augen und atmete tief aus. Der Tag war anstrengend gewesen. So viele Kunden und so viele Ansprüche. Sie hatte heute wieder fotografiert, während Sophia in dieser Zeit Bankgeschäfte erledigt und mit Handwerkern verhandelt hatte, die das Dach abdichten sollten, da es in der Retuschierkammer von der Decke tropfte. Wenn sie entscheiden sollte, welche der beiden Aufgaben sie bevorzugte, dann war es ganz eindeutig das Fotografieren.

Es klopfte an der Tür und Zenzi streckte ihren Kopf herein.

„Da ist Besuch für das Fräulein", sagte sie.

Isolde stöhnte. „Wer ist es?"

„Eine ziemlich große Frau mit einem beeindruckenden Gesicht. Nürnberg, heißt sie glaube ich."

Isoldes Müdigkeit war mit einem Schlaf wie weggewischt. „Augspurg?", fragte sie.

„Ja, das war es."

„Bitte sie herein!" Sie setzte sich auf. „Und sei so gut, mir die Pantoffeln mitzubringen. Die müssen noch im Flur liegen."

Zenzi entfernte sich und kam gleich darauf mit den Schuhen und der Besucherin zurück.

Isolde erhob sich und ging lächelnd auf Anita zu. Sie schüttelten sich die Hände und umarmten sich kurz. Dann schlüpfte sie möglichst unauffällig in die Pantoffeln, bot Anita einen Platz im Ohrensessel des Onkels an und setzte sich selbst wieder auf die Recamiére.

„Was für eine Überraschung!", begann Isolde. „Ich dachte, du wärst in Zürich."

„Das war ich auch", sagte Anita. „Aber am Wochenende findet ein Kongress des Deutschen Frauenbundes statt. Und den wollte ich nicht verpassen."

„Schön. Wie geht es dir?"

Anita lächelte. „Ich kann mich nicht beklagen. Zwar habe ich Arbeit bis über beide Ohren, aber das ist eher ein Zustand, der mich anregt."

„Was ist mit der Petition an den Reichstag?"

„Die ist abgegeben. Ich war persönlich in Berlin."

„Und? Wie stehen die Erfolgschancen?"

Anita winkte ab. „Ich bin nicht so naiv, anzunehmen, dass die Unterschriften von mehreren tausend Frauen ausreichen werden, damit unsere Herren Abgeordneten ernsthaft erwägen, uns das Stimmrecht zuzugestehen. Aber es ist ein erster Schritt und ich habe einen langen Atem. Sprechen wir lieber von dir. Was macht die Kunst?"

Isolde zögerte einen Augenblick. Es war ihr unangenehm, Anita von ihrer Arbeit im Atelier *Elvira* zu erzählen, nachdem sie und Sophia nun getrennte Wege gingen. Ihre Mentorin schien dies zu bemerken, denn sie zwinkerte ihr zu und sagte:

„Sophia und ich sind im Guten auseinandergegangen. Es verletzt mich nicht, ihren Namen zu hören oder zu erfahren, wie viel besser das Atelier nun ohne meine Einmischungen läuft."

„So ist es gar nicht", protestierte Isolde.

Anita hob lachend die Hand. „Das war ja auch nur im Spaß dahingesagt. Also, macht dir das Fotografieren noch Freude?"

Isolde nickte. „Ja, es ist meine Art, mit Menschen in Kontakt zu treten. Ich weiß auch nicht … wenn jemand zum Fotografieren kommt, dann habe ich sofort ein Gefühl dafür, wie ich ihn oder sie posieren lassen muss, welche Hintergründe ich wähle, welchen Bildausschnitt. Ich muss nicht lange darüber nachdenken."

„Das ist schön", sagte Anita.

„Aber auch ein wenig beängstigend. Ich … ich denke sonst immer ausführlich über alles nach."

„Das kenne ich. Und manchmal neige ich dazu, die Dinge auch zu zerdenken. Geht es dir auch so?"

Isolde nickte. „O ja. Das bringt mich dann oft in ziemliche Zwickmühlen."

Sie überlegte, ob sie Anita von ihrer aktuellen Unsicherheit erzählen sollte. Ihre Freundin bemerkte auch diese kurze Pause.

„Bedrückt dich etwas?", fragte sie.

Isolde seufzte. „Ja", sagte sie und begann, Anita von ihrem Hadern mit einer möglichen Selbstständigkeit zu berichten. Ihre ehemalige Chefin hörte aufmerksam zu, fragte zweimal nach, um etwas genauer zu verstehen und sagte schließlich:

„Ich kann das gut nachvollziehen. Menschen sehnen sich nach Freiheit. Doch die Kehrseite davon ist die Verantwortung, die wir tragen müssen, wenn wir uns aus Abhängigkeiten befreien. Wie Kant es so schön ausgedrückt hat: *Aufklärung ist der Ausgang des Menschen aus seiner selbst verschuldeten Unmündigkeit.* Die Unmündigkeit ist so oft bequem. Ein angenehmes Ruhekissen. Dein Angestelltenverhältnis erlaubt es dir, dich ausschließlich dem Fotografieren zu widmen. Gleichzeitig hält es dich in einer Abhängigkeit von Sophia. Sie hat Recht getan, dir klarzumachen, dass das kein Dauerzustand sein kann. Was, wenn ihr tatsächlich etwas zustößt?"

„Dann suche ich mir ein anderes Atelier", sagte Isolde leise.

„Ich will dir keinen Essig in den Wein gießen", sagte Anita. „Aber für wie wahrscheinlich hältst du es, dass du noch einmal ein Haus findest, in dem du so geschätzt und gemocht wirst, wie im *Elvira*? Die meisten Ateliers werden von Männern geleitet, die ganz bestimmt keine Frau anstellen wollen, von der sie noch lernen könnten, wie man perfekte Porträts anfertigt."

Isolde grub die Schneidezähne in ihre Unterlippe.

„Ich weiß, wie schwierig das ist", fuhr Anita fort. „Aber manchmal muss man einen Sprung wagen, um glücklich zu werden. Du hast das doch schon einmal getan, damals, als du das Seminar verlassen hast."

„Aber ich bin glücklich", erwiderte Isolde und klang dabei beinahe ein wenig trotzig.

Anita legte den Kopf schief und musterte sie. „Wie stellst du dir dein Leben in fünf oder zehn Jahren vor?", fragte sie.

Isolde stutzte. Darüber hatte sie noch nie nachgedacht. „Nun, ich möchte arbeiten und Geld verdienen", sagte sie.

„Wirst du dann immer noch bei deinem Onkel wohnen?“

Isolde spürte, wie ihr Gesicht warm wurde. Sicher lief sie wieder rot an.

Anita lächelte. „Nun, ganz offenbar willst du das nicht?“

Isolde schüttelte den Kopf. „Ich möchte gerne mit Emily zusammenleben. In einer gemeinsamen Wohnung. Wie eine Familie. Ich möchte mit ihr Reisen unternehmen. In die Sommerfrische fahren.“

„Wie viel Urlaub hast du im Atelier?“

Isolde war sich sicher, dass Anita das wusste, sie hatte schließlich den Arbeitsvertrag aufgesetzt.

„Zehn Tage im Jahr“, sagte sie.

Anita nickte. „Wie weit kannst du in zehn Tagen verreisen?“

Isolde seufzte. „Ja, ich weiß, worauf die hinaus willst. Wenn ich meine eigene Herrin wäre, könnte ich meine Wünsche viel eher verwirklichen.“

„Du weißt es. Und du wünschst es. Aber du willst es noch nicht“, sagte Anita.

„Ich habe Angst“, murmelte Isolde.

Anita nickte. „Ja, das spüre ich. Und das ist in Ordnung. Aber die Angst wird nicht kleiner, wenn wir ihr nachgeben. Im Gegenteil.“

„Danke“, sagte Isolde.

„Wofür?“

„Für deine offenen und ehrlichen Worte.“

Anita lachte. „Nun, dafür bekomme ich selten Dank. Die Herren Politiker stören sich eher daran.“

„Das mag daran liegen, dass es Herren sind“, sagte Isolde.

Anita legte den Kopf in den Nacken und brach in ein schallendes Gelächter aus. Isolde konnte nicht anders und stimmte mit ein.

***

Elsa sah zum Fenster hinaus. Der Fiaker war eben vorgefahren und ihm entstieg die Gestalt, die sie erwartet hatte. Sie spürte einen kurzen Anflug der Enttäuschung und erinnerte sich an neulich, als ein unerwarteter Gast ein ebensolches Gefährt verlassen und ihr eintöniges Leben für einen Moment gehörig durcheinandergewirbelt hatte.

Die Besucherin hob ihren Kopf und unter dem breitkrempigen Hut sah Elsa die dürre, kurze Nase, die aus Friedas Gesicht aufragte wie eine verschrumpelte Karotte aus einem schmelzenden Schneemann. Ihre Freundin winkte ihr zu und notgedrungen erwiderte Elsa den Gruß. Sie blieb am Fenster stehen, bis Graham den Gast anmeldete und wandte sich im passenden Augenblick um, um die Begrüßungszeremonie noch einmal mit einem Küsschen auf beide Wangen zu wiederholen.

„Du siehst blendend aus!", rief Frieda und Elsa erwog kurz, ihr das Kompliment zurückzugeben, brachte es dann aber doch nicht über sich, so dreist zu lügen.

„Was macht dein Nachwuchs?", fragte Frieda.

„Er wächst und gedeiht", sagte Elsa. „Das Kindermädchen ist mit ihm im Park. Er wollte unbedingt Kastanien sammeln."

„Schön", sagte Frieda und setzte ein künstliches Lächeln auf, das weit davon entfernt war, ihre Augen zu

65

erreichen. Dass Elsa so rasch nach ihrer Hochzeit Mutter geworden war, hatte sie zuerst spöttisch kommentiert. Nach ihrer eigenen Vermählung mit dem Sohn eines Geschäftspartners ihres Bankier-Vaters war Frieda jedoch zunächst der Nachwuchs verwehrt geblieben und so hätte es nun an Elsa sein können, ihr den Stachel in die Wunde zu treiben. Doch daran hatte sie kein Interesse mehr. Frieda war ihr gleichgültig und ihre regelmäßigen Besuche waren eher etwas, was sie über sich ergehen ließ.

„Wie geht es deinem Mann?", fragte sie.

Frieda zuckte mit den Achseln. „Wie es viel beschäftigten Bankiers nun einmal so geht. Da erzähle ich dir ja nichts Neues. Er ist viel beim Arbeiten oder im Club. Aber für nächstes Jahr hat er mir eine Reise nach Italien versprochen. Wir wollen nach Capri übersetzen und einen Monat in einer Villa eines reichen Barons verbringen, der einen Berg Schulden bei Werners Bank hat. Plant ihr auch Reisen?"

Elsa schüttelte den Kopf. „Eugen hat viel zu tun und mich hat es nie so in die Ferne gezogen wie meine Schwester."

„Arbeitet sie noch als Fotografin?", fragte Frieda und setzte dabei eine leicht angeekelte Miene auf. „Ich kann nicht verstehen, wie man damit glücklich werden soll. Vor allem, weil man munkelt, dass der Baron von Linden um ihre Hand angehalten haben soll."

Elsa zuckte mit den Achseln. „Isolde hat sich für diesen Weg entschieden und sie scheint mir sehr glücklich zu sein. Nicht jede ist zur Ehefrau geboren."

Frieda zog eine Augenbraue nach oben, enthielt sich aber eines weiteren Kommentars. „Und zwischen dir und Eugen ist alles in Ordnung?", fragte sie.

Diese Lüge kam Elsa leicht über die Lippen. „Ja, warum?"

Frieda drehte die Teetassen ihren Händen hin und her. „Du weißt, wie sehr ich Gerüchte verabscheue. Aber mir ist da eines zu Ohren gekommen und nun weiß ich auch nicht."

Elsas Puls beschleunigte sich. „Was hast du gehört?"

„Nun, ich habe darüber sprechen hören, dass dein Eugen im Englischen Garten gesehen worden sei. Arm in Arm mit eurem Kindermädchen."

Elsa lachte laut auf. „Wer setzt denn einen solchen Unsinn in die Welt?"

Frieda stellte die Tasse ab und hob abwehrend beide Hände.

„Mir war schon klar, dass da nichts dran ist. Ich weiß auch nicht mehr, von wem ich das gehört habe. Ich werde es also vergessen."

„Tu das", sagte Elsa und setzte ein Lächeln auf, von dem sie sich sicher war, dass es überzeugender wirkte als Friedas.

Sie unterhielten sich noch eine Weile über dies und das und schließlich erhob sich die Freundin, um wieder nach Hause zu gehen. Kaum war sie aus der Tür, als Elsa wie ein Raubtier im Käfig auf und abzugehen begann. Sie sah auf die Uhr. Kurz vor sechs. Bald musste Eugen heimkommen.

Es dauerte dann doch bis halb acht, ehe seine Kutsche vorfuhr. Elsas Zorn hatte sich in dieser Zeit ins Unendliche gesteigert. Mit geballten Fäusten strich sie durch das Zimmer, die Zähne so fest aufeinandergepresst, dass ihre Kiefer schmerzten.

Eugen öffnete die Tür zum Salon, sah, dass seine Frau allein dort war, und wollte schon wieder gehen, doch sie rief ihn zurück.

Er trat auf sie zu. „Was gibt es?", fragte er kühl.

„Ich muss mit dir reden", sagte sie.

Er verzog das Gesicht. „Ich höre."

Elsa holte tief Luft. „Es ist schamlos, wie du mich in aller Öffentlichkeit mit Eulalie betrügst. Ich will, dass sie morgen nach Frankreich zurückkehrt."

Er musterte sie mit kalten Augen. „Eulalie ist ein sehr gutes Kindermädchen. Hermann ist ihr zugetan. Ich sehe keinen Anlass, sie zurückzuschicken."

„Willst du abwarten, bis sie einen Bastard von dir im Bauch hat?"

Sie sah die Ohrfeige kommen, konnte aber nicht mehr ausweichen. Ihre Wange brannte wie Feuer. Doch eingeschüchtert war sie nicht. „Du bist primitiv", zischte sie.

Er zuckte mit den Achseln. „Ich bin der Herr dieses Hauses. Und ich verbitte mir von dir jegliche Vorschriften darüber, was ich zu tun oder zu lassen haben soll."

„Du betrügst mich in aller Öffentlichkeit."

Er schüttelte den Kopf. „Du hast mich in diese Ehe gezwungen. Mein Gelübde war erpresst. Ich sehe keinen Grund dafür, es zu halten. Ich bin dir nicht zu mehr verpflichtet, als das Gesetz es verlangt. Deshalb habe ich dich auch nicht verstoßen. Aber erwarte nicht von mir, dass ich mich als dein liebender oder treu sorgender Ehemann gebärde. Du hast mein Leben zur Hölle gemacht und das werde ich dir mit gleicher Münze heimzahlen. Ich verachte dich.“

Er drehte sich um und ging zur Tür hinaus. Elsa rieb sich die Wange und sah ihm nach. Ihre Augen füllten sich mit Tränen der Wut und der Hilflosigkeit.

KAPITEL 8

München, Samstag, 23. September 1899

Isolde klopfte an die Tür und trat ein. Emily saß an ihrem Schreibtisch. Sie lehnte mit einem Ellbogen auf der Tischplatte und stützte das Kinn mit der Handfläche, sodass sie ihr das Profil zuwandte. In der freien Hand hielt sie einen Bleistift, dessen stumpfes Ende in ihrem Mund steckte. Sie kaute daran und ihre Stirn lag in tiefen Falten.

„Grüß dich", sagte Isolde, trat auf sie zu und küsste sie.

Emily erhob sich und umarmte ihre Freundin. „Was machst du hier?", fragte sie. „Ich dachte, du bist heute beim Arbeiten."

„Ich habe mir freigenommen", erwiderte Isolde. „Und ich wollte dich abholen, weil ich eine kleine Überraschung für dich habe."

Emilys Augen leuchteten. „Oh, Überraschungen sind toll", rief sie. „Ich komme eh nicht voran mit meinem Manuskript." Sie deutete auf einen Stapel eng beschriebener Blätter auf ihrem Schreibtisch.

„Na, immerhin sind die noch nicht zerknüllt", sagte Isolde.

„Ja, das bedeutet aber nur, dass ich sie nicht furchtbar finde", sagte Emily und grinste dabei.

Sie warf sich einen Mantel über und setzte das Hütchen auf, was ihr ein keckes Aussehen verlieh. Dann durchquerten sie das Wohnzimmer. Der Maler Wankel lag auf dem Kissenstapel in der Ecke und schnarchte. Sein riesenhafter Bauch bewegte sich auf und ab wie eine monströse Welle im Pazifischen Ozean.

Sie traten auf die Straße und gingen gemeinsam in Richtung Maxvorstadt.

„Wohin führst du mich denn aus?", fragte Emily.

„Von Elsa habe ich gelernt, dass das Prinzip einer Überraschung darin besteht, dass die Überraschte nicht weiß, worum es sich handelt."

„Ich bin aber so schrecklich neugierig."

„Du wirst nicht lange warten müssen. Versprochen!"

Emily seufzte und hakte sich bei Isolde unter. Nach einer Viertelstunde bogen sie in die Schwindstraße ab. Am dritten Gebäude auf der linken Seite hielt Isolde an.

„Fotoatelier Hofmann", las Emily. „Willst du mich von der Konkurrenz ablichten lassen?"

Isolde schüttelte den Kopf. Sie öffnete die Tür in den Empfangsbereich und bedeutete Emily, einzutreten.

„Ah, da sind Sie ja noch einmal, Fräulein Hartmann."

Ein grauhaariger Mann mit einer runden Brille und einem Spitzbäuchlein, das zwischen den Flügeln seiner Weste hervorlugte wie eine Igelnase aus dem Blätternest, schüttelte ihr die Hand.

„Das ist Emily Winter, eine Freundin", sagte Isolde.

Emily warf ihr einen fragenden Blick zu, nachdem sie den Fotografen ebenfalls mit Handschlag begrüßt hatte.

„Nun, dann zeige ich Ihnen am besten einmal meine Räumlichkeiten."

Er führte sie durch eine Schiebetür in das direkt an den Empfangsbereich angrenzende Studio. „Das ist ein einstöckiger Anbau", erklärte er und deutete auf die

Decke, in die drei große Glasscheiben eingelassen worden waren. „Sie werden den ganzen Tag über ausgezeichnete Lichtverhältnisse haben. Selbst bei trübem Wetter.“

Emilys Augen weiteten sich. „Ist es das, was ich glaube, was es ist?“, flüsterte sie Isolde ins Ohr.

„Was glaubst du denn?“, erwiderte diese, ebenfalls im Flüsterton.

„Wir besichtigen hier ein Atelier, das du übernehmen willst.“

„Gut kombiniert, Sherlock“, gab Isolde zurück. Emily drückte ihre Hand so fest, dass es ihr beinahe wehtat.

Das Studio war kleiner als das im Atelier *Elvira*, aber es war sauber, alles war ordentlich aufgeräumt und das Messing der Balgenkamera auf dem Dreibeinstativ glänzte. Hofmann führte sie in die Dunkelkammer und in den Retuschierraum. Schließlich zeigte er ihnen noch das Büro. Er nahm hinter einem Schreibtisch Platz. In seinem Rücken ragte eine Regalwand mit zahlreichen Ordnern und Büchern auf.

Isolde und Emily setzten sich ihm gegenüber.

„Wie ist Ihr Eindruck?“, fragte der Fotograf.

„Sie haben Ihren Laden sehr gut im Schuss“, sagte Isolde.

Hofmann lächelte. „Es freut mich, dass das Ihrem geschulten Blick nicht entgangen ist. Haben Sie Interesse daran, das Atelier zu übernehmen?“

Isolde hörte, wie Emily neben ihr die Luft einsog. Sie rief sich das Bild vor ihr inneres Auge, das Anita heraufbeschworen hatte. Wie sie beide in fünf Jahren zusammenwohnten, wie sie ihre Zeit frei einteilen konnte. Wie sei reisten, lebten, liebten.

„Ja", sagte sie. „Ich kann mir das sehr gut vorstellen."

Er lächelte. „Gut, ich kann Ihnen das Atelier mit sämtlicher Ausrüstung für 12.000 Mark überlassen."

Isolde nickte. „Das ist ein angemessener Preis. Ich bin einverstanden."

Hofmann erhob sich und streckte ihr die Hand entgegen.

Isolde tat es ihm nach und schlug ein.

„Gut, ich werde einen Notarvertrag aufsetzen lassen und mich um die Formalitäten kümmern", sagte er.

„Was ist mit der Wohnung?", fragte Isolde.

Er schlug sich gegen die Stirn. „Ach, herrje, die hätte ich fast vergessen. Kommen Sie mit."

Er führte sie eine Treppe hinauf in den ersten Stock und öffnete eine Tür. Sie traten in einen Flur und danach in ein leeres, geräumiges Zimmer, auf dessen dunklem Holzfußboden die Sonnenstrahlen golden zerflossen.

„Ich bin schon ausgezogen. Meinen Lebensabend möchte ich am Tegernsee verbringen, da habe ich mir ein Häuschen gekauft."

„Wie viel kostet die Wohnung?", fragte Isolde.

„5000 Mark."

„Dürfen wir die Räume anschauen."

„Aber natürlich. Ich bin unten im Büro, kommen Sie danach einfach noch einmal bei mir vorbei."

Er ging hinaus. Als die Tür sich hinter ihm geschlossen hatte, packte Emily Isoldes Hand. „Bist du dir sicher?", fragte sie.

Isolde nickte. „Ganz sicher."

„Und du machst das nicht nur meinetwegen?"

Isolde schüttelte den Kopf. „Nein, ich will es. Das ist mir klar geworden, als ich mit Anita gesprochen habe. Es ist der nächste Schritt in meinem Leben und ich will ihn gehen."

Emily klatschte in die Hände.

„Ich möchte aber noch einen Schritt gehen", fuhr Isolde fort. Emily sah sie gespannt an. Ihre Augen leuchteten.

„Willst du mit mir gemeinsam in diese Wohnung einziehen?"

Emily drehte sich im Kreis und jauchzte. „Natürlich. Nichts lieber als das."

Sie fielen sich in die Arme und versanken in einem langen Kuss.

***

Elsa hatte sich in Schale geworfen. Sie hatte gebadet, sich von Edith die Haare waschen und frisieren lassen, Rouge aufgetragen und den Schmuck ihrer Mutter angelegt. Sie trug das prächtigste Kleid, das sie in ihrem Schrank hatte finden können, dunkelblau mit Perlenstickereien, die sie wie die Königin der Nacht aus der „Zauberflöte" aussehen ließen. Sie stand vor dem Spiegel, bewunderte sich und sang die ersten Takte von *Der Höllen Rache kocht in meinem Herzen …*", ehe sie an den Koloraturen scheiterte. Ihr Sopran war wohl eher für Wagner geschaffen. Oder für Strauss, diesen jungen Komponisten aus München, dessen erste Oper *Guntram* – ein ritterliches Drama – ihr sehr gut gefallen hatte. Leider war sie eine der wenigen Münchenerinnen gewesen, die dem Stück etwas abgewinnen hatten können, denn es war nach einer Handvoll Aufführungen bereits wieder abgesetzt worden.

Sie trat hinaus in den Flur. Eben kam Eugen aus seinem Zimmer. Er trug einen Hausanzug und schlurfte auf Pantoffeln über den Teppich.

„Wo gehst du hin?", fragte er.

„Ich gehe zum Ball des Fürsten Platkowski", sagte sie.

Seine Augen verengten sich. „Alleine?"

Sie zuckte mit den Achseln. „Du wirst wohl nicht mitgehen, weil er kein Kunde deiner Bank ist."

„Warum sollte ich auch?"

„Nun, du könntest dich amüsieren. Aber dafür musst du ja nicht ausgehen. Dein Amüsement befindet sich einen Stock höher in der Gouvernantinnenstube."

Er hob die Hand. „Schlag mich ruhig", sagte sie. „Ich freue mich schon darauf, die Fragen der anwesenden Damen und Herren zu beantworten."

„Du wirst mit niemandem darüber sprechen", knurrte er. „Oder ich verbiete dir, das Haus zu verlassen."

Sie lachte. „Einsperren willst du mich?"

„Treib es nicht zu weit!"

„Ich breche jetzt auf. Der Wagen wartet."

Ohne seine Antwort abzuwarten, ging sie die Treppe hinab, ließ sich von Graham in den Mantel helfen und trat hinaus. Der Kutscher reichte ihr den Arm. Sie stieg in den Fiaker und das Gefährt setzte sich in Bewegung.

Elsa atmete tief durch. Es hatte sie viel Kraft gekostet, ruhig zu bleiben, sich nicht anmerken zu lassen, wie groß ihre Angst vor einem erneuten Gewaltausbruch ihres Mannes gewesen war. Sie wusste, dass es klüger gewesen wäre, an sich zu halten, ihn nicht wieder zu provozieren. Aber sie konnte nicht anders. Er hatte sie zutiefst verletzt. Und sie würde es ihm heimzahlen, dessen war sie gewiss.

Das Palais des Fürsten war hell erleuchtet. Sie ließ sich vom Kutscher aus dem Wagen helfen und stieg die Freitreppe hinauf. Ein Diener nahm ihr den Mantel ab, ein anderer führte sie zum Gastgeber und seiner Frau, die am Eingangsportal standen und die Gäste begrüßten. Nachdem sie einige höfliche Worte ausgetauscht und Elsa ihren Ehemann entschuldigt hatte, trat sie in den Saal. Im hinteren Teil hatte sich das Orchester aufgebaut. Die Musiker stimmten gerade ihre Instrumente ein. In der Mitte war eine große Fläche zum Tanzen freigeräumt worden, die von in einem Fischgrätmuster aufgestellten Tischen umrahmt wurde.

Ein Bediensteter mit einem buschigen Schnurrbart trat auf sie zu und fragte auf Französisch nach ihrem Namen. Sie nannte ihn und der Mann, offenbar der Haushofmeister des Fürsten, führte sie zu ihrem Platz. Vor ihrem Teller stand ein mit „Elsa von Lampeck" beschriftetes Tischkärtchen. Zu ihrer Linken war Eugens Stuhl. Der würde heute frei bleiben. Der Gedanke zauberte ihr ein Lächeln ins Gesicht.

Sie wollte sich setzen, als ein ziemlich großer Mann in Uniform zu dem Platz neben ihr geführt wurde. Als er sie sah, salutierte er.

„Oberst Meissner vom dritten sächsischen Kavallerieregiment", sagte er und küsste die Hand, die Elsa ihm entgegenstreckte. Sie nannte ihren Namen und setzte sich. Er tat es ihr nach.

„Was verschlägt Sie nach München?", fragte sie.

„Ein gemeinsames Manöver mit den königlich bayerischen Truppen", erwiderte er. Er sächselte vernehmlich, was Elsa schmunzeln ließ.

Meissner sah gut aus. Kräftig und groß, mit einem kantigen Gesicht. Die Mensurnarbe war nur klein und wurde von seinem Backenbart halb verdeckt. Aber alles an ihm strahlte eine rohe männliche Energie aus, die in Elsas Magengrube ein spannungsgeladenes Kribbeln hervorrief.

Sie unterhielten sich während des Essens beständig weiter und ließen dabei – bewusst oder unbewusst, Elsa war sich nicht ganz sicher – jede Erwähnung oder Nachfrage bezüglich ihres Ehemannes unter den Tisch fallen. Als der Fürst nach dem Hauptgang eine kurze Rede auf Französisch hielt und ankündigte, dass das Parkett nun freigegeben sei, bat Meissner Elsa um den ersten Tanz. Als sie wild über die Tanzfläche walzten, spürte Elsa, wie ihr das Blut in den Kopf schoss. Ein Glücksgefühl, das sie schon gar nicht mehr zu erleben gehofft hatte, breitete sich in ihr aus. Sie fühlte, wie Meissners starke Arme sie hielten, und gleichzeitig sah sie in seinem Blick, wie sehr er sie begehrte.

Das Bewusstsein, Macht über diesen Mann zu haben, ihn und seine Begierde in ihrer Hand zu halten, darüber entscheiden zu können, ob sie ihm etwas gewährte und wie weit sie dabei gehen wollte, berauschte sie. Sie blieben für drei Tänze auf dem Parkett, dann führte er sie an ihren Platz und entschuldigte sich kurz, weil er einen Bekannten vom Regiment unter den Gästen entdeckt habe. Er versprach, gleich wieder da zu sein.

Sie nahm einen Schluck aus dem Champagnerglas und lehnte sich zurück.

„Wo hast du denn deinen Mann gelassen?", hörte sie eine ihr nur allzu bekannte Stimme fragen.

Sie wandte sich zur Seite und sah Frieda vor sich stehen.

„Der ist krank. Eine Erkältung", sagte sie.

„So so", sagte Frieda. „Und er hat dich einfach so alleine gehen lassen?"

Elsa zuckte mit den Achseln. „Jemand muss doch die Familie repräsentieren. Wo ist dein Gemahl?"

„Der unterhält sich mit dem Fürsten." Sie deutete auf eine Gruppe von Männern, allesamt klein, untersetzt und mit ziemlich wenigen Haaren gesegnet, die sich mit dem Einsatz von Händen und Füßen unterhielten. „Dein Tanzpartner ist fesch", sagte sie.

„Ja, das ist er. Wenn ich schon tanze, dann will ich es auch genießen."

Friedas Augenbrauen schossen nach oben. „Ich gebe dir einen guten Rat als Freundin. Geh nicht zu weit. Du weißt, wie rasch Gerüchte entstehen."

Elsa nickte. „Danke für deinen Rat. Aber wenn mich das Leben eines gelehrt hat, dann, dass man nicht allzu sehr auf Gerüchte setzen sollte."

Der Offizier kam zurück und begrüßte Frieda. „Darf ich bitten?", fragte er Elsa.

Sie erhob sich und nahm seine Hand. Er zog sie mit sich. Sie wandte sich um und zwinkerte Frieda zu. Dann gab sie sich dem Rausch des Tanzes hin.

KAPITEL 9

München, Sonntag, 24. Dezember 1899

Es schneite in schweren, dichten Flocken. Auf die Straßen und Wege hatte sich eine dicke, weiße Decke gelegt und auch die kahlen Äste der Bäume waren armdick mit Eis und Schnee überzogen. Elsa sah hinaus in diese Winterwelt und hatte dabei das Gefühl, das Wetter spiele den Zustand in ihrem Herzen nach. Ihr war kalt. Auch innerlich. Das Leben hatte alle Farbe verloren.

Es klopfte an der Tür. Sie drehte sich um und rief: „Herein!"

Eulalie erschien im Türrahmen. Ein Gefühl des Widerwillens ergriff Besitz von ihr. Am liebsten hätte sie die Französin hinausgeworfen, aber sie bezähmte sich.

„Es ist alles bereit für die Bescherung", sagte sie.

Elsa nahm anerkennend wahr, dass ihr Deutsch von Tag zu Tag besser wurde, dass ihr Akzent immer mehr in den Hintergrund trat. Ob Eugen dafür verantwortlich war? Ob sie viel miteinander sprachen, wenn sie ihre Stelldicheins hatten? Sie konnte es sich kaum vorstellen. Eugen war immer rasch an anderen Dingen interessiert gewesen, bei denen sich der Austausch von Worten auf nur einzelne Begriffe oder gar unterdrückte Laute beschränkt hatte. Woher sie dann wohl so gut Deutsch gelernt hatte?

Sie folgte dem Zimmermädchen hinunter in das Treppenhaus. Vor der Tür zum Salon stand ihr Mann. Er hielt Hermann im Arm. Der Anblick versetzte ihr einen Stich. Ihr Sohn war aufgekratzt und redet in einem fort.

„Ob das Christkind schon da war? Habt ihr es gesehen? Was es mir wohl bringt? Ich war so brav. Da habe ich doch viele Geschenke verdient."

Neben Eugen standen seine Eltern. Sie bedachten Elsa mit finsteren Blicken. Sein Vater brachte dann aber doch ein: „Frohe Weihnachten!" heraus und Elsa erwiderte den Gruß.

Ein Klingeln ertönte, der hohe Klang einer kleinen Glocke. Das musste Graham sein, der das Christkind gespielt und die Geschenke unter dem Baum verteilt hatte. Er würde sich durch die rückwärtige Tür zurückziehen. Deshalb wartete Eugen einen Moment, ehe er in den Salon trat. Elsa ließ seinen Eltern den Vortritt und folgte als letzte. Eulalie blieb im Treppenhaus zurück.

Der Butler und die Hausmädchen hatten eine fabelhafte Arbeit geliefert. Der gut drei Meter hohe Baum war über und über mit Kerzen, goldenen Kugeln und weiß lackierten Strohsternen geschmückt. Darunter lagen, ordentlich verpackt, ein großer Paketstapel sowie rechts und links davon jeweils ein kleineres Päckchen.

Eugen setzte Hermann ab und der Junge stürmte auf den Geschenkestapel zu. Er griff sich das erste Paket und fummelte an der Schnur herum, bekam sie aber nicht auf. Hilfesuchend sah er sich um. Elsa wollte zu ihm, doch ihre Schwiegermutter war schneller.

„Warte, ich mach das."

Sie öffnete den Knoten des Geschenkbandes und half Hermann, das Papier abzunehmen.

„Oh, so ein schöner Ball“, rief er und holte einen bunten Lederball aus dem Paket. Er hielt ihn in seinen kleinen Händen und warf ihn dann in die Höhe. Beinahe hätte der Ball eine Kerze mitgerissen und die Schwiegermutter schimpfte Hermann dafür. Als Elsa sah, dass ihrem Kind die Tränen die Wangen herabliefen, kniete sie sich neben ihn und schob Hermann das nächste Geschenk hin. Sie half ihm dabei, es zu öffnen. Seine Augen wurden groß.

„Ein Steckenpferd!“, rief er. Kaum hatte er das Papier von dem Spielzeug gelöst, schwang er sich darauf und ritt durchs Zimmer, wobei er in unregelmäßigen Abständen ein Geräusch ausstieß, das wohl an ein Wiehern erinnern sollte.

Eugen trat zu Elsa und drückte ihr ein Päckchen in die Hand.

„Für dich“, sagte er. Sie wartete darauf, dass er ihr aus Höflichkeit einen Kuss auf die Wange geben würde, aber als er keine Anstalten dazu machte, bückte sie sich, hob das übrig gebliebene Geschenk auf und reichte es ihm.

Sie hielt ihres in den Händen und verzichtete darauf, es auszupacken. Stattdessen spielte sie mit ihrem Sohn, bis dieser vor Müdigkeit kaum mehr die Augen offen halten konnte.

„Ich glaube, es wird Zeit, ins Bett zu gehen“, sagte sie schließlich und strich ihm zärtlich über die Haare.

„Darf ich mein Pferdchen mitnehmen?“, fragte er und sah sie so lieb und flehend an, dass sie es ihm erlaubte. Sie küsste ihn und rief nach Eulalie, die Hermann an die Hand nahm und nach oben führte.

Eugen stand mit seinen Eltern zusammen. Sie unterhielten sich. Ihr Kreis war so eng, dass Elsa viel Kraft und Energie hätte aufwenden müssen, um sich zwischen sie zu drängen. Sie verzichtete darauf und ging nach oben in ihr Zimmer. Dort setzte sie sich an den Schminktisch und riss das Päckchen auf. Ein Buch kam zum Vorschein.

„Über den Umgang mit Menschen von Adolph Freiherr von Knigge", las sie. Sie spürte, wie eine gewaltige Wut in ihr aufwallte. Eugen hatte es gerade nötig, ihr Vorhaltungen zu machen, wie sie mit anderen Menschen umging. Am liebsten wäre sie die Treppe hinabgestürzt und hätte ihm das Buch an die Stirn geworfen. Doch sie hielt sich im Zaum. Es war sinnlos. Ein Gefühl der Leere machte sich in ihr breit, verdrängte den Zorn. Sie schluchzte. Was war nur aus ihrem Leben geworden?

Sie sah zum Fenster hinaus. Es schneite noch immer. Da draußen saßen überall Familien in ihren Häusern, glückliche Familien, die gemeinsam Weihnachten feierten. Eheleute, die sich liebten, Großeltern, die ihre Enkelkinder herzten und küssten. All das war in diesem Haus nie geschehen. Trotz aller Pracht, trotz allen Prunks war hier nie die Liebe eingekehrt. Ob Hermann das spürte? Für ihn tat es ihr unendlich leid. Er konnte nichts für den Schlamassel, in den sich seine Eltern gebracht hatten. Elsa spürte, wie sich Tränen in ihre Augenwinkel schlichen. Auch das noch. Dieses Weihnachten würde ein echtes Jammertal werden.

Sie schlug mit der Faust auf den Tisch. Nein, das wollte sie nicht zulassen. Es lag an ihr, was sie aus diesem Heiligabend machte. Sie rief nach Graham und trug ihm auf, einen Fiaker zu rufen. Dann ging sie die Treppe hinunter, zog einen Mantel an und trat vor das Haus. Schneeflocken schmolzen auf ihrer Hand und in ihrem Haar und sie atmete frei. Als die Kutsche vorfuhr, stieg sie voller Freude ein.

***

Isolde und Emily gingen untergehakt die Giselastraße entlang. Unter ihren Füßen knirschte der Schnee, aus ihren Mündern stoben Dampfwolken in den klirrend kalten Abendhimmel.

„Was für ein herrlicher Abend“, sagte Emily.

Isolde konnte ihr nur zustimmen. Sie hatten das Haus des Onkels erreicht und sie klopfte an die Tür. Zenzi öffnete ihnen. Sie trug eine Schürze und ihre Wangen waren gerötet.

„Kommen's schnell rein“, sagte sie. „Der Karpfen ist gerade fertig geworden.“

Isolde und Emily legten ihre Mäntel ab, stellten den Korb mit den Geschenken in den Flur und folgten der Haushälterin in die Küche, die mit dem großen Esstisch zugleich den Speisesaal des Hauses bildete. Der Onkel saß bereits am Tisch. Sein Bart war inzwischen schlohweiß und seine rechte, von Altersflecken übersäte Hand zitterte ein wenig. Aber seine Augen strahlten.

„Grüß euch“, sagte er. Isolde beugte sich zu ihm und küsste ihn auf die linke Wange, Emily tat es ihr auf der anderen Seite nach. Der Onkel lachte.

„So ist es recht, wenn die Weinachtesengerln von beiden Seiten kommen.“

83

Sie nahmen Platz und Zenzi trug das Weihnachtsessen auf. Der Karpfen war butterweich und die Klöße saftig. Zum Nachtisch gab es einen luftigen Gugelhupf.

„Zenzi, du bist und bleibst die Münchener Mehlspeisenkönigin", rief Emily, als sie von dem Gebäck gekostet hatte. Die Haushälterin lächelte und Isolde wurde warm ums Herz. Es war nicht einfach gewesen, Zenzi beizubringen, dass sie mit einer Frau zusammenlebte. Sie sprachen nie darüber, aber anfangs hatte sie eine deutliche Antipathie zwischen Zenzi und Emily wahrgenommen. Im Lauf der Zeit hatten sie sich besser kennengelernt und inzwischen wagte sie gar zu hoffen, dass die Haushälterin ihre Freundin ebenso sehr ins Herz geschlossen hatte wie der Onkel.

„Wie läuft es denn in deinem Atelier", wollte dieser wissen.

Isolde atmete tief durch. „Es waren anstrengende erste Monate", sagte sie. „Ich hatte unterschätzt, wie viel Arbeit nebenher noch zu leisten ist. Das Fotografieren nimmt weniger als die Hälfte meiner Zeit in Anspruch und ich bin jeden Tag von 8 bis 19 Uhr im Studio. Da kannst du dir ja ausrechnen, wie viel Freiraum mir noch bleibt."

„Jedes zweite Wochenende", warf Emily ein. „Da nimmt sie sich Zeit und das ist auch dringend notwendig. Sonst stirbt sie noch einmal an Überarbeitung."

Die Stirn des Onkels legte sich in Sorgenfalten. „Bist du nach wie vor glücklich mit deiner Entscheidung?"

Isolde nickte, ohne nachzudenken. „Ja, absolut. Es war der richtige Schritt. Und die ungebrochene Nachfrage zeigt mir, dass ich auf einem guten Weg bin. Ich kann mich vor Kunden kaum retten. Für ein Porträt beträgt die Wartezeit inzwischen zwei Wochen."

„Und wie bist du mit deinem Personal zufrieden?"

„Mit Melanie, der Empfangsdame, und Irene, der Retuscheurin und Entwicklerin habe ich zwei fähige Angestellte."

„Und nett sind sie auch", sagte Emily. „Wir lachen viel. Ich springe oft am Empfang ein, wenn Melanie Botengänge zu erledigen hat."

„Das klingt doch vielversprechend", sagte der Onkel.

Isolde nickte. „Es ist der Beginn von etwas sehr Schönem."

Sie wechselte einen Blick mit Emily. Ihre Finger suchten, fanden und drückten sich.

„Nun, dann wollen wir jetzt auch etwas sehr Schönes beginnen", sagte der Onkel und erhob sich. „Lasst uns doch einmal nachsehen, ob das Christkind schon da war."

Er ging voran in den Salon und die beiden Freundinnen folgten ihm. Der Baum war so schön geschmückt wie jedes Jahr. Die Kerzen brannten und die Strohsterne reflektierten die Wärme. Unter dem Baum lagen drei Geschenke. Isolde hatte den Korb aus dem Flur mitgenommen, legte ihrerseits zwei Pakete ab und sagte: „Das hat uns das Christkind unterwegs in die Hand gedrückt."

Der Onkel lachte schallend. „Nun denn", sagte er. „Frohe Weihnachten."

Sie packten die Geschenke aus. Der Onkel hatte Isolde einen aufwendigen Holzrahmen mit Schnitzereien verziert.

„Das Malen fällt mir immer schwerer. Aber das Schnitzen geht noch. Grobe Kraft habe ich genug."

Wie um seine Worte Lügen zu strafen, fand Emily in ihrem Päckchen eine Miniatur, die in feinsten Pinselstrichen eine junge Frau an einem Schreibtisch darstellt, die gedankenverloren an einem Stift kaute. Ihre Züge glichen unverkennbar denen Emilys.

„Oh, ist das schön!", rief sie, fiel dem Onkel um den Hals und küsste ihn auf die Wange.

Zenzi war etwas zurückhaltender, als sie sich schüchtern, aber hocherfreut für die silbernen Ohrringe bedankte, die er ihr geschenkt hatte. Als sie dann auch noch Isoldes und Emilys Geschenk auspackte, ein Buch mit österreichischen Mehlspeiserezepten, strahlte sie über beide Ohren. Auch der Onkel war sprachlos, als er eine Sammlung von Fotografien der Werke der letzten beiden Pariser Salons in den Händen hielt.

„Und nun, lasst uns ein Weihnachtslied singen", schlug er vor. Alle sahen sich an. Elsa war die musikalische in ihrer Familie, aber sie war nicht da, um das Lied anzustimmen. Da klopfte es an der Tür.

„Wer mag das sein?", fragte Isolde.

„Möglicherweise der Knecht Ruprecht?", schlug Emily vor. „War jemand von euch vielleicht doch nicht brav?"

„Ich gehe nachsehen", sagte Zenzi und ging hinaus. Sie hörten das Knarren der Tür, einen überraschten Laut, das Geräusch von Stiefeln, die vom Schnee freigeklopft wurden und Schritte im Flur. Die Tür öffnete sich wieder und im Rahmen stand Elsa. Sie war in einen Pelzmantel gehüllt. Ihr Gesicht war rosig.

„Elsa", riefen Isolde und der Onkel im Chor.

„Frohe Weihnachten“, sagte sie.

Emily sagte: „Du kommst gerade richtig. Wir wollten ein Weihnachtslied singen, aber niemand hat sich getraut, es anzustimmen.“

Ohne ihren Mantel abzulegen begann Elsa, mit ihrer reinen, klaren Sopranstimme zu singen:

„Stille Nacht, heilige Nacht
Alles schläft, einsam wacht
Nur das traute hochheilige Paar
Holder Knabe im lockigen Haar.
Schlaf in himmlischer Ruh,
schlaf in himmlischer Ruh!“

Und zur zweiten Strophe stimmten alle mit ein.

KAPITEL 10

München, Sonntag, 31. Dezember 1899

Isolde klopfte sich den Schnee von den Schuhen und trat in den Empfangsraum des Ateliers. Sie liebte es, an Sonntagen in ihrem Geschäft zu sein, wenn keine Menschenseele da war. Die Ruhe, die Stille, der Frieden. Sie strich mit dem Finger über den Tresen. Das Holz fühlte sich weich und kühl an. Ihr Blick schweifte über die Registerkasse, die beiden Stühle und das Tischchen mit den mit Beispielaufnahmen gefüllten Alben. Den Perserteppich, den Sophia ihr zum Abschied geschenkt hatte und in den Szenen aus einer orientalischen Sage eingewoben waren. Und die Tür zum Studio.

Sie ging hindurch und sah die Kamera ordentlich in ihrer Hülle verpackt auf dem Dreibein stehen, ebenso wie die zusammengerollten Kulissenvorhänge in der linken und die Kostüme und Requisiten in Regalen und einem Schrank in der rechten Ecke. Sie blickte nach oben und sah eine dichte Schneedecke auf dem Oberlicht liegen. Das Licht war dementsprechend gedämpft. Sie würde schon morgen Abend kräftig einheizen müssen, damit sie übermorgen wieder fotografieren konnte.

Isolde schloss die Tür hinter sich und stieg die Treppe in den ersten Stock hinauf. Als sie die Wohnung betrat, schlich sich der Duft frisch aufgebrühten Kaffees in ihre Nase. Ein Lächeln breitete sich auf ihrem Gesicht aus. Sie legte den Mantel und den Hut ab, zog ihre Schuhe aus und schlüpfte in Pantoffeln. Dann ging sie in den Salon.

Emily saß in dem Ohrensessel, den Elsa ihr zu Weihnachten geschenkt hatte. Sie trug noch ihren Morgenrock und hatte sich in eine dicke Decke gewickelt. Im Kamin prasselte ein Feuer und auf dem Beistelltischchen stand eine große Kanne Kaffee. Aus der Tasse direkt neben ihrer Freundin stieg eine Duftwolke auf. Die andere war leer.

In Emilys Schoß lag ein Buch. Ihr kleiner, feiner, weißer Zeigefinger klemmte darin. Isolde spitzte nach dem Titel. *Alltagsmenschen* von Carry Brachvogel. Die Münchener Schriftstellerin war eines der großen Idole ihrer Freundin. Emily lehnte an einem Ohr des Sessels. Sie hatte die Augen geschlossen und atmete regelmäßig, bei jedem Atemzug war jedoch ein hochfrequentes Pfeifen zu hören. Ihre Wangen waren rosig und ihre Haare fielen ihr in dichten, wallenden Locken über die Schultern.

Isolde schlich auf Zehenspitzen zu dem Tischchen, nahm sich die Kanne und goss Kaffee in die leere Tasse. Dann ging sie zu dem Pendant des Ohrensessels auf der anderen Seite des Kamins, setzte sich und trank einen tiefen Schluck. Ihr Blick war weiterhin auf Emily gerichtet. Wie schön sie war. Isolde spürte, wie ihr das Herz in der Brust schneller schlug. Ein Glücksgefühl strömte durch ihren Bauch, ihre Kehle hoch und erreichte ihre Augen, die ein wenig feucht wurden.

Emily nahm einen tieferen Atemzug, der in ein leises Rasseln überging. Sie verzog das Gesicht und hustete. Ihre Augenlider zuckten und öffneten sich. Sie

blinzelte und sah sich um. In ihrem verwirrten Ausdruck erkannte Isolde, dass sie diesen Moment nach
dem Aufwachen erlebte, in dem man nicht wusste, wo
man war, wie spät es war und – bisweilen auch – wer
man war.

„Oh, du bist schon da", sagte Emily, als das Wiederer-
kennen in ihren Augen aufblitzte.

„Ja, ich soll dich vom Onkel grüßen und von Zenzi. Sie
wünschen uns einen guten Rutsch."

„Danke, ich hoffe, du hast Grüße von mir bestellt."

„Aber natürlich."

Emily griff nach ihrem Kaffee und nahm einen
Schluck. „Ah, herrlich", sagte sie und schloss die Augen.
„Das sollte mich wach halten bis Mitternacht."

„Das Wachhalten ist doch dein geringstes Problem.
Du bist die Eule von uns beiden. Wenn ich schon kurz
vor dem Einschlafen bin, lebst du erst richtig auf."

Emily gähnte. „Dein Wort in Gottes Ohr. Ich will doch
diesen historischen Jahreswechsel in ein neues Jahrhundert nicht verpassen."

„Ich will nicht Wasser in deinen Kaffee gießen", sagte
Isolde. „Aber das neue Jahrhundert beginnt erst über-
nächstes Jahr."

Emily verdrehte die Augen. „Es ist ja nicht so, dass du
mir das nicht schon ein halbes dutzendmal erklärt hättest. Und weißt du was? Es ist mir gleichgültig. Für
mich beginnt das neue Jahrhundert in …" Sie sah auf die
Wanduhr. „Sechseinhalb Stunden."

„Wo wollen wir den Jahreswechsel verbringen?",
fragte Isolde. „Gehen wir zum Ball im *Ochsen* oder
willst du lieber ins *Größenwahn?*"

Emily nahm einen weiteren Schluck aus ihrer Tasse. „Ich möchte nirgendwo hin", sagte sie.

Isoldes Augen weiteten sich. „Ist alles in Ordnung mit dir?"

„Na, bei dir habe ich wohl einen Ruf weg", sagte Emily und lachte.

„Nun, bislang hast du keine Gelegenheit ausgelassen, die Lustbarkeiten der Schwabinger Gesellschaft mit deiner Anwesenheit zu beehren, um deine Worte zu zitieren."

Emily zuckte mit den Achseln. „Da war ich auch noch kein treu sorgendes Hausweib."

Isolde legte den Kopf schief. „Siehst du dich als so eines an?"

Emily schüttelte den Kopf. „Nein, das war nur Spaß. Ich tauge nicht zur züchtigen Hausfrau, die den Buben wehrt und was weiß ich noch, was dieser Schiller da zusammen fabuliert hat. Aber ein wenig ... nennen wir es einmal *häuslicher* bin ich geworden. Willst du denn auf einen Ball oder ins Café gehen?"

Isolde lachte schallend. „Du kennst mich doch. Ich bin immer nur deinetwegen mitgegangen."

Emily nickte. „Du musstest viel ertragen. Manchmal kann ich recht launisch sein. Ich bewundere deine Geduld."

Isolde schüttelte den Kopf. „Es ist nicht Geduld", sagte sie leise. „Es ist Liebe."

Sie stand auf, ging zu Emilys Sessel, kniete sich vor sie und umarmte sie.

„Schön", sagte Emily.

Isolde nickte.

Ihre Freundin strich ihr übers Haar.

„Weiß du was?", sagte sie. „Wie wäre es, wenn wir etwas essen und es uns dann vor dem Kamin gemütlich machen und bis Mitternacht Pläne schmieden, was wir alles im neuen Jahrhundert und darüber hinaus gemeinsam anstellen wollen."

Isolde sah auf. „Liebend gern", sagte sie, und dann versanken sie in einem innigen Kuss.

***

„Bist du endlich fertig?"

Eugens Stimme traf sie wie eine Ohrfeige.

„Wir werden nicht zu spät kommen", erwiderte sie. „Der Jahreswechsel ist erst um Mitternacht. Bis dahin sind es noch mehr als vier Stunden."

Er blieb ihr eine Erwiderung schuldig und zupfte stattdessen mit einem missmutigen Gesichtsausdruck an seinen goldenen Manschettenknöpfen herum. „Das Hemd passt nicht", knurrte er. „Ich muss den Schneider kommen lassen."

Elsa unterdrückte die Antwort, die schon pfeilschnell auf ihre Zunge gehuscht war. Ihrem Mann zu sagen, dass er sich hatte gehen lassen, dass er zu sehr dem Wein und der Völlerei zugesprochen und das Reiten, das Fechten und jede andere sportliche Betätigung vernachlässigt hatte, würde zu nichts führen, außer, dass er ihr doch noch ein Veilchen verpasste.

„Dann gehen wir jetzt", sagte er.

Graham half ihm in den Mantel. Elsa, die bereits in ihren Pelz gehüllt war, wartete nicht darauf, dass ihr Mann ihr den Arm reichte. Vor der Dienerschaft spielten sie schon lange kein glückliches Ehepaar mehr. Sie folgte Eugen durch die Tür. Es war eine klirrend kalte Nacht. Der Himmel war klar und sternenübersät. Der Kutscher half ihr beim Einsteigen. Die Fahrt zum „Hotel Prinzregent" verlief in einem Schweigen, das noch eisiger war als das Wetter draußen. Elsa versuchte, sich ihre gute Laune nicht verderben zu lassen. Der Silvesterball in dem neuen, prächtigen Etablissement sollte ein prunkvoller Abschluss eines furchtbaren Jahres werden.

Beim Aussteigen half ihr dann zwar erneut der Kutscher, Eugen baute sich aber neben ihr auf und reckte ihr ostentativ den Ellbogen entgegen. Zuerst befürchtete sie, er wolle ihn ihr in den Kiefer rammen, erkannte jedoch, was er von ihr erwartete, und legte ihre Hand auf seinen Unterarm. Er führte sie die Freitreppe hinauf. Nachdem sie abgelegt hatten, traten sie in den Ballsaal des Hotels. Elsa stockte der Atem bei all dem Gold, all dem Glänzen und all der Glorie, die den riesigen Raum erfüllten. Hunderte prächtig gekleideter Männer und Frauen wuselten durcheinander auf der Suche nach ihren Plätzen. Das Tafelsilber und die Kristallgläser funkelten im Licht der elektrischen Kronleuchter. Das Parkett war so blank gebohnert, dass sie ihr Spiegelbild darin bewundern konnte.

Der Oberkellner begrüßte sie und führte sie zu ihren Plätzen. Als sie dort angekommen waren, schob Eugen ihr den Stuhl zurück und sie ließ sich nieder. Sie erwartete, dass er sich neben sie setzte, doch er entfernte sich ohne ein Wort und steuerte auf eine Gruppe von Offizieren in Uniform zu, unter denen sie Woldemar von und zu Horn erkannte. Der alte Kamerad ihres Mannes hob ein Champagnerglas und prostete in ihre Richtung.

Sie nickte ihm lächelnd zu. Woldemar war der einzige aller Freunde, Bekannten und Verwandten von Eugen, der sie anständig behandelte.

Der Kellner erschien und füllte ihr Glas mit Champagner auf. Sie nahm einen raschen Schluck und fühlte sich sofort belebt. Eine Glocke ertönte und die Leute nahmen Platz. Eugen kehrte zu ihr zurück. In sein versteinertes Gesicht war der Widerwillen, sich neben sie zu setzen, eingemeißelt.

Sie quälten sich schweigend durch vier Gänge. Als der Nachtisch – Bayerisch Creme – abgetragen und der Portwein serviert worden war, erhob sich Eugen und ging wieder zu seinen Freunden. Die Tischgesellschaft löste sich mehr und mehr auf. Das Orchester, das bislang die Mahlzeit begleitet hatte, machte sich bereit, den ersten Walzer des Abends zu spielen.

Elsa erhob sich, in der festen Absicht, nicht sitzen zu bleiben und den anderen Gästen beim Feiern und Fröhlichsein zuzuschauen. Sie hielt Ausschau nach vertrauten Gesichtern, konnte aber niemanden entdecken. Gerade wollte sie sich wieder an ihren Platz setzen, als sie eine bekannte Stimme sagen hörte: „Frau von Lampeck, welch eine Freude, Sie zu sehen.“

Sie spürte, wie ein angenehm warmer Schauer durch ihren Körper strömte und wandte sich um.

Moritz von Berlitz lächelte sie an. Seine Augen strahlten und sein Schnurrbart zuckte. Sie reichte ihm die Hand zum Kuss. Seine Lippen verweilten ein wenig zu lang und ein wenig zu fest auf ihrer Haut, aber sie genoss seine Berührung.

„Sind Sie allein hier?“, fragte sie.

Er nickte. „Mein Vater meidet Anlässe wie diesen. Und ich nutze sie, um Freunde zu treffen."

„Zählen Sie mich auch zu diesen?"

Er lächelte. „Nach unserer letzten Begegnung hatte ich wenig Anlass dazu, mir das zu erhoffen."

Sie schüttelte den Kopf. „Es wäre mir eine Ehre, zu Ihren Freunden zu zählen. Entschuldigen Sie bitte mein Verhalten. Es war kindisch."

Er winkte ab. „Ich kann Sie verstehen. Sie haben vieles durchlitten und mein Vater war daran nicht unschuldig."

Sie nickte. „Aber lassen Sie uns nicht von Ihrem Vater reden."

In diesem Augenblick spielte das Orchester einen Tusch und der Konzertmeister kündigte den Eröffnungswalzer an.

„Darf ich bitten?", fragte von Berlitz.

Sie lächelte ihm zu. „Sehr gerne."

Seine Führung war fest und seine Bewegungen geschmeidig. Er wirbelte Elsa umher und sie genoss den Rausch des Tanzes, das Federn der Musik. Als sie nach vier Walzern erschöpft am Rand stand und schwer atmete, sagte er: „Sie tanzen mit einer natürlichen Grazie."

„Aber ich bin ein wenig aus der Übung. Ich glaube, ich brauche frische Luft."

„Wollen wir in den ersten Stock gehen? Da lässt sich sicherlich ein Fenster öffnen."

Er führte sie aus dem Saal und eine Treppe hinauf. Sie traten in einen spärlich mit Gaslampen beleuchteten Gang, an dessen Ende ein großes Fenster den Blick auf die Straßenlaternen freigab. Er machte sich am

Rahmen zu schaffen, der gleich danach aufschwang. Ein Schwall eiskalter Luft traf Elsa und sie sog ihn begierig ein.

„Das ist besser", sagte sie.

„Verkühlen Sie sich bitte nicht", warnte von Berlitz.

Sie legte den Kopf schief und sah ihn an. „Nun, wenn Sie nicht wollen, dass ich mich erkälte, müssen Sie mich wohl oder übel wärmen."

Er erwiderte ihren Blick. Seine braunen Augen glühten und für einen Wimpernschlag meinte sie, durch sie hindurchzusehen und das Feuer der Begierde in seinem Innern brennen zu sehen. Er trat auf sie zu und legte die Arme um sie. Sie roch sein Rasierwasser und darunter den Geruch seines Körpers. Sie hob den Kopf. Ihre Blicke verhakten sich und Momente später begegneten sich ihre Lippen.

KAPITEL 11

München, Montag, 8. Januar 1900

Isolde rieb sich die klammen Hände. Es war ein eiskalter Januarmorgen und draußen war es noch stockdunkel. Ihr Wecker hatte um halb sechs geklingelt. Emily hatte nur ein Grunzen von sich gegeben und sich zur anderen Seite weggedreht. Isolde war aufgestanden und auf leisen, kalten Füßen aus dem Schlafzimmer geschlichen.

Nach der Morgentoilette stieg sie die Treppe hinab ins Atelier, um den großen Holzofen anzuheizen, der die Räume und insbesondere das Studio mit Wärme versorgte. Das war auch nötig, denn über das Oberlicht hatte sich eine feine Frostschicht gelegt. Sie häufte Scheite auf, gähnte herzhaft und mühte sich damit ab, das Feuer zu entfachen. Zwar entflammte das Zeitungspapier rasch und die Flammen blühten hell und warm auf, die kleinen Holzscheite wollten es jedoch nicht annehmen und so erstarb die brennende Herrlichkeit in Rauch und Glimmen. Isolde seufzte, legte Papier nach und versuchte es noch einmal. Als sie eine Viertelstunde später sicher sein konnte, dass das Feuer nicht wieder erlöschen würde, schaltete sie das Licht im Empfangsraum an. Dann ging sie ins Büro, setzte sich an den Schreibtisch und begann damit, Rechnungen zu schreiben. Um halb sieben hörte sie die Glocke der

Eingangstür. Kurz darauf steckte Melanie, die Empfangsdame, ihren Kopf herein.

„Kalt heute", sagte sie und rieb sich die Hände.

„Wärm dich doch ein bisschen am Feuer auf", sagte Isolde und vertiefte sich in ihre Rechnungen. Bis sieben Uhr war die ganze Belegschaft eingetroffen. Irene, die Retuscheurin, die auch das Entwickeln übernahm, war schwer erkältet. Sie hustete und nieste, wollte aber nichts davon wissen, als Isolde ihr vorschlug, nach Hause zu gehen.

„Das passt schon", sagte sie. „Und ich brauche das Geld."

Sie zog sich in die Dunkelkammer zurück, von wo Isolde es in unregelmäßigen Abständen niesen und husten hörte. Sie vertiefte sich mehr und mehr in ihre Arbeit. Rechnungen zu schreiben, bereitete ihr keinerlei Vergnügen. Trotzdem konnte sie in der Tätigkeit versinken und so war sie überrascht, als Melanie an ihre Tür klopfte, um ihr anzukündigen, dass die erste Kundin mit ihren beiden kleinen Söhnen eingetroffen sei.

Isolde erhob sich, unterdrückte einen Fluch und ging zum Empfangsbereich. Sie begrüßte die Frau, die damit beschäftigt war, eines ihrer quengelnden und weinenden Kinder zu beruhigen. Das andere kaute an einer Brezel und verteilte kleine, in Speichel getränkte Stücke des Gebäcks auf dem Boden. Isolde bat um ein wenig Geduld und eilte ins Studio. Die Sonne war inzwischen aufgegangen und das erste Licht, das durch die abgetauten Dachfenster fiel, würde ausreichen, um das gewünschte Gruppenbild anzufertigen. Sie nahm die

Abdeckung von der Kamera, richtete sie aus und bat denn die Frau herein.

Das kleinere Kind auf ihrem Arm – es mochte vielleicht zwei Jahre alt sein – weinte inzwischen nicht mehr. Allerdings waren seine Wangen knallrot und aus seiner Nase hingen deutlich sichtbare Rotzfäden. Isolde holte eine Schüssel Wasser und die Mutter begann damit, ihre Kinder zu säubern, denn das Gesicht des älteren Geschwisterchens war mit Krümeln verklebt.

Als der Nachwuchs einigermaßen wiederhergestellt war, fragte Isolde die Frau nach ihren Wünschen.

„Es soll eine Überraschung werden. Für meinen Mann zum Geburtstag."

„Gibt es bestimmte Motive, die Ihr Mann mag?"

„Wie meinen Sie das?"

„Nun, ist er gerne in der Natur? Oder liebt er Schlösser und Burgen? Oder das Theater?"

Sie schüttelte den Kopf. „Nein, er sitzt am liebsten in seinem Sessel und liest die Zeitung. Er hat gerne seine Ruhe."

Isolde stöhnte innerlich auf. Sie konnte sich gut ausmalen, wie dieser zeitungslesende Patriarch seiner Frau die ganze Arbeit mit den Kindern überließ und sie wahrscheinlich noch maßregelte, wenn diese ihn störten.

„Dann wählen wir einfach eine häusliche Szene", schlug sie vor.

Die Rückwand des Studios war tapeziert, sodass Isolde keine Leinwand ausrollen musste. Sie stellte ein Tischen davor, auf dem sie eine Vase mit Kunstblumen drapierte. Die Frau sollte sich daneben stellen, ihr jüngeres Kind im Arm halten und dem älteren Sohn die Hand auf die Schulter legen.

Dieser schien davon allerdings wenig begeistert zu sein, denn er schob die Finger seiner Mutter weg. Das kleinere Kind quengelte wieder. Isolde wusste, dass sie rasch handeln musste. Sie eilte zu den Requisiten und holte eine Handpuppe hervor, die einem bunten Vogel nachgebildet war. Sie stellte das Objektiv ein, verschloss es und schob eine Platte in die Kamera, dann zog sie die Puppe über, stieß einen Pfiff aus und hielt sie hoch. Beide Kinder starrten wie gebannt auf den Vogel.

Isolde ergriff ihre Chance, zog die Objektivkappe ab, zählte die Sekunden und bewegte dabei die Handpuppe hin und her. Das kleine Kind hatte große Augen, sein älterer Bruder lachte. Sie wusste, dass ihr das Bild gelungen war. Rasch setzte sie die Kappe auf und verabschiedete die Kundin.

„Dass das so schnell gehen würde, hätte ich nicht gedacht", sagte diese beim Hinausgehen.

Isolde holte die Platte aus dem Apparat und schob sie vorsichtig in das Lichtschutzbehältnis. Dann trug sie sie zur Dunkelkammer.

„Ich werde sie gleich entwickeln", sagte Irene und schnäuzte sich kräftig.

Isolde kehrte zum Empfangsbereich zurück.

„Das ging aber flott", sagte Melanie. „Wie haben Sie das denn hinbekommen."

„Kinder sind meine Spezialität", erwiderte Isolde. „Der Trick liegt darin, ihre Aufmerksamkeit für einen Augenblick zu fesseln. Das gelingt meistens nur einmal, deshalb muss die erste Aufnahme auch gelingen.

Bei dieser Familie hätte ich danach noch siebzehn Versuche unternehmen können, keiner wäre besser geworden als der erste."

„Sollen wir zukünftig die Termine verkürzen? Dann könnten wir mehr vergeben?"

Isolde schüttelte den Kopf. „Nein, ich kann nie vorhersehen, wie viel Zeit ich benötige."

Ein Husten ertönte, gefolgt von einem gewaltigen Niesanfall und einem Scheppern. Dann ein Klirren und dann drei Atemzüge Stille, ehe ein Fluch zu ihnen drang.

Isolde schwante nichts Gutes. Sie eilte zur Dunkelkammer. Durch das vom Gang einfallende Licht sah sie, dass Irene auf dem Boden kauerte und Scherben auflas.

„Es tut mir so leid", jammerte sie. „Aber die Platte ist mir beim Niesen einfach aus der Hand gefallen."

***

Elsa rückte das Hütchen zurecht und besah sich das Ergebnis im Spiegel. Irgendetwas fehlte noch. Sie trug ein bisschen Rouge auf und zog die Lippen nach. Das zarte Rosa ließ ihre weiße, makellose Haut besser zur Geltung kommen. Zufrieden erhob sie sich. Graham wartete an der Haustür, um ihr in den Mantel zu helfen.

„Ich werde zum Diner zurück sein", sagte sie und trat ins Freie.

Die Sonne schien über einem eisblauen Himmel. Der Rauch aus den Schornsteinen stieg senkrecht nach oben. Der Schnee unter ihren Füßen knirschte. Ein überwältigendes Gefühl der Freiheit ergriff Besitz von

Elsa. In der Ferne sah sie die Türme der Marienkirche in die Höhe ragen.

Sie überquerte den Odeonsplatz und ging am Residenztheater vorbei. Dann wandte sie sich nach Süden und hinter dem Marienplatz fand sie sich im Gassengewirr des alten München wieder. Sie war lange nicht mehr hier gewesen. Nach wenigen Minuten erreichte sie das Gebäude in der Brunnstraße. Als sie das Schild sah, das über der Eingangstür hing, zuckte sie kurz zusammen. *Sattlerei von Berlitz* stand dort in großen, goldenen Lettern geschrieben, wo in ihrer Kindheit die Worte *Königlich Bayerische Hofsattlerei Hartmann und Sohn* zu lesen gewesen waren.

Sie trat durch die Tür ins Innere und sofort wurde sie von Erinnerungen überwältigt. Die Werkstatt lag im Halbdunkel. Durch das Fenster an der Ostseite fiel ein Strahl der Morgensonne ein, in dem Staubflöckchen wie träge Insekten schwebten. Auf dem groben Dielenboden bildete das Licht einen goldenen Fleck.

Moritz von Berlitz saß an einer der Werkbänke im hinteren Bereich des Raums. Er stand über einen Sattelbock gebeugt und zog mit beiden Händen Leder auf das Gestell. Das Lindenholz knarrte und er stöhnte leise. Die Arbeit war mühevoll. Der Geruch gegerbter Haut stieg ihr in die Nase. Für einen Moment legte ihre Erinnerung die Gestalt ihres Großvaters über von Berlitz und verpasste ihm einen grauen Backenbart und eine knallrote Nase. Als Kind hatte sie Hartmann senior oft hier in seiner Werkstatt besucht, hatte die prächtigen Sättel bestaunt, die er für den bayerischen Königshof gebaut hatte, und hatte davon geträumt, später auch einmal solche Kunstwerke anzufertigen.

Leise, beinahe ehrfürchtig näherte sie sich von Berlitz. Sie ließ ihren Blick über die Werkzeuge schweifen, die ordentlich in den Regalen lagen. Punzierstempel, Hämmer, Riemenschneider, Messer, Scheren, Kanthölzer, Nadeln und Fäden in allen Stärken. Die Nähmaschine sonderte einen scharfen Ölgeruch ab, die noch unbearbeiteten Lindenholzbretter in der Ecke dahinter dufteten nach einem Sommerwald.

Am liebsten hätte sich Elsa an die zweite Werkbank gesetzt, ein Stück Leder genommen und es mit einem Punziermeisel bearbeitet, so wie ihr Großvater es ihr gezeigt hatte. Sie kniff die Augen zusammen und schüttelte den Kopf, wie um sich daran zu erinnern, dass sie hier nicht zu Hause war, obwohl es sich so anfühlte.

„Ja bitte?", hörte sie eine Stimme fragen. Von Berlitz hatte sie bemerkt.

Sie räusperte sich. „Guten Tag, Herr von Berlitz", sagte sie.

„Frau von Lampeck", sagte er, erhob sich und kam auf sie zu. Er wischte seine Hände an der Schürze ab.

„Ich würde Sie ja gerne angemessen begrüßen, aber ich habe eben Holz eingeölt und ich möchte nicht, dass Ihr Kleid oder noch schlimmer, Ihre Hand, Flecken davonträgt."

Elsa spürte ein leises Bedauern. Sie hatte sich schon seit Tagen ausgemalt, wie seine Lippen über ihren Handrücken wanderten und ihren Mund oder auch noch ganz andere Stellen ihres Körpers fanden.

Sie lächelte ihm zu. „Ich werde darüber hinwegsehen", sagte sie.

„Was verschafft mir die Ehre Ihres Besuches?", fragte er.

Sie spürte einen leichten Stich der Enttäuschung. Nach ihrem Kuss beim Silvesterball wirkte er seltsam distanziert.

„Ich wollte mir einmal Ihr Meisterstück ansehen. Sie haben mit einer solchen Begeisterung davon gesprochen, dass ich nicht anders konnte, als bei Ihnen vorbeizuschauen. Sie mögen die Störung entschuldigen", sagte sie und lächelte ihm zu.

Er erwiderte ihr Lächeln. „Ich sehe das weniger als Störung als vielmehr eine Ehre an. Kommen Sie mit."

Er führte sie in den hinteren Bereich der Werkstatt. Auf einem Bock befand sich eine von einem Tuch abgedeckte Masse. Er nahm den Schutz beiseite und legte einen prächtigen, im Licht der einfallenden Sonne golden glänzenden Sattel frei. Die grundlegende Arbeit war geleistet, das sah Elsa auf den ersten Blick. Alles war an seinem Platz, der Rahmen, der Knauf, die Steigriemen. Die Fäden waren fein säuberlich vernäht, das Leder von exquisiter Qualität. Und doch fehlte noch etwas.

„Wer wird diesen Sattel einmal reiten?", fragte sie.

„Ich werde ihn dem Prinzregenten schenken", erwiderte er.

„Dann sollten Sie keine allzu prächtigen Verzierungen anbringen. Ihre Majestät liebt es simpel."

„Ja, das ist auch meine große Sorge. Ihrer Majestät würde er in seiner jetzigen Form wahrscheinlich vollauf genügen. Aber meinen Ansprüchen wird er nicht gerecht. Irgendetwas fehlt", sagte von Berlitz.

Sie ging um den aufgebockten Sattel herum. „Haben Sie schon einmal daran gedacht, die Schenkelstücke mit zartem Blattwerk einzufassen?"

Er kniff die Augen zusammen. „Wie meinen Sie das?"

Sie sah sich um und entdeckte auf seiner Werkbank einen Lederrest.

„Darf ich?", fragte sie und ging zu seinen Werkzeugen, um sich einen feinen Punziermeisel auszusuchen. Sie fühlte seinen faszinierten Blick auf sich, als sie mit geschickten Bewegungen eine Efeuranke aus dem Leder herausarbeitete.

Sie hielt ihm das Ergebnis hin.

Er nickte. „Das wäre sicher eine großartige Ergänzung. Aber so fein wie Sie bekomme ich das nie im Leben hin."

„Soll ich Ihnen ein wenig helfen?", fragte sie. Ihr Herz schlug rasch und stark an ihrem Hals.

Er trat einen Schritt auf sie zu. „Würden Sie das tun? Dem Sohn des Feindes Ihres Vaters einen solchen Dienst erweisen?"

„Ich sehe Sie schon lange nicht mehr als den Sohn des Feindes meines Vaters", erwiderte sie leise, fast flüsternd.

„Und als was sehen Sie mich dann?", fragte er, ebenso leise. Sie trat einen Schritt auf ihn zu und legte eine Hand an seine glattrasierte Wange. „Ich sehe Sie als meinen Freund."

Er beugte sich hinab und endlich spürte sie seine Lippen auf ihrem Mund. Sie erwiderte den Kuss und gab sich seiner leidenschaftlichen Umarmung hin.

KAPITEL 12

Isolde atmete tief durch. Eben hatte der letzte Kunde das Atelier verlassen. Es war kurz vor sieben. Sie hatte also noch genügend Zeit, die Belegschaft zu verabschieden, sich umzuziehen und Elsa ins Café Noris auszuführen zu dieser Dichterlesung, auf die sie schon seit Tagen hin fieberte.

Sie setzte sich auf den Stuhl, auf dem eben noch ein junger Kerl gesessen hatte, dessen keck gezwirbelte Schnurrbartspitzen dadurch etwas von ihrer Wirkung eingebüßt hatten, dass sie unterschiedlich lang waren. Nichtsdestotrotz hatte er ohne Unterlass versucht, Isolde schöne Augen zu machen. Sie konnte mit Kindern umgehen, mit bösen Weibern, alten, schwerhörigen Männern und sogar inzwischen mit Lehrerinnen. Aber junge Kerle, die bei ihr landen wollten, ließen sie rasch unsicher werden. Und so hatte sie sich die meiste Zeit hinter dem Abdecktuch ihrer Kamera versteckt und dem Kunden nur ab und zu ein paar Anweisungen gegeben. Sie hoffte, dass er mit der Fotografie zufrieden sein und keine weiteren Porträts von sich erstellen lassen wollte. Es klopfte an der Tür. Melanie steckte den Kopf herein.

„Ah, gut, Sie sind alleine", sagte sie.

„Ist der Kunde noch nicht gegangen?"

„Doch, ich glaube schon, ich war im Lager. Aber da ist jemand, der Sie sprechen möchte.“

Isolde sah auf die Uhr. „Wer ist es denn? Hat das nicht auch noch bis morgen Zeit?“

„Es ist Ihr Onkel.“

Isolde spürte, wie ihr Herz schneller schlug. Was führte ihn wohl zu ihr? Er hatte sie erst einmal im Atelier besucht und mied es, aufgrund seiner arthritischen Zehen, das Haus zu verlassen.

„Führe ihn bitte herein“, sagte sie und machte sich daran, die Kamera abzudecken.

Einen Augenblick später schritt Anton Würth durch die Tür.

„Guten Abend“, sagte er. Sein Gesichtsausdruck war ernst und – was Isolde beinahe noch größere Sorgen bereitete – es lag ein Ausdruck von Gehetztheit darin.

„Was ist los?“, fragte sie. „Ist etwas mit Zenzi?“

Der Onkel schüttelte den Kopf. „Ich muss etwas mit dir besprechen. Es geht um Elsa.“

Isolde runzelte die Stirn. „Um Elsa? Was ist los? Hat sie etwas angestellt?“

Der Onkel seufzte. „Das könnte man so ausdrücken, ja.“ Isolde sah ihn erwartungsvoll an und er fuhr fort. „Elsa betrügt ihren Mann.“

Isolde zog eine Augenbraue nach oben. „Oje. Wie lange geht das schon? Woher weißt du davon? Und vor allem: Was erwartest du von mir?“

„Vielleicht beginnen wir einmal mit Frage zwei“, erwiderte der Onkel. „Genauso wie du habe ich heute einen unerwarteten Besucher empfangen. Jemanden, von dem ich nie gedacht hätte, ihn jemals in meinem Haus zu begrüßen.“

Isolde sah ihn gespannt an.

„Es war Alfred von Berlitz“, sagte der Onkel.

Isoldes Augen weiteten sich. „Von Berlitz? Was wollte der denn von dir?“

„Nun, er wollte mir mitteilen, dass meine Nichte Elsa seinem Sohn den Kopf verdreht habe und dass ich doch bitte auf sie einwirken solle, dies in Zukunft zu unterlassen.“

Isoldes Stirn legte sich in Falten. „Hat er sich so ausgedrückt? *Den Kopf verdreht?* Woraus schließt du, dass es sich um eine Affäre handelt. Vielleicht hat Elsa aus Langeweile ein wenig mit ihm gespielt.“

„Zuzutrauen wäre es ihr“, knurrte der Onkel. „Aber aus dem, was er weiter ausgeführt hat, lassen sich leider recht eindeutige Schlüsse ziehen. Sie treffen sich wohl in der Sattlerei deines Großvaters. Die hat von Berlitz mit dem Firmenvermögen deines Vaters erworben und seinem Sohn geschenkt.“

Isolde schlug die Hand vor den Mund. „Wie kann Elsa das nur tun?“

„Das frage ich mich auch“, sagte der Onkel leise. „Bei allem, was zwischen euren Vätern vorgefallen ist.“

Die am Altar geplatzte Eheschließung zwischen Isolde und Moritz erwähnte er nicht, aber sie wusste, dass er daran dachte.

„Nun, ich weiß nicht, wie sinnvoll oder hilfreich es ist, die Kämpfe der Väter auf die Kinder zu übertragen. Mir ist es recht gleichgültig, ob Elsa mit dem jungen Berlitz verkehrt oder ob sie eine Affäre mit dem Milchmann, dem Stallmeister oder dem Erzbischof hat. Mich schockieren eher ihre Gedankenlosigkeit und ihr fehlendes Gespür für die möglichen Folgen ihrer Taten.“

Der Onkel nickte. „Sie könnte alles verlieren. Ihr Mann wird auf die Scheidung drängen."

„Ja, für Eugen ist diese Affäre ein Geschenk. Elsa serviert ihm einen Scheidungsgrund auf dem Silbertablett."

„Und den Jungen wird er ihr sicherlich entziehen. Was soll dann werden? Er ist doch ihre einzige Freude."

Sie schwiegen einen Moment und sahen sich betreten an.

„Ich werde mit ihr reden", sagte Isolde. „Und zwar so rasch wie möglich."

„Danke. Ich würde es auch tun, aber ich hoffe, dass sie auf dich eher hört als auf mich."

Isolde zuckte mit den Schultern. „Wenn sie überhaupt auf jemanden hört. Du kennst sie doch. Wenn die Gefühle einmal das Regiment übernommen haben, hat der Verstand bei ihr gar nichts mehr zu melden."

Anton Wirth seufzte. „Ja, das ist wohl wahr. Danke, dass du es trotzdem versuchen willst."

„Sie ist meine Schwester. Das bin ich ihr schuldig."

Isolde brachte ihn zur Tür. Die Angestellten waren schon gegangen und als sie den Onkel verabschiedet hatte, schloss Isolde für einen Moment die Augen. Sie fühlte sich unendlich schwer und müde. Auch wenn sie es sich nicht eingestehen wollte, hatte die Belastung der letzten Wochen und Monate ihre Spuren hinterlassen. Sie kämpfte damit, mit all den Anforderungen und Aufgaben zurechtzukommen, die die Selbstständigkeit ihr antrug. Und die wenige Zeit, die sie für sich hatte, versuchte sie, Emily zu widmen. Emily. Sie sah auf die Uhr. Es war bereits halb acht.

Sie eilte die Treppe hinauf. Ihre Freundin stand ausgehfertig im Flur. In ihrem Blick lag eine Mischung aus Amüsiertheit und Ärger.

„Wolltest du heute nicht schon um sieben Schluss machen? Ich komme ungern zu spät.“

Isolde sog ihre Unterlippe ein. „Wäre es ... wäre es schlimm, wenn ich nicht mitkäme?“, fragte sie. „Der Tag war sehr anstrengend heute und ich habe gerade etwas erfahren, das ich erst einmal verdauen muss.“

Emily schnaubte. „Das habe ich mir schon gedacht“, zischte sie. Ihre Wangen röteten sich und aus ihren Augen schossen Blitze. „Dann gehe ich eben allein.“

Sie stürmte zur Tür hinaus. Isolde sah ihr nach und spürte, wie die Tränen in ihre Augenwinkel drängten.

***

Elsa sah zum nunmehr siebzehnten Mal aus dem Fenster. Die Straße lag im milden Licht eines winterlichen Hochnebelmorgens da. Passanten, in dicke Mäntel gehüllt, gingen vorbei, dichte Dampfwolken ausstoßend. Ein Fiaker näherte sich und ihr Herz begann, ein wenig schneller zu schlagen. Dann schalt sie sich eine Närrin. Er würde ganz sicher nicht in einer Kutsche vorfahren.

Sie sollte recht behalten, denn als Moritz von Berlitz eine Viertelstunde später in ihrem Blickfeld auftauchte, schwang er seinen Spazierstock lässig hin und her und hatte die Lippen gespitzt. Wahrscheinlich pfiff er ein Liedchen vor sich hin. Elsa lächelte. Er sah so unbeschwert aus, so fröhlich, so lebendig. Er war das genaue Gegenteil von Eugen. Oder zumindest von dem

Eugen, zu dem der junge Offizier geworden war, in den sie sich damals so Hals über Kopf verliebt hatte.

Sie eilte zur Haustür und öffnete sie. Graham war ausgegangen, um mehrere Hosen seines Herrn aus der Reinigung abzuholen. Und das Kindermädchen hatte Hermann auf einen langen Spaziergang in den Englischen Garten mitgenommen. Die übrigen Dienstboten waren in der Küche beschäftigt. Mit etwas Glück würde niemand mitbekommen, dass sie Besuch hatte.

Als von Berlitz sie sah, verbreiterte sich sein Lächeln. Er winkte ihr zu. Sie bedeutete ihm, sich zu beeilen und er überquerte rasch die Straße und schlüpfte durch die offenstehende Haustür. Sie führte ihn in ihr Ankleidezimmer und schloss die Tür hinter sich. Sie drehte den Schlüssel zweimal herum und ließ ihn stecken, damit niemand durch das Schlüsselloch spähen konnte.

Von Berlitz legte seinen Mantel und seine Handschuhe auf einem Sessel ab und setzte seinen Hut darauf.

„Ich würde Ihre Hand küssen, aber ich fürchte, ich muss meine Finger erst noch ein paar Minuten an Ihrem Ofen wärmen. Es ist eiskalt draußen.“

„Ich bin keine Freundin der Kälte, daher ist es mir ganz recht, wenn Sie sich etwas aufwärmen.“

Sie spürte, wie ihr bei diesen Worten eine feine Röte ins Gesicht strömte. Von Berlitz schmunzelte. Elsa fand es ungeheuer aufregend, wie sie ihr Spiel mit scheinbar unverfänglichen Sätzen begannen. Damit fing für sie bereits die Liebkosung an. Es war wie der Balztanz eines Auerpaares, das sie einmal bei einer Bergwanderung mit ihrem Vater beobachtet hatte. Und es bereitete ihr beinahe genauso viel Vergnügen wie der Akt an sich.

Von Berlitz trat an den Kachelofen und legte die Hände darauf. „Ah, herrlich. Wärme braucht der Mensch“, sagte er.

„Was macht Ihr Sattel?“, fragte Elsa.

„Ich habe den Rohling so weit fertiggestellt, dass ich ihn anpassen kann. Morgen werde ich ihn in die königlichen Stallungen mitnehmen. Ich würde Sie ja gerne einladen, mich zu begleiten, aber obwohl ich mir die letzte Nacht den Kopf zermartert habe, ist mir keine schlüssige Erklärung dafür eingefallen, warum Sie sich in meiner Gesellschaft befinden könnten.“

Elsa lachte. „Nun, vielleicht liegt das daran, dass die einzig schlüssige Erklärung dazu führen würde, dass Ihre Majestät Sie schnurstracks aus der Residenz befördern lassen würde.“

Von Berlitz schmunzelte. „Das wäre es mir wert.“

Elsa winkte ab. „Mir aber nicht. Nennen Sie es Eitelkeit, aber ich möchte den Prinzregenten gerne auf Ihrem Sattel reiten sehen. Ich möchte beobachten, wie meine Verzierungen unter seinen Oberschenkeln zum Vorschein kommen.“

„Darüber müssen wir auch noch sprechen.“

Elsa durchfuhr es heiß und kalt. „Haben Sie sich jetzt doch dagegen entschieden?“

Er legte die Stirn in Falten. „Wie meinen Sie das?“

„Nun, es ist natürlich Ihre Entscheidung, ob Sie mich den Sattel verzieren lassen, und ich kann verstehen, wenn Sie ihn ganz alleine anfertigen wollen, aber …“

Er hob die Hand. „Ich wäre niemals auf die Idee gekommen, von Ihnen zu verlangen, Abstand von der

Verzierung des Sattels zu nehmen. Er wird so viel besser dadurch werden. Nein, ich wollte Sie fragen, wann Sie Zeit dafür finden könnten."

Elsa spürte, wie eine zentnerschwere Last von ihr abfiel. „Wann es Ihnen passt", sagte sie.

Er nahm seine Hände vom Ofen und rieb sie aneinander. „So, jetzt dürften sie warm genug sein."

„Lassen Sie mich einmal nachsehen."

Sie ging zu ihm und nahm seine rechte Hand in die ihren. „Ja, so ist es gut", flüsterte sie und strich über die rauen Stellen an seinen Fingern und der Handinnenfläche, die den Handwerker verrieten.

Er streichelte mit der freien Hand über ihre Wange. Dann fasste er sie sanft am Nacken und zog sie zu sich her. Ihr Kopf kam an seiner Schulter zum Ruhen und sie hörte sein Herz schlagen, stark und schnell. Sie hob das Kinn und fand seine Lippen. Seine Hand wanderte ihren Rücken hinab und sie spürte eine herrliche Gänsehaut rechts und links neben ihrer Wirbelsäule erblühen.

Sie begann, an seinem Gürtel zu nesteln, und als sie ihn geöffnet hatte, schob sie ihre Finger zwischen dem Bund und seinem Bauch nach unten. Sein Glied war hart und als sie es umschloss, keuchte er.

Sie zog ihn mit sich zur Recamiére und knöpfte dabei seine Hose auf. Sie ließ sich mit dem Rücken auf das Möbel sinken und er schob ihr die Röcke hoch. Einen Augenblick später war er in ihr. Sie schloss die Augen und spürte, wie er sich bewegte, hörte seinen rascher und rauer werdenden Atem, fühlte, wie sich etwas in ihrem Körper aufbaute, eine Welle der Lust. Und dann hörte sie ein Klopfen. Sie meinte erst, sich getäuscht zu haben, doch dann klopfte es noch einmal. Von Berlitz schien es auch gehört zu haben, denn er hielt inne und sah sie an. Das Verlangen verwandelte sich in schiere Panik. Sie sah sich um. Von Berlitz zog sich aus ihr zurück und schloss seine Hose. Elsa sprang auf und strich ihren Rock zurecht. Sie deutete auf den Kleiderschrank im Eck. Er warf ihr einen Blick zu, der wohl die Frage beinhaltete, ob sie das ernst meinte, aber er folgte ihrer stummen Aufforderung und stieg in den Schrank. Elsa schloss die Tür und zog den Schlüssel ab. Dann öffnete sie die Tür des Ankleidezimmers. Eulalie stand davor. Ausgerechnet Eulalie.

„Was ist?", fragte Elsa in gereiztem Ton.

„Ich glaube, Hermann hat Fieber", sagte sie.

Elsa spürte, wie ihr heiß und kalt wurde.

„Ich komme gleich", sagte sie. „Gehen Sie schon einmal vor."

KAPITEL 13

München, Samstag, 27. Januar 1900

Isolde stand am Fotoapparat, um das Gerät für den heutigen Tag vorzubereiten. Eine Woge der Müdigkeit überkam sie. Sie schloss kurz die Augen und gähnte. Plötzlich wurde ihr schwindelig und sie musste sich am Stativ festhalten, um nicht das Gleichgewicht zu verlieren. „Oje, hoffentlich hat mich Emily mit ihrer ewigen Hysterie nicht angesteckt", murmelte sie und befühlte ihre Stirn. Die war jedoch eiskalt. Sie war nicht erkältet. Es gab eine bessere Erklärung für ihren Zustand, auch wenn sie sich das ungern eingestand. Sie hatte beinahe die ganze Nacht über wach gelegen und sich Sorgen um Elsa gemacht. Die Gedanken, die immer nur um das eine Thema – die Affäre ihrer Schwester mit dem Sohn des Erzfeindes ihres Vaters – gekreist waren, hatten sie bedrängt, sie aufgefordert, eine Lösung zu finden oder sich wenigstens einmal die Worte zurechtzulegen, die sie am Abend an Elsa richten wollte. Dass Emilys Nase verstopft war und ihr Atem deshalb rasselte wie der Schellenkranz an einem weihnachtlich geschmückten Schlitten, hatte ebenfalls nicht dazu beigetragen, dass sie in den Schlaf gefunden hätte, selbst wenn es ihr gelungen wäre, die Gedanken zum Schweigen zu bringen. Als der Wecker wie immer um halb sechs geläutet hatte, hatte sie sich stöhnend aus dem Bett gewälzt, sich mit kaltem Wasser das Gesicht gewaschen und gehofft, dass der Kaffee, den sie um einiges stärker aufgebrüht hatte als üblich, den Rest schon richten würde. Doch er hatte versagt. Ihr Kreislauf war abgesackt und nun lag ein langer Arbeitstag vor ihr. Immerhin hatte sie morgen frei. Den Sonntag würde sie zum Ausschlafen nutzen. Hoffentlich hatten sich bis dahin auch die Sorgen in Luft aufgelöst, wenn es ihr gelang, Elsa davon zu überzeugen, die Finger von Berlitz junior zu lassen.

Ein Klopfen an der Tür des Studios holte sie aus ihren Gedanken. Es war Melanie.

„Herr Kleinhans möchte Sie sprechen."

Isolde legte ihre Stirn in Falten. Kleinhans. Der Name kam ihr bekannt vor. Sie versuchte, sich daran zu erinnern, in welchem Zusammenhang sie ihn schon gehört hatte, doch es wollte ihr nicht gelingen. Das Denken war ein seltsames Phänomen. Nachts lief es auf Hochtouren, wenn man es aber einmal brauchte, dann verweigerte es den Dienst.

„Hilf mir bitte auf die Sprünge", bat Isolde die Empfangsdame. „Woher sollte ich diesen Herrn Kleinhans kennen?"

„Sie haben ihn letzte Woche fotografiert. Er wollte zwei Dutzend Porträts abgezogen bekommen. Für die Kontaktanzeigen, die er im Münchener Merkur aufgibt."

Isolde fiel es wie Schuppen von den Augen. „Oh, das Walross."

Melanie kicherte. „Ja, genau der mit dem enormen Schnurrbart und den Hängebacken."

Isolde seufzte. Das war ohnehin schon kein einfacher Termin gewesen. Der Kunde hatte von ihr verlangt, ihn möglichst vorteilhaft abzulichten. Als ob sie das nicht immer versuchte. Aber bisweilen setzte die menschliche Physiognomie selbst den begabtesten Fotografinnen Grenzen, die sie nur schwer überschreiten konnten.

„Bitte ihn herein", sagte sie, und als Melanie den Raum verlassen hatte, schloss Isolde kurz die Augen und atmete tief durch.

Herr Kleinhans verschwendete keine Zeit mit einer Begrüßung oder sonstigen Höflichkeiten. Er knallte einen Stapel Fotografien vor Isolde auf den Boden. Die Abzüge waren ihr wohl bekannt, sie zeigten einen großen Mann mit einem unförmigen Körper, der – wider ihres Anratens – die Lippen unter dem Walrossschnurrbart zu einem Kussmund gespitzt und ein Auge zur Andeutung eines verschwörerischen Zwinkerns geschlossen hatte.

„Ich sehe aus wie ein übergewichtiger Amor.", schrie er. Sein Gesicht war gerötet. An seiner Stirn pochte eine Ader.

„Ich habe Sie Ihrem Wunsch gemäß fotografiert", sagte Isolde mit matter Stimme. Sie war es leid, darüber zu diskutieren, hatte doch schon der eigentliche Termin sie viel vergebliche Überzeugungskraft gekostet.

Er schnaubte. „Mein Wunsch war nicht, auszusehen wie eine Witzfigur."

Isolde seufzte. „Was wollen Sie von mir?"

„Ich will mein Geld zurück. Das hier entspricht nicht dem, was ich mir von einem fotografischen Atelier mit gutem Ruf erwartet hatte. Stellen Sie sich doch einmal vor, wie die Damen reagieren, denen ich das Bild schicke. Die werden hoffnungsfroh auf eine meiner

Annoncen antworten und dann erhalten sie so ein abscheuliches Machwerk zurück, das meiner Person nicht im Mindesten gerecht wird."

Isolde lag eine Erwiderung auf der Zunge, die sie jedoch mit viel Mühe für sich behielt. Dass die Fotografie möglicherweise einige Frauen davor bewahren konnte, Kontakte zu einem unausstehlichen Stinkstiefel zu knüpfen, war sicher nicht dazu angetan, die angespannte Atmosphäre zu beruhigen.

Sie nickte. „Gut, dann lassen Sie sich das Geld zurückgeben."

Sie begleitete ihn in den Empfangsraum und wies Melanie an, ihm die Kosten für den Termin und die Abzüge zurückzuerstatten. Sie selbst ging grußlos zurück in Richtung Studio. In diesem Augenblick kam Emily fröhlich pfeifend die Treppe herunter.

„Was ist denn mit dir los?", fragte sie. „Du siehst ja aus wie sieben Tage Graupelschauer."

Isolde legte den Finger auf den Mund und deutete mit einem Nicken auf Kleinhans. Emily musterte ihn einen Augenblick, schmunzelte und zog Isolde mit sich ins Studio. Nachdem sie sich hatte berichten lassen, was es mit dem Kunden auf sich hatte, sagte sie: „Sei doch froh, dass der nie wieder kommt."

Isolde seufzte. „Das bin ich ja auch. Aber er wird sicher allen seinen Freunden und Bekannten erzählen, was für eine schlechte Fotografin ich bin."

Emily zuckte mit den Achseln. „Ich bezweifle stark, dass der genügend Freunde und Bekannte hat, dass er dir schaden kann."

Isolde lachte.

„So ist es schon besser", sagte Emily. „Weißt du was? Ich lade für heute Abend ein paar unserer Freunde und Bekannten ein. Wir rauchen ein bisschen Haschisch und singen lustige Lieder. Was meinst du?"

Isolde atmete tief aus. „Ich muss doch noch zu Elsa. Entschuldige bitte, aber nach einem Fest ist mir heute einfach nicht."

Emily kniff den Mund zusammen. „Na gut", sagte sie. „Dann überlasse ich dich mal wieder deiner Arbeit."

Isolde wollte ihr einen Kuss geben, doch Emily drehte den Kopf ein wenig zur Seite, sodass sie statt der Lippen nur die Wange berührte. Isolde sah ihr nach und das Herz wurde ihr noch schwerer.

***

Elsa sah aus dem Fenster. Wie jeden Tag. Der Gedanke drückte ihre ohnehin angespannte Stimmung noch weiter in den Keller. Sie hatte Moritz seit zwei Tagen nicht mehr gesehen, nachdem es ihr mit viel Mühe gelungen war, ihn aus dem Kleiderschrank zur Dienstbotentreppe zu lotsen und sich mit einem raschen Kuss von ihm zu verabschieden.

Seitdem hatte sie keine Nachricht von ihm bekommen und das erinnerte sie fatal an jene Zeit vor nunmehr vier Jahren, als Eugen ähnlich mit ihr verfahren war. Aber Moritz war nicht Eugen, das war ihr nicht nur im Verstand klar, sondern auch im Herzen. Und doch waren da diese nagenden Zweifel. Sie waren immer wieder aufgeflammt, während sie am Bett ihres fiebernden Kindes gesessen, Hermanns Locken von der schweißnassen Stirn geschoben und sie mit einem kühlen Lappen benetzt hatte. Sie hatte das Kindermädchen nicht an seiner Seite geduldet, hatte den Platz dort selbst eingenommen, sitzend in einem unbequemen Stuhl geruht. Sie hatte zwei Nächte gewacht, war immer wieder vom unruhigen Stöhnen ihres Kindes aufgeschreckt, hatte ihm Tee eingeflößt und ihn behutsam in den Schlaf gewiegt. Und an diesem Morgen war das Fieber dann wie von Zauberhand verschwunden gewesen. Sie hatte erst gedacht, dass das Thermometer kaputt sei, doch als sie zum dritten Mal mit demselben Ergebnis gemessen hatte, hatte sie ein herzhaftes und freies Lachen ausgestoßen. Hermann hatte mit Appetit einen Grießbrei gegessen und jetzt spielte er mit Eulalie.

Von ihren Mutterpflichten befreit hatte Elsa nun wieder genügend Zeit, sich ihren trüben Gedanken zu widmen. Es klopfte. Die Tür öffnete sich und Graham schob seinen Kopf herein. „Ihre Schwester ist gekommen.“

Elsa runzelte die Stirn. Was wollte Isolde bei ihr? Sie besuchte sie selten, meistens trafen sie sich beim Onkel.

„Führen Sie sie herein“, bat sie den Butler, der der Aufforderung eine Minute später Folge leistete.

„Wie siehst du denn aus?“, rief Elsa. Der Anblick ihrer Schwester schockierte sie. Sie hatte tiefe Ringe unter den kleinen, geröteten Augen. Ihr Gesicht war totenbleich.

„Was ist das für eine Begrüßung?“, fragte Isolde.

„Entschuldige bitte, dass ich mir Sorgen um dich mache.“

„Ich habe schlecht geschlafen. Und dann hatte ich es heute mit lauter garstigen Kunden zu tun. Da darf ich doch auch einmal darauf verzichten, auszusehen wie das blühende Leben."

Elsa lächelte. „Schön, dass du trotzdem gekommen bist."

Isolde erwiderte das Lächeln nicht. „Ich muss mit dir reden", sagte sie.

Elsa schluckte. „Ist was mit dem Onkel? Geht es ihm gut?"

„Als ich ihn vorgestern das letzte Mal zu Gesicht bekommen habe, ging es ihm so weit gut, ja", sagte Isolde. „Seine Arthritis hat ihn geplagt, aber er klagt ja nicht. Nein, es geht um dich."

Eine böse Vorahnung stieg in Elsa auf. „Um mich?"

„Genauer gesagt um deinen Umgang mit dem jungen von Berlitz."

Elsa spürte, wie sich eine eiserne Faust um ihre Kehle schloss. „Woher weißt du ..."

„Sein Vater hat den Onkel aufgesucht und ihn gebeten, auf dich einzuwirken. Er ist sehr unglücklich darüber, dass sein Sohn eine Affäre mit einer verheirateten Frau hat."

Elsa schnaubte. „Dass dieser alte Widerling sehr unglücklich darüber ist, dass sein Sohn seinen Gefühlen folgt, anstatt irgendeine vertrocknete Erbin eines Industriemagnaten zu heiraten, ist wieder einmal typisch. Dem geht es nur um sich und seine Geschäfte. Moritz ist ihm gleichgültig."

Erschrocken hielt sie sich eine Hand vor den Mund.

„Mit der *vertrockneten Erbin* habe ich nicht dich gemeint", schob sie rasch nach.

„Es stimmt also", sagte Isolde leise, ihren letzten Satz ignorierend.

„Ja, es stimmt", erwiderte Elsa mit fester Stimme. „Wir lieben uns."

Isolde schloss die Augen. Es klopfte an der Tür und Edith trat ein. „Wünschen die gnädige Dame etwas?"

„Bring uns Tee", befahl Elsa. Die Zofe entfernte sich knicksend. Als die Tür hinter ihr ins Schloss gefallen war, fuhr Elsa fort: „Ich verstehe nicht, warum ausgerechnet du mir moralische Vorhaltungen machen willst. Du lebst mit einer Frau in einer wilden Ehe. Das ist doch wesentlich skandalöser als eine Affäre. Die gehört in unseren Kreisen schließlich zum guten Ton."

Isolde schüttelte den Kopf. „Im Vergleichen von Äpfeln und Birnen warst du schon immer gut. Emily und ich sind nur uns selbst verantwortlich. Wir haben keinen Bund vor dem Gesetz oder vor Gott geschlossen. Und wir haben keine Kinder."

Elsa schnaubte. „Eugen tritt diesen Bund schon lange mit Füßen. Er bespringt das Kindermädchen wie ein lüsterner Hengst. Und sie ist sicher nicht die Erste, der er Avancen macht."

„Du weißt ebenso wie ich, dass die Gesellschaft beide Augen zudrückt, wenn ein Mann die Ehe bricht. Bei einer Frau sieht es ganz anders aus. Noch dazu bei einer Mutter. Hast du schon einmal daran gedacht, was geschehen wird, wenn euer Verhältnis offenbar wird? Wenn Eugen auf die Scheidung drängt, wird er dir Hermann entziehen. Willst du das?"

Elsa schlug mit der flachen Hand auf den Tisch. „Glaubst du im Ernst, ich hätte darüber noch nie nachgedacht? Ich beschäftige mich die ganze Zeit damit, mir auszumalen, wie Eugen und seine Familie sich die Hände reiben über der einmaligen Gelegenheit, mich abzuservieren. Wie sie mir mein Kind wegnehmen und mich verstoßen. Aber ich komme nicht gegen meine Gefühle an. Moritz ist der erste Lichtblick seit langer Zeit. Er zeigt mir, wie schön das Leben sein kann."

„Und dieses Gefühl gibt dir Hermann nicht?"

Elsa schluckte. „Die Liebe zu einem Kind ist anders, urtümlicher, ruhiger. Das kannst du nicht verstehen. Die Liebe zu Moritz ist sprudelnd, kochend, lodernd."

„Ich weiß", sagte Isolde. „Dieses Gefühl kenne ich."

„Und dann willst du mir ernsthaft dazu raten, dem zu entsagen?"

„Elsa, ich mache mir Sorgen um dich. Ich will nur dein Bestes. Ebenso wie der Onkel."

„Dann lass mich mein Leben leben und freue dich mit mir, dass es mir gut geht."

Isolde wollte etwas erwidern, doch in diesem Moment kam das Mädchen zurück und trug den Tee auf. Elsa wartete, dass sie sich wieder entfernte, ehe sie sagte: „Ich weiß, was ich tue. Vertrau mir."

Isolde nahm einen tiefen Schluck und sah sie mit einem Blick an, der Elsa durch die Haut direkt ins Herz drang. „Ich wünsche dir nur das Beste."

Elsa nickte. „Ich weiß."

KAPITEL 14

München, Sonntag, 28. Januar 1900

Isolde erwachte aus einem tiefen, traumlosen Schlaf. Nach dem Gespräch mit Elsa am Vorabend war sie nur mit großen Mühen wieder nach Hause gelangt. Ihr war schwindelig gewesen und sie hatte sich mehrfach an Hauswänden und einmal auch an einer Straßenlaterne festhalten müssen, um das Gleichgewicht zu halten. Als sie zu Hause angekommen war, war Emily fort gewesen. Der Anblick der leeren Wohnung hatte sie unendlich traurig gestimmt. Sie hatte überlegt, ob sie bis zur Rückkehr ihrer Freundin im Salon ausharren sollte, aber dann hatte die Müdigkeit die Oberhand gewonnen und sie war ins Bett gegangen und beinahe augenblicklich eingeschlafen.

Als sie am nächsten Morgen die Hand zur anderen Seite des Bettes ausstreckte, war diese leer. Sie erhob sich und blinzelte. Das Laken und die Kissen waren zerwühlt. Emily hatte also die letzte Nacht hier verbracht. Isolde atmete tief durch. Dann stieg ihr der verführerische Duft frisch gemahlenen Kaffees in die Nase. Ein Lächeln erschien auf ihrem Gesicht und alle Sorgen in ihrem Kopf zerplatzten wie Seifenblasen.

Sie schwang die Füße aus dem Bett, schlüpfte in ihre Pantoffeln und ging ins Bad, wo sie sich die Zähne putzte und den Schlaf aus den Augen wusch. Als sie in ihren Morgenmantel gehüllt den Salon betrat, saß

Emily in ihrem Sessel, die Beine untergeschlagen, ein Buch auf dem Schoß, neben sich eine Kanne Kaffee.

„Guten Morgen", sagte Isolde.

„Morgen", murmelte Emily, ohne von ihrer Lektüre aufzusehen. Isolde sah, dass nur eine Tasse auf dem Tischchen stand und ging in die Küche, um eine weitere zu holen. Sie kehrte damit in den Salon zurück, schenkte sich ein und setzte sich. Das leichte, freie Gefühl, das sie eben noch erfüllt hatte, verblasste.

Sie blieb eine Weile sitzen, nippte an ihrem Kaffee und sah Emily beim Lesen zu. Die Anspannung in ihrem Innern wuchs mit jedem Augenblick. Als sie es nicht mehr aushielt, fragte sie:

„Was ist los?"

„Was soll denn los sein?", erwiderte Emily, den Blick weiterhin auf ihr Buch gerichtet. Isolde schnaubte.

„Kannst du mich bitte ansehen, wenn du mit mir sprichst?"

„Du sprichst doch mit mir."

Isolde verdrehte die Augen. „Sind wir wieder in der Volksschule angelangt?"

„Sag du es mir, du bist doch die Lehrerin."

Isolde schnaubte. „Emily. Es ist mein Ernst. Ich will wissen, was los ist."

Emily kniff den Mund zusammen. Sie schlug das Buch zu und sah Isolde mit zornfunkelnden Augen an.

„Jetzt interessiert dich also, was mit mir los ist? Jetzt, nachdem du alles andere erledigt hast. Die Arbeit, Elsas Fremdgeherei. Jetzt hast du ein paar Minuten, um dich mit mir zu beschäftigen."

„Das ist ungerecht", sagte Isolde leise.

„Ja, das finde ich auch. Die Art und Weise, wie du deine Zeit aufteilst, ist ungerecht. Und zwar mir gegenüber."

Isolde schüttelte den Kopf. „Nein, das meinte ich nicht. Ich finde, dein Vorwurf ist ungerecht. Was soll ich denn tun? Dass wir hier an diesem Sonntagmorgen so schön beisammen sitzen und unseren Kaffee trinken können, hängt nun einmal davon ab, dass ich arbeite und das nötige Geld verdiene, damit wir uns das alles leisten können."

„Ach darauf läuft es hinaus", rief Emily. „Ich bin also selbst schuld daran, dass du keine Zeit mit mir verbringen kannst, weil ich mit meiner Schriftstellerei nichts zu unserem Lebensunterhalt beisteuere? Soll ich wieder als Telefonistin arbeiten?"

Isolde seufzte. „Nein, darum geht es mir doch gar nicht. Wir haben vereinbart, dass du deine Stelle kündigst, um dich ganz dem Schreiben widmen zu können, und das ist nach wie vor in Ordnung für mich. Ich arbeite gerne als Fotografin und das Atelier wirft genügend Geld für uns beide ab. Aber es nimmt nun einmal viel Zeit in Anspruch. Ich versuche, jede freie Minute mit dir zu verbringen, aber dass ich mich um meine Schwester kümmere, wenn sie dabei ist, ihr Leben in Scherben zu werfen, ist das Natürlichste auf der Welt."

„Und was ist mit meinem Leben? Mit unserem Leben?"

Isolde schloss die Augen. „Wenn du mir diese Anmerkung gestattest. Wir sind gerade dabei, die wertvolle Zeit, die wir miteinander haben, mit einem fruchtlosen Streit zu vergeuden."

„Mit mir zu sprechen ist als vergeudete Zeit? Na, vielen Dank."

Emily klappte das Buch wieder auf und tat so, als ob sie weiterlas. Ihre Augen bewegten sich aber nicht, sondern waren starr auf die Seiten gerichtet.

„So habe ich das nicht gemeint und das weißt du. Sag mir doch einmal, wie ich die letzten Tage anders hätte gestalten können. Was hättest du dir gewünscht?"

Emily drehte den Kopf. „Ich hätte mir gewünscht, dass du dir helfen lässt. Es wäre so nett gewesen, gestern Abend ein bisschen mit Freunden zu feiern. Alle wären gekommen. Der Dichter, der Maler, der Journalist. Aber du wolltest nur deine Ruhe haben."

Isolde nickte. „Ja, ich wollte nur meine Ruhe haben."

„Dann warst du sicher ganz froh, als du gemerkt hast, dass ich nicht zu Hause bin."

„Emily!", rief Isolde. Sie spürte, wie sie zunehmend wütend und ihr Geduldsfaden immer dünner wurde. „Ich hätte mich über einen ruhigen Abend mit dir gefreut. Meine Ruhe wollte ich vor allen anderen haben. Aber nicht vor dir. Du bist meine Ruhe."

Emily sah sie lange an. „Ich weiß, dass du lieber zu Hause sitzt. Und ich weiß, dass du Kraft daraus ziehst, Zeit mit mir zu verbringen. Das ist schön und das freut mich. Aber ich muss auch irgendwoher Kraft schöpfen. Und ich hole sie mir aus Gesellschaft, aus dem Austausch mit anderen, aus Kunst und Musik."

Isolde schloss die Augen. „Wir können gerne heute Abend –"

„Ja, und das muss dann wieder für mehrere Wochen reichen."

Isolde schlug mit der flachen Hand auf den Tisch, sodass der Kaffee in Emilys Kanne hoch spritzte. „Ich arbeite jeden Tag zehn Stunden. Da ist mir nun einmal nicht danach, bis in die Puppen zu feiern."

Emily sah sie mit wütenden Augen an. „Ich dachte, es würde besser, wenn du deine eigene Herrin wärst. Ich dachte, du hättest mehr Zeit für uns oder würdest alles wenigstens so einteilen, dass wir mehr Zeit miteinander verbringen könnten. Aber da habe ich mich wohl getäuscht. Ich habe noch viel weniger von dir als damals, als du im Atelier *Elvira* gearbeitet hast. Und das ist ..." Ihr Gesicht lief knallrot an und ein gewaltiger Hustenanfall schüttelte sie.

„Emily", rief Isolde. Sie stand auf und eilte zu ihrer Freundin.

Die Hustenattacke war noch nicht beendet. Emily schnappte nach Luft, ihr Atem ging rasselnd. Isolde nahm sie in die Arme wie ein kleines Kind, das einen Krupp-Anfall erlitt, und klopfte ihr sanft auf den Rücken. Emilys Körper bebte unter immer wieder neuen Attacken, bis sie schließlich erschlaffte und den Kopf an Isoldes Schulter sinken ließ.

„Bringst du mich bitte ins Bett?", fragte sie. „Ich glaube, ich habe mich zu sehr aufgeregt."

***

Elsa setzte den Punziermeisel mit der feinen Spitze an. Nun durfte nichts schief gehen. Bislang hatte sie immer an Mustern geübt, hatte ihre auf Papier gezeichneten Entwürfe für das Blattwerk ohne viel Nachdenken auf das Leder übertragen, in der Gewissheit, dass sie die

Reste einfach wegwerfen konnte, wenn ihr etwas misslang.

Doch nun arbeitete sie an der linken Flanke des Sattels, dem Teil, den die Majestät sehen würde, wenn er seinen Oberschenkel ansah. Vielleicht würde er dann einen Augenblick innehalten und die feine Handwerksarbeit bewundern, die den Gebrauchsgegenstand des begeisterten Jägers zu einem kleinen Kunstwerk veredelt hatte. Er würde nie erfahren, dass es eine Frau war, die ihm diesen Augenschmaus ermöglicht hatte, aber das war auch nicht so wichtig.

Elsa wunderte sich sehr über sich selbst. Früher hätte sie alles gegeben, um im Rampenlicht zu stehen und die Aufmerksamkeit des Prinzregenten oder noch besser der jüngeren männlichen Mitglieder seines Hofstaates zu erlangen. Doch nun war es ihr wichtiger, diese, ihre Arbeit so gut wie möglich umzusetzen. Ihre Entwürfe waren fabelhaft, die Probeschnitte waren ihr ohne Makel gelungen. Aber nun galt es. Nun durfte sie sich keinen Fehler erlauben.

Der Punziermeisel schnitt in das feine Leder. Mit einer zarten, beinahe liebevollen Bewegung drehte sie ihn ein wenig, sodass er eine sanfte Kurve beschrieb. Sie fuhr fort, bis sie den ersten Zweig und zwei Efeublätter fertiggestellt hatte. Dann hielt sie kurz inne und besah sich ihr Werk.

„Sehr schön", hörte sie eine Stimme. Sie wandte sich um und sah Moritz. Sie konnte nicht sagen, wie lange er dort schon stand. Hatte er ihr über die Schulter geschaut, während sie gearbeitet hatte? Sie lächelte ihm zu.

„Das Leder ist exquisit."

Er nickte. „Feinstes argentinisches Rinderleder. Mein Vater besitzt eine eigene Farm südlich von Buenos Aires. Das Material für die Luxussättel beziehen wir von dort."

Bei der Erwähnung von Berlitz senior zog sich etwas in Elsas Bauch zusammen. Doch dann sah sie in die braunen Augen von Moritz, die voller Liebe auf sie gerichtet waren, und das Gefühl verflog wieder.

„Ich arbeite weiter", sagte sie.

„Lass dich bitte von mir nicht stören", sagte er und wollte sich entfernen. Sie hob die Hand und hielt ihn am Unterarm fest. Die Berührung jagte ihr sofort eine Gänsehaut über den Rücken.

„Bleib doch", sagte sie. „Ich glaube, es wird mir noch besser gelingen, wenn du in meiner Nähe bist."

Ein breites Lächeln zierte sein Gesicht. Seine Augen strahlten.

„Es wird ein Werk unserer Liebe werden", sagte Elsa mit einer Ernsthaftigkeit, die sie selbst überraschte. Sie hatten bisher nicht über ihre Gefühle gesprochen, sondern hatten sie einfach fließen lassen in ihren Gesten, ihren Umarmungen, ihren Küssen. Es nun auszusprechen, fühlte sich so selbstverständlich an, dass Elsa kurz zusammenzuckte.

Er sah sie ernst an. Dann nickte er. „Ja, lass uns ein Werk unserer Liebe erschaffen. Und wenn es nur ein Abglanz unserer Gefühle füreinander wird, wird es der schönste Sattel, den die Welt je gesehen hat."

Er strich ihr übers Haar. Sie griff nach seiner Hand und küsste sie. Dann nahm sie den Punziermeisel wieder auf und fuhr fort, den Rand des Sattels mit Rankenwerk zu verzieren. Sie verlor jegliches Zeitgefühl dabei, was sie aber nicht verlor, war das Gefühl seiner Gegenwart. Sie spürte, dass er hinter ihr stand, dass er jede ihrer Bewegungen sah, und dass jede ihrer noch so kleinen Schnitte in das Leder auch von Moritz und dem Band der Liebe, das sie miteinander verband, gesteuert wurden.

Als sie eine Seite beendet hatte, sah sie auf. Draußen dämmerte es bereits. Sie schrak zusammen. „Ich muss nach Hause", sagte sie.

Sie spürte seine Hand auf ihrer Schulter und wandte sich um. Er beugte sich zu ihr herab und küsste sie. Sie versank in seiner Berührung, machte sich dann aber rasch frei.

„Wann sehen wir uns wieder?", fragte er, als er sie zur Türe brachte.

„Morgen", wollte sie antworten, doch sie konnte es ihm nicht versprechen, daher sagte sie nur: „So bald wie möglich. Ich melde mich bei dir."

Sie eilte durch die Gassen der Altstadt. Als sie zu Hause ankam, war es bereits dunkel. Sie öffnete die Tür zum Lieferanteneingang und stürmte die Treppe hinauf. Oben im Flur spähte sie in beide Richtungen. Sie sah dort niemanden und schlüpfte rasch in ihr Zimmer. Mit klopfendem Herzen blieb sie einen Moment in dem dunklen Raum stehen. Als sie kein Geräusch hörte, drückte sie den Lichtschalter und legte ihren Mantel ab.

Dann setzte sie sich vor den Spiegel und überprüfte ihr Gesicht und ihr Dekolleté. Keine verräterischen Spuren. Das war gut. Ihre Wangen waren gerötet und ihre Augen funkelten. So lebendig hatte sie sich schon lange nicht mehr gesehen und gefühlt. Sie lächelte, doch es gefror ihr auf den Lippen, als sie daran dachte, dass sie nun gleich mit ihrem Mann speisen musste. Inzwischen war Eugen ihr nicht mehr nur gleichgültig. Er war ihr widerwärtig. Es war ein großes Glück, dass er die Finger von ihr ließ. Aber sein Anblick reichte schon aus, um ein Ekelgefühl in ihr auszulösen.

Sie gab sich dem Gedanken hin, wie es wohl wäre, mit Moritz zusammenzuleben. Ein wohliger Schauer lief durch ihren Körper. Wäre es das wert, sich scheiden zu lassen? In Ungnade zu fallen? Und vor allem: Würde das Gefühl anhalten?

Es klopfte an die Tür. Elsa rief „Herein!" Und ein Flügel öffnete sich knarrend.

„Mama!", hörte sie eine Kinderstimme rufen und Hermann stürmte auf sie zu. Sie breitete ihre Arme aus und hob ihn hoch. Sein Kopf roch nach Milch und Honig und sein kleiner, warmer Körper schmiegte sich an sie. Ihre Kehle wurde eng bei dem Gedanken, was wohl aus dem Jungen werden würde, wenn sie sich erlaubte, ihren Gefühlen nachzugeben, wenn sie ihre Ehe, ihre Stellung aufgab. Sie würde auch ihren Sohn aufgeben müssen. Ihre Augen füllten sich mit Tränen. Nein, das durfte nicht geschehen.

KAPITEL 15

München, Dienstag, 31. Januar 1900

Isolde brachte die Kundin und ihre Tochter zurück in den Empfangsbereich und war froh, dass Melanie es übernahm, die Modalitäten der Bezahlung der Bestellung von Abzügen zu übernehmen. So konnte sie die Tür hinter sich schließen und sich auf das Sofa fallen lassen, auf dem die junge Dame eben noch gesessen und versucht hatte, wie eine verwöhnte Adelige auszusehen, weil ihre Mutter der Überzeugung war, dass sie so leichter und schneller einen Ehemann finden würde.

Die Nacht war einmal mehr unruhig gewesen. Nach den Hustenanfällen am Sonntag hatte ein heftiges Fieber Besitz von Emily ergriffen und Isolde hatte ihr Bestes gegeben, mit Wadenwickeln und kalten Umschlägen dagegen anzukämpfen. Sie hatte es geschafft, die Temperatur im Zaum zu halten, aber Emilys Ruhe war von kurzer Dauer gewesen. Immer wieder hatte sich der Husten zurückgemeldet und in der Nacht hatte sie sich schwitzend und stöhnend hin- und herumgewälzt. Isolde hatte ihr vorgeschlagen, einen Arzt zu rufen, aber ihre Freundin hatte abgelehnt. *Der könne ihr doch auch nicht helfen und wolle nur Geld an ihrem Leiden verdienen*, hatte sie gesagt.

Als Isolde an diesem Morgen das Schlafzimmer verlassen hatte, hatte Emily friedlich dagelegen. Zum ersten Mal seit 48 Stunden war ihr Atem ruhig und ihre

Stirn kühl gewesen. Sie beneidete sie darum, liegen bleiben zu können. Diese Ruhe war ihr verwehrt. Sie musste arbeiten, konnte das Atelier nicht einfach schließen und sich zu ihrer Freundin legen und die Erschöpfung, die Sorgen und die Müdigkeit einem tiefen, erholsamen Schlaf übergeben.

Es klopfte an der Tür. Isolde schreckte hoch. Einen Moment lang wusste sie nicht, wo sie war, und hatte auch nur eine leise Ahnung davon, wer sie war. War sie eingedöst? Hatte sie ihren nächsten Termin verschlafen? Melanie steckte ihren Kopf ins Studio. „Fräulein Hartmann, Ihre Schwester und Ihr Neffe sind da."

Isolde schüttelte sich. Elsa? Was wollte die denn? Dann fiel es ihr wie Schuppen von den Augen. „Herrje, das Porträt von Hermann. Das hätte ich beinahe vergessen. Schicke sie bitte herein."

Der Junge kam als Erster durch die Tür gestürmt. Isolde breitete die Arme aus und ihr Neffe, der gleichzeitig auch ihr Patenkind war, sprang mit einem wilden Satz hinein. Sie wirbelte ihn umher und war selbst erstaunt darüber, dass sie so viel Kraft aufbieten konnte. Als sie ihn wieder auf den Boden setzte, war ihr ein wenig schwindelig und sie war froh, dass Elsa dem Wunsch ihres Sohnes, noch einmal Kettenkarussell mit Tante Isolde zu fahren, widersprach.

Sie umarmten sich kurz und kühl. Isolde spürte, dass seit ihrem Gespräch etwas zwischen ihnen stand. Sie nahm Hermann bei der Hand.

„Komm, wir suchen uns ein schönes Kostüm aus", sagte sie und suchte den Blick seiner Mutter. Elsa nickte und Isolde ging mit ihrem Neffen zum Requisitenfundus. Hermann stürzte sich sofort auf ein

Gardehusarenjäckchen im Kleinformat. Isolde hielt es hoch, um es Elsa zu zeigen. Diese zuckte nur mit den Schultern und sagte: „Er liebt alles, was mit Uniformen zu tun hat. Du wirst ihm kein anderes Kostüm andrehen können."

„Ganz die Mama", sagte Isolde.

Elsa schüttelte den Kopf. „Das war einmal", flüsterte sie.

Isolde unterstützte Hermann beim Anziehen und stellte ihn mitsamt einem kleinen Schwert vor die Kulisse einer mittelalterlichen Burg. Es war ein Kinderspiel, das Porträt ihres Neffen anzufertigen. Er machte brav mit und freute sich darüber, als seine Tante ihm zur Belohnung drei Bonbons schenkte. Sie half ihm, das Kostüm wieder auszuziehen.

„Meinst du, deine Empfangsdame könnte kurz auf ihn aufpassen?", fragte Elsa. „Ich muss mit dir reden."

Isolde sah auf die Uhr. „Viel Zeit habe ich nicht", sagte sie.

„Ich werde dich nicht über Gebühr in Anspruch nehmen."

Isolde rief nach Melanie und diese zeigte sich gerne bereit, auf Hermann achtzugeben. Als die Tür sich hinter ihr und dem Kind geschlossen hatte, sah Isolde ihre Schwester erwartungsvoll an.

„Ich wollte mich bei dir entschuldigen", sagte Elsa.

Isolde zog ihre Augenbraue nach oben. Sie hatte erwartet, dass ihre Schwester ihr Vorhaltungen machen würde, dass sie sich in ihre Angelegenheiten mischte. Doch statt der Kämpferin, mit der sie gerechnet hatte, stand eine zaghafte, schüchterne Person von ihr.

„Du hast recht. Es war Wahnsinn, mich in eine Affäre mit Moritz zu stürzen. Mir ist klar, dass ich alles verlieren könnte. Selbst, wenn ich mich dazu entschließen würde, ihn nie wiederzusehen.“

„Selbst wenn?“, fragte Isolde. „Du hast dich also entschlossen, die Affäre fortzuführen?“

Elsa schlug die Augen nieder. „Kennst du das? Wenn du zwei Dinge so sehr willst, dass dir schon bei dem Gedanken daran, eines aufzugeben, schlecht wird?“

Isolde nickte. „So ging es mir, als ich das Angebot hatte, die Forschungsreise nach China zu begleiten, und gleichzeitig wusste, dass ich Emily dafür ziehen lassen sollte.“

„Nun, bei mir ist Hermann die Forschungsreise und Moritz Emily.“

Isolde schüttelte den Kopf. „Das kannst du nicht vergleichen. Eine Forschungsreise ist eine Gelegenheit, die wieder kommen kann. Menschen sind immer einmalig. Deshalb war die Entscheidung für Emily auch so leicht. Du musst zwischen zwei Menschen wählen. Und das ist viel schwieriger.“

„Muss ich das?“

Isolde seufzte. „Wo soll das hinführen? Irgendwann wird Eugen dahinterkommen und dann?“

„Dann habe ich gelebt. Und geliebt“, murmelte Elsa. Sie sah Isolde an. „Das Leben ist zu kurz, um nicht alles zu geben. Der Moment, zu dem ich sage: Verweile doch, du bist so schön ... er ist da!“

Isolde grub ihre Schneidezähne in die Unterlippe. Der Satz brachte eine Saite in ihr zum Schwingen. Sie nickte. „Ich verstehe, was du meinst.“

„Hattest du mit Emily auch einen solchen Moment?“

„Das ist leider schon lange her."

Elsa schnaubte. „Du bist selbst dafür verantwortlich, diese Momente nicht in der Vergangenheit zu belassen. Schau dich doch an. Du bist in der glücklichen Lage, deine Liebe leben zu können. Versteckt zwar, aber frei. Und was machst du daraus? Du stehst tagein, tagaus im Atelier."

Isolde spürte, wie ihr die Kehle eng wurde. Elsas Worte trafen sie wie Peitschenhiebe.

„Du hast recht", sagte sie. „Ich respektiere deine Entscheidung und werde immer für dich da sein, gleichgültig, was kommt."

Elsa breitete die Arme aus und sie drückten sich fest aneinander. „Danke", flüsterte sie Isolde ins Ohr. „Und jetzt kümmere dich darum, dass du wieder glücklich wirst."

***

Elsa schloss die Tür hinter sich. Das Kinderlachen und das Brummen ihres Onkels, dem Hermann gerade den Bart in ein Töpfchen mit roter Farbe getunkt hatte, verstummten. Sie sah sich in der Werkstatt um. Alles war unverändert. Auf der Werkbank lagen noch die Schnittmuster des argentinischen Rindsleders, an denen sie geübt hatte. Sie strich über die glatte Oberfläche und die rauen Vertiefungen. Ihre Fingerspitzen kribbelten und ein leises Beben ging durch ihren Körper, wanderte über ihre Arme, ihr Schultern, ihre Brust zu ihrem Bauch, wo das warme Gefühl erwachte, das sie erst vor ein paar Wochen wiederentdeckt hatte.

Sie schloss die Augen und sah Moritz vor sich. Moritz, der mit sicheren, kräftigen Bewegungen einen Nagel in den Holzrahmen des Sattels schlug. Moritz, wie er mit beiden Händen das Leder über den Rahmen spannte. Moritz, wie er den Sattelknauf polierte. Moritz, wie er Tuch und Politur stehen und liegen ließ, um sie mit einem Jubelschrei zu begrüßen, sie zu umarmen, sie hochzuheben, zu herzen und zu küssen. Moritz.

Seit Wochen drehte sich ihr Denken, ihr Fühlen, ihr ganzes Sein nur um ihn. Er hatte ihr gezeigt, wie schön das Leben sein konnte, und sie war mehr als willig, ihm überall hin zu folgen. Wenn da nicht das kleine Wesen gewesen wäre, das im Nebenraum mit seinem Großonkel seltsame Formen auf eine Leinwand malte, von dem es behauptete, dass es ein Pferd mit einem Kavallerieoffizier im Sattel darstellen sollte.

Sie befand sich in einem Dilemma, das sie nicht ablösen konnte. Und so wandte sie sich dem Einzigen zu, was ihr in Situationen wie diesen half. Sie griff nach einem Ledermesser, trennte ein Stück von dem Muster ab und begann, mit der Schneide Formen zu skizzieren. Mit feinen Schnitten ritzte sie das Leder ein, sodass die Linien nur im Gegenlicht zu erkennen waren. Mit einer flüssigen Wellenbewegung entstand ein „M" und mit einer ebenso sicheren wie intuitiven Geste verschränkte sie ein liegendes „E" mit diesem Buchstaben. Das erinnerte sie an eine Fotografie eines Monogramms, das sie einmal gesehen hatte. Es handelte sich dabei um die Anfangsbuchstaben des Namens einer Königin und eines Königs. Sie wusste nicht mehr, ob es ein französischer, ein englischer oder ein deutscher Herrscher gewesen war, aber die Vorstellung, dass zwei

Menschen so fest miteinander verbunden waren, dass ihre Initialen zu einem gemeinsamen Zeichen verschmolzen, das die Giebel ihrer Schlösser, ihre Münzen, ihre Taschentücher, ja selbst ihr Geschirr schmückte, hatte sie zutiefst beeindruckt.

In den ersten Tagen ihrer Ehe mit Eugen hatte sie mit ihrer beider Initialen gespielt, versucht, ein Symbol für ihre Liebe zu finden. Aber da es sich zweimal um ein „E" handelte, war ihr nur eine Lösung als ästhetisch ansprechend erschienen: Die beiden Buchstaben Rücken an Rücken, in zwei gegensätzliche Richtungen gewendet. Wenn sie gewusst hätte, wie prophetisch dieses Zeichen sein würde, hätte sie es möglicherweise nicht gleich den Flammen übergeben.

Mit Moritz' Anfangsbuchstaben war alles so viel einfacher. Die Linien flossen ganz natürlich ineinander. Sie verflocht die Querstriche mit Efeublättern und ließ zwischen den Längsstrichen eine Rosenblüte erwachsen. Behutsam legte sie das Werkstück ins Licht und besah sich ihre Skizze. So würde es gut sein. Sie würde es mit dem Punziermeiselchen ausstechen und Moritz schenken. Es sollte die Prägung werden, die die Sättel schmücken würde, die sei beide zusammen anfertigen würden.

Sie erhob sich und suchte nach einem Messerchen, als ein jäher Schwindel sie überkam. Eine Welle der Übelkeit jagte ihre Kehle empor. Mit großer Mühe unterdrückte sie einen Brechreiz. Als sie sich jedoch an die Werkbank klammerte, rutschte das Köfferchen mit den Werkzeugen von der Tischplatte und schepperte auf die Dielen. Elsa sank ebenfalls langsam auf den

Boden. Sie setzte sich und lehnte sich an die kalte Holzwand der Werkstatt. Da öffnete sich die Tür.

„Ja, um Gottes Willen", hörte sie Zenzi sagen. „Was ist denn geschehen?"

Elsa, die sich inzwischen sicher war, dass sie ihr Frühstück bei sich behalten konnte, selbst wenn sie sprach, sagte:

„Es ist nichts. Mir war nur ein bisschen schwindelig."

Die Haushälterin hielt ihr die Hand hin und Elsa schlug ein. Zenzi zog sie mit erstaunlicher Kraft und Gewandtheit nach oben. Elsa klopfte sich den Rock ab. Die alte Frau musterte sie aufmerksam.

„Wie weit sind die gnädige Frau denn?", fragte sie.

Elsa sah sie irritiert an. „Ich habe noch gar nicht richtig angefangen", sagte sie. „Bisher ist es nur ein Entwurf. Ich –"

Zenzi winkte ab. „So habe ich das nicht gemeint", sagte sie. „Ich wollte fragen, ob die gnädige Frau schon wissen, wann das Kind kommen wird."

Elsa durchfuhr es heiß und kalt. Die Übelkeit, von der sie geglaubt hatte, sie habe sie im Griff, meldete sich wieder. Sie atmete schwer und hatte doch das Gefühl, keine Luft zu bekommen. Zenzi klopfte ihr auf die Schulter und sagte:

„Langsam. Das Ausatmen nicht vergessen."

Mit jedem Atemzug beruhigte sich Elsa ein wenig. Schließlich bekam sie die Übelkeit wieder unter Kontrolle.

„Wie kommst du darauf, dass ich guter Hoffnung sein könnte?", fragte sie keuchend.

Zenzi zuckte mit den Achseln. „Ich habe die gnädige Frau schon einmal schwanger erlebt. Da war es ähnlich. Schwindel, Übelkeit, ein bleiches Gesicht, verträumte Augen. Nur fing der Name des Kindsvaters damals mit einem ‚E' an. Nicht mit einem ‚M'." Sie deutete auf das Stück Leder auf dem Tisch.

Elsa durchfuhr es heiß und kalt. „Es ist nicht, wie du denkst", stammelte sie.

Zenzi hob den Kopf. „Ich denke gar nix", sagte sie. „Aber wenn die gnädige Frau mich braucht, werde ich da sein. Daran hat sich nichts geändert."

Elsa schluckte. Dann nickte sie. „Danke", sagte sie. „Ich weiß das sehr zu schätzen. Aber ich bin mir nicht sicher, ob ich wirklich guter Hoffnung bin. Vielleicht habe ich mir auch nur den Magen verdorben."

„Nun, wann haben die gnädige Frau den zuletzt ihre Blutungen gehabt?"

Elsa legte ihre Stirn in Falten. „Nun, das muss ... das muss an Weihnachten gewesen sein."

Zenzi nickte. „Vor fünf Wochen."

Elsa spürte, wie die Übelkeit mir Macht zurückkehrte. „Ja, vor fünf Wochen."

KAPITEL 16

München, Mittwoch, 31. Januar 1900

Isolde legte die Abdeckung über die Kamera, rollte die Kulisse zusammen und stellte sie in das Eck zu den anderen Requisiten. Dann ging sie in den Empfangsraum und teilte Melanie mit, dass sie in den Feierabend gehen durfte.

„Ich könnte aber noch ein bisschen Rechnungen sortieren", sagte sie.

Isolde schüttelte den Kopf. „Geh heute früher nach Hause, genieße den Abend. Wir haben genug gearbeitet."

Melanie kniff die Augen zusammen. „Ist ... ist alles in Ordnung mit Ihnen?", fragte sie.

Isoldes Mundwinkel zuckten ein klein wenig nach oben. „Jetzt schon", sagte sie. „Ich werde es dir morgen erklären. Davor muss ich aber selbst noch etwas in Ordnung bringen."

Das Mädchen warf ihr einen weiteren, eindeutig skeptischen Blick zu, ging dann jedoch in den Personalraum, um sich umzuziehen.

Isolde machte einen Abstecher in die Dunkelkammer, wo sich das Spiel mit der Retuscheurin wiederholte. Diese schien keine Zweifel an Isoldes Geisteszustand zu hegen, sondern war sichtlich erfreut darüber, dass sie früher nach Hause gehen konnte. Isolde stieg die Treppe hinauf und öffnete die Wohnungstür. Der Duft frisch aufgebrühten Kaffees stieg ihr in die Nase. Wieder zuckten ihre Mundwinkel nach oben, dieses Mal ein wenig höher. Sie ging in das Badezimmer, um sich das Gesicht zu waschen, und betrat dann den Salon. Emily saß in ihrem Sessel, ein Buch auf dem Schoß, die Kaffeekanne neben sich. Sie blickte auf, als sie Isoldes gewahr wurde.

„Oh, welch unerwarteter Gast zu dieser frühen Stunde", sagte sie und lächelte Isolde an. „Hast du dich in der Uhrzeit vertan?"

Isolde schüttelte den Kopf. „Ich habe das Atelier heute früher geschlossen."

Emilys schmale Augenbrauen zuckten nach oben. „Ist alles in Ordnung mit dir?"

„Das hat Melanie mich auch schon gefragt", sagte Isolde. „Ja, ich bin mit mir im Reinen."

„Und was bedeutet das?"

„Es bedeutet, dass ich mit dir reden muss", sagte Isolde.

Sie setzte sich auf den freien Sessel und sah Emily an. „Oh, das ist schön", sagte diese. „Üblicherweise bin ich es, die mit dem Reden beginnt. Nun, dann schieß los."

Isolde atmete tief durch. „Mir ist unser Gespräch vom Sonntag nicht aus dem Kopf gegangen."

Emily nickte. „Es war ja auch eindrucksvoll. Besonders mein Abgang, der so nicht geplant gewesen war."

Isolde streckte ihre Hand aus und Emily griff danach. „Ich habe wie gesagt, viel darüber nachgedacht. Du hast recht. Wir verbringen zu wenig Zeit miteinander. Das Atelier nimmt so viel Raum ein, dass ich um jede Lücke in meinem Alltag kämpfen muss. Das kann so nicht weitergehen."

„Was hast du vor?“

Isolde atmete tief durch. „Ich werde das Atelier von nun ab jedes Jahr für zweimal sechs Wochen schließen. In dieser Zeit werden wir all das tun, worauf wir Lust haben. Ausgehen, Fahrradfahren, Wandern, uns eine Sommerfrische suchen und verreisen.“

Emilys Mund klappte nach unten. „Zweimal sechs Wochen?“, stammelte sie. „Das sind drei Monate. Wie willst du das bezahlen?“

Isolde lächelte. „Ja, das wird sicher etwas knapp werden. Aber ich habe fürs Erste noch genügend Ersparnisse. Und wenn es gut läuft, kann ich vielleicht eine zweite Fotografin einstellen, die mich in der Zeit vertritt, in der wir das Leben genießen.“

Emily drückte ihre Hand. Sie strahlte und ihr ganzes Gesicht glänzte vor Glück.

„Das wird schön“, sagte sie. „Ab wann möchtest du das in die Tat umsetzen?“

„Ab morgen“, sagte Isolde.

Emily ließ ihre Hand los und starrte sie verständnislos an. „Ab morgen?“

Isolde zuckte mit den Achseln. „Warum sollten wir warten? Das Leben wartet auch nicht auf uns. Wenn wir glücklich sein wollen, müssen wir dafür sorgen, dass wir es sind.“

„Wo hast du denn diese Weisheit aufgeschnappt? Das klingt gar nicht nach dir.“

Isolde grinste. „Ich bin aber auch lernfähig.“

„Und das ist sehr schön. Wie willst du das denn morgen umsetzen?“

„Ich werde morgen mit Melanie und Irene reden und sie für sechs Wochen bei vollen Bezügen freistellen. Die bereits vereinbarten Termine werde ich aus persönlichen Gründen auf die Zeit nach Ostern verschieben oder ganz absagen, wenn die Kunden nicht bereit sind, so lange zu warten."

„Das nenne ich konsequent", sagte Emily.

Isolde nickte. „Wenn ich etwas mache, dann ohne Abstriche. Du solltest mich gut genug kennen, dass du weißt, wie schwer mir Entscheidungen fallen."

Emily nickte. „Oha, davon kann ich ein Lied singen."

„Aber wenn ich mich einmal entschieden habe, ziehe ich das durch."

Emily sah Isolde verträumt an. „Weißt du eigentlich, wie attraktiv du bist, wenn du so frei von der Leber weg redest."

Isolde spürte, wie ihr Gesicht warm wurde.

„Und diese feine Röte steht dir auch ausgezeichnet."

Isolde winkte ab.

„Jetzt lenk mich mal nicht ab mit deinem Süßholzgeraspel", brummte sie.

Emily grinste. „Was hast du denn nun mit uns beiden vor?", fragte sie. „Deine Pläne für das Atelier kenne ich schon. Aber wie wollen wir die kommenden sechs Wochen verbringen?"

Isolde zwinkerte ihr zu. Sie holte ein Buch aus ihrer Tasche und legte es auf den Tisch.

„Ein Baedeker?", fragte Emily, die den blauroten Einband sofort erkannt hatte. Sie griff danach und ihre Augen weiteten sich. „Venedig?"

Isolde nickte. „Du wolltest doch schon immer einmal den Karneval sehen. Wenn wir in den nächsten Tagen aufbrechen, kommen wir mitten ins Getümmel."

„Ui", rief Emily und klatschte in die Hände. „Da bin ich am allerliebsten, mitten im Getümmel."

„Das habe ich fast befürchtet", sagte Isolde.

Emily grinste.

„Wir fahren für zwei Wochen nach Venedig und auf der Rückfahrt mieten wir uns noch am Gardasee ein. Da ist die Luft viel besser, vielleicht kannst du dort deinen Husten kurieren."

Emily stand auf und sah Isolde mit leuchtenden Augen an. „Manchmal glaube ich, dass ich dir sehr am Herzen liege."

„Das ist eine Untertreibung", sagte Isolde, die sich ebenfalls erhob. Sie umarmten sich. Und als sich ihre Lippen fanden, wusste sie, dass sie die richtige Entscheidung getroffen hatte.

***

Elsa kaute nervös auf ihrer Unterlippe herum. Die Kutsche ruckelte auf dem Kopfsteinpflaster des Odeonplatzes hin und her. Sie bemerkte es kaum, so sehr war sie in Gedanken versunken. Ihre Hände steckten in einem Muff aus Nerzfell, doch ihre Finger waren so fest ineinander verschränkt, dass es beinahe schmerzte. Sie hatte noch immer die Bilder im Kopf von dem Arztbesuch, der am Morgen wenig erfreulich verlaufen war.

Der Arzt hatte ihre schlimmste Befürchtung bestätigt. Sie war wieder schwanger. Die Nachricht hatte sie in einen Strudel widerstreitender Gefühle gerissen. Einerseits war der Gedanke, dass in ihr etwas heranwuchs, das sie und Moritz gemacht hatten, etwas Lebendiges, kein Gegenstand wie der Sattel, berauschend.

Andererseits war sie nun in gewaltigen Schwierigkeiten. Es war klar, dass das Kind nicht von Eugen sein konnte. Ihre Affäre würde offenbar werden. Mit allen möglichen Folgen.

Sie musste mit Moritz darüber sprechen und gleichzeitig fürchtete sie seine Reaktion. Was, wenn er sie verstoßen würde? Oder wenn er sie zwingen würde, das Kind wegmachen zu lassen? Sie konnte und wollte sich nicht vorstellen, dass er so mit ihr umging. So war er nicht, das spürte sie tief in ihrem Herzen.

Der Fiaker hielt auf dem Marienplatz an und nachdem sie den Fahrer bezahlt hatte, eilte sie durch das Gassengewirr zur Werkstatt. Sie öffnete die Tür und wieder nahm sie der Anblick von Moritz gefangen, der an der Werkbank stand und den nun beinahe fertigen Sattel sorgfältig mit einem öligen Lappen bearbeitete. Das Leder glänzte. Es war ein prächtiges Werkstück. Sie konnten stolz darauf sein. Und der Prinzregent würde sicher lobende Worte dafür finden. Wenn er von einem in Sünde gefallenen Sattler überhaupt etwas annehmen würde.

Der Gedanke legte sich über ihren Stolz wie eine kalte, schwere, bleierne Decke. Moritz hatte sie kommen hören. Er drehte sich um und lächelte sie an, doch sein Lächeln gefror ihm auf den Lippen.

„Was ist los?“, fragte er. „Du siehst aus, als ob du gerade eine ganz schlimme Nachricht erhalten hättest.“

Sie trat auf ihn zu. „Ich ... ich bin mir unsicher, ob es eine schlimme oder eine großartige Nachricht ist“, sagte sie leise.

Er rückte einen Stuhl heran und deutete darauf. „Nimm doch erst einmal Platz. Und dann sprechen wir darüber. Ich bin mir sicher, dass wir für alles eine Lösung finden werden. Es gibt nichts, was zu schlimm wäre, dass wir es nicht gemeinsam durchstehen."

Seine Worte liefen ihr den Rücken hinab wie warmer Balsam. Sie setzte sich und sah ihn ernst an. Dann sagte sie: „Ich erwarte ein Kind."

Er sah sie unbewegt an, so als ob er nicht verstanden hätte, was sie sagte. Sie wiederholte ihre Worte. Und da regte sich etwas in seinem Gesicht. Seine Mundwinkel wanderten nach oben, seine Lippen öffneten sich und gaben den Blick frei auf den kleinen Spalt zwischen den vorderen Schneidezähnen, der Elsa bereits bei ihrem ersten Treffen vor vier Jahren aufgefallen war. Die Grübchen an seinen Wangen vertieften sich ebenso wie die Lachfältchen in den Augenwinkeln. Und seine tiefbraunen, weichen, warmen Augen strahlten in einem beinahe überirdischen Licht.

„Das ... das ist ja großartig!", rief er, kniete sich vor sie und umarmte sie. Sie spürte seine starken Arme, die sie umschlossen, spürte die Wärme seines Körpers, seinen heißen Atem, der ihr den Nacken entlang strich, und auf einmal war da dieses Gefühl der Geborgenheit. Für einen Moment schien die Welt aufzuhören, sich zu drehen. In diesem Augenblick gab es nur sie beide. Zwei Liebende und die Ahnung eines neuen Lebens, das sie beide geschaffen hatten und das nun in Elsa reifte. Ein Wunder.

Doch der Moment verging nur allzu rasch, bis sich die schweren Gedanken wieder ihn Elsas Bewusstsein schoben.

„Ich bin verheiratet", sagte sie leise. „Was wird wohl mein Mann dazu sagen? Und was wird aus meinem Sohn?"

Moritz löste sich von ihr und sah sie mit seinen warmen Augen an. „Wir finden eine Lösung. Glaubst du, dein Mann würde in eine Scheidung einwilligen? So, wie du ihn schilderst, bieten wir ihm doch ein willkommenes Geschenk, die Ehe aufzulösen."

Sie nickte. „Er wird sicher die Scheidung fordern. Aber dann wird er auch wollen, dass Hermann bei ihm bleibt. Und das wäre furchtbar." Sie schluckte. Tränen traten ihr in die Augenwinkel und rannen ihr über die Wangen.

Moritz nahm sie in die Arme. „Ich werde nicht zulassen, dass er dir dein Kind wegnimmt."

„Wie willst du das verhindern?"

„Nun, ich stimme nicht oft mit meinem Vater überein, aber genau wie er habe ich die Erfahrung gemacht, dass es kaum einen Menschen gibt, den man nicht mit einer entsprechenden Geldsumme dazu bringen könnte, selbst die bitterste Kröte zu schlucken."

„Mir könntest du alles Geld der Welt bieten und ich würde doch nicht von Hermann lassen."

Er nickte. „Ja, aber dein Mann ist anders, oder? Wenn er nun die Gelegenheit hätte, eine ihm genehme Ehe einzugehen, aus der weitere Kinder hervorgehen könnten, ließe sich da sicher ein Arrangement treffen."

Elsa spürte, wie ein Hoffnungsschimmer in ihr aufglomm.

„Das wäre schön", sagte sie. „Ich will nichts mehr, als mit dir zusammen alt und glücklich zu werden."

„Nun Ersteres wird ohne unser Zutun geschehen und für das Zweite werde ich bis zu meinem letzten Atemzug kämpfen.“

Sie blieben noch eine Weile eng umschlungen, dann löste sich Elsa und ging zurück zum Lampeck'schen Palais. Es war Abend und nachdem sie in frostiger Atmosphäre diniert hatten, begleitete sie Hermann in sein Zimmer, wo er ihr stolz die neuen Zinnsoldaten zeigte, die Woldemar von und zu Horn bei seinem letzten Besuch mitgebracht hatte. Elsa strich ihm über den Kopf und sah ihm gedankenverloren bei seinem Spiel zu. Schließlich brachte sie ihn zu Bett.

Edith half ihr beim Entkleiden. In ihrem Nachthemd ging sie in ihr Schlafzimmer. Sie löschte das Hauptlicht, sodass nur noch die Petroleumlampe auf ihrem Nachtkästchen brannte. Sie sah das Buch, das dort lag, und der Anblick ließ ihr einen eiskalten Schauer über den Rücken laufen. Sie hatte im Herbst aufgehört, darin zu lesen und sie wollte ihre Lektüre auch nicht mehr fortsetzen. Sie nahm es in die Hände und strich über die Buchstaben auf dem Deckel – *Anna Karenina*.

„Nein, so werde ich nicht enden“, sagte sie, legte das Buch beiseite und löschte das Licht.

KAPITEL 17

Venedig und München, 10. Februar 1900

„Was für eine Suppe!"

Emily ließ sich auf ihren Platz zurückfallen und verzog das Gesicht zu einer Grimasse. Isolde hätte sie gerne aufgemuntert, doch sie wusste nicht, was sie sagen sollte, denn ihre Freundin hatte vollkommen recht.

Zwei Tage zuvor waren sie in München bei strahlendem Sonnenschein aufgebrochen. Die erste Etappe ihrer Reise nach Innsbruck war ein romantischer Wintertraum gewesen. Die Berge und das Inntal waren tief verschneit und der Himmel wolkenlos blau. Vom Bahnhof aus waren sie in einem Schlitten zu ihrem Hotel gefahren und den Abend verbrachten sie bei Glühwein in dicke Decken gehüllt in ihrem behaglich geheizten Zimmer.

Am nächsten Morgen überquerte die fröhlich stampfende Dampflokomotive bei erneut bestem Wetter den Brenner und brachte sie bis nach Verona. Die Schneedecke unterwegs wurde immer spärlicher und verschwand schließlich ganz. Von der alten Römerstadt in der norditalienischen Tiefebene sahen sie nur wenig, denn sie kamen erst spätabends an. In ihrem Hotelzimmer war es eiskalt und der Wirt war unfreundlich. Emily hätte gerne das Haus besichtigt, in dem Baedeker zufolge Julia aus Shakespeares Tragödie gewohnt hatte, aber sie zogen es vor, sich eng aneinander gekuschelt früh zu Bett zu begeben. Es war noch dunkel, als sie den Zug in Richtung Padua und weiter nach Venedig bestiegen. Zu Isoldes großer Irritation wurde es in den folgenden Stunden nicht wesentlich heller, was daran lag, dass sie durch dichten Nebel fuhren. Von Padua bekamen sie dementsprechend auch kaum etwas zu sehen. Emilys Stimmung war immer trübsinniger geworden und Isolde hatte sich davon anstecken lassen.

„Wie lange noch?", fragte ihre Freundin.

Isolde sah auf die Taschenuhr ihres Vaters, die sie immer mit sich führte. In ihr waren das Zunftwappen und der Titel des königlich bayerischen Hofsattlers eingeprägt. Sie musste kurz an Elsa denken. Wie es ihr wohl ging? Isolde war mit einem mulmigen Gefühl gen Süden aufgebrochen. Ihre Schwester sah schweren Zeiten entgegen. Sie hoffte, dass in den fünf Wochen ihrer Abwesenheit kein Unglück geschehen würde.

„Isolde, hallo, jemand zu Hause?", fragte Emily und fuchtelte mit einer Hand vor Isoldes Gesicht herum.

„Wir müssten in etwa zehn Minuten eintreffen."

„Und der Bahnhof liegt wirklich auf der Insel?"

Isolde nickte. „Ein Damm führt durch die Lagune." Sie sah aus dem Fenster. „Schau, da ist Wasser."

Sie deutete hinaus. Eine dunkle, beinahe schwarze Masse erstreckte sich wenige Meter, bis sie von dichtem Dunst verschluckt wurde. Wellen brandeten an die Felsbrocken, die den Bahndamm gegen die Brandung schützten.

„O nein, ich hatte gehofft, dass sich der Nebel wenigstens auf dem Meer lichten würde."

„Nun, streng genommen ist das hier eher ein großer Brackwassersee", sagte Isolde.

„Das klingt nicht gerade einladend."

„Vielleicht haben wir Glück und es reißt auf."

Emily verzog das Gesicht. Die Lokomotive stieß einen Pfiff aus und sie fuhren in eine Bahnhofshalle ein. Als der Zug zum Stillstand kam, winkte Isolde einem der bereitstehenden Gepäckträger und zeigte auf die beiden Koffer, die in ihrem Abteil verstaut waren. Der Mann balancierte sie die schmale Einstiegstreppe hinab und trug sie ihnen voran durch den Bahnhof. Sie traten ins Freie und fanden sich am Ufer eines Kanals wieder.

Ein halbes Dutzend Einheimische eilten auf sie zu und überschütteten sie mit rasch gestellten Fragen in mehreren Sprachen, aus denen Isolde das Wort „Hotel" heraushörte.

„Palazzo Bembo", sagte sie.

„Si, si", erwiderte einer der Männer und nahm dem Gepäckträger die Koffer ab. Isolde steckte diesem rasch einen Geldschein zu und folgte dann dem neuen Führer, der sie zu einem länglichen Boot brachte, das am Ufer festgemacht war. Sie stiegen ein. Emily war etwas unsicher auf den Beinen und als das Gefährt schwankte, kippte sie in Isoldes Richtung. Sie kicherte und Isolde stimmte mit ein, froh, dass sich die Stimmung ihrer Freundin trotz der anhaltenden Kälte und des Nebels aufgeheitert hatte.

Der Mann stakste das Boot in die Mitte des Kanals und staunend betrachtete Isolde die alten Häuser und Paläste, die sich direkt am Rand der Wasserstraße aufreihten. Emily griff nach ihrer Hand. Ihre Augen waren weit geöffnet und ihre Wangen gerötet.

Der Bootsführer brachte die Gondel vor einem prächtigen Gebäude mit roter Fassade zum Stehen. Die zahlreichen Fenster wurden von kühn geschwungenen Spitzbögen gekrönt. „Palazzo Bembo", sagte der Mann und half ihnen beim Aussteigen. Kaum war das Gepäck an Land gebracht, als auch schon zwei livrierte Pagen aus dem Hotel eilten und die Koffer hineintrugen. Isolde und Emily folgten ihnen in eine reich mit Stuckornamenten verzierte Empfangshalle. Ein Mann im Frack begrüßte sie, und als er nach ihren Namen fragte und erkannte, dass sie aus dem Kaiserreich kamen, wechselte er in ein beinahe akzentfreies Deutsch.

„Hatten die Damen eine schöne Reise?"

„Ja, aber wir sind froh, hier zu sein", sagte Isolde.

„Leider ist es so neblig", ergänzte Emily und sah wieder unglücklich aus.

Der Mann lächelte. „Nun, das wird nicht mehr lange andauern. Wenn die Damen möchten, wird einer der Burschen Ihnen die Sonne zeigen, während wir Ihr Zimmer vorbereiten."

Isolde und Emily tauschten einen Blick. Der Mann winkte einen Jungen herbei und sagte rasch etwas zu ihm auf Italienisch. Dann bedeutete er den Freundinnen, ihm zu folgen. Der Bursche ging voran und führte sie aus dem Hotel in ein Gassengewirr, über kleine Brücken, durch schmale Bögen, auf einen von hohen Renaissancegebäuden umrahmten Platz und wieder hinein in ein Gässchen. Isolde hatte schon längst die Orientierung verloren. Schließlich öffnete sich eine weite Fläche vor ihnen.

„Piazza San Marco", sagte der Junge.

Aus dem Dunst schälten sich die Umrisse einer gewaltigen Kirche und der Stumpf eines Turmes, der im Nichts verschwand. Sie gingen auf den Markusdom zu, doch der Bursche zeigte mit der Hand nach rechts. Sie wandten den Kopf und da sahen sie es. Der Nebel schien von goldenen Fäden durchwirkt zu sein. Das Wasser glänzte und schimmerte. Die Schwaden teilten sich. Zuerst war nur ein Stück Himmel sichtbar, dann immer mehr blaue Flecken. Als die Sonne durchbrach und mit erstaunlicher Kraft ihre Gesichter wärmte, strahlten Isolde und Emily vor Glück.

***

Hermann jauchzte. Er stapfte durch den tiefen Schnee, der ihm bis zum Bauch reichte. Die Sonne glänzte in Abertausenden von Kristallen und das feine Pulver wirbelte in der sanften, aber eiskalten Brise um ihn herum wie goldener Staub.

Elsa stand auf dem geräumten Weg und sah ihrem Sohn zu, der seine Spuren durch eine der Wiesen im Englischen Garten zog. Sie war in einen dicken Pelzmantel gehüllt und ihre klammen Hände steckten in dem Nerzmuff, der in der kalten Jahreszeit ihr steter Begleiter war. Mit seinen in unförmige Handschuhe gekleideten Fingern formte Hermann ungelenk etwas, das er wohl für einen Schneeball hielt, und warf damit nach Elsa. Er verfehlte sie, was seiner fröhlichen Stimmung aber keinen Abbruch tat.

„Magst du einen Schneeengel machen?", rief Elsa ihm zu.

Er änderte seine Richtung und stürmte auf sie zu. Wenige Meter vor ihr hielt er an, warf sich auf den Rücken und begann, mit den Armen und den Beinen wischende Bewegungen auszuführen. Er lachte und gluckste.

„Schneeengel, Schneeengel", rief er.

„Das haben deine Tante Isolde und ich immer gemacht", sagte Elsa. „Im Garten der Villa deines Großvaters."

Die Erinnerung kehrte mit Macht zurück. Das früheste Bild beinhaltete sogar noch Elsas Mutter, aber sie war sich nicht sicher, ob das nur eine Wunschvorstellung war. Ihre Mutter war gestorben, als sie drei Jahre alt gewesen war. Aber der Onkel, der in einer der Szenen mit ihr und Isolde im Schnee lag und die kurzen Arme und Beine hin und her wischte und dabei vor Lachen prustete, das war kein Traumbild gewesen. Der Vater hatte nie an den Spielen der Mädchen teilgenommen, dafür war Anton Würth nur zu bereit gewesen, sich ihnen zu widmen.

Ein Gefühl der Dankbarkeit überkam sie. Der Onkel war immer für sie da gewesen. Und er war es heute noch. Er würde sie ohne zu zögern aufnehmen, wenn ihr Mann die Scheidung erzwingen sollte, da war Elsa sich sicher. Sie schämte sich bei dem Gedanken, was sie dem Onkel alles zumutete. Die erste Schwangerschaft hatte sie mit Isoldes und vor allem Zenzis Unterstützung vor ihm verheimlichen können. Gut, möglicherweise hatte er sich seinen Teil gedacht, als das Kind nur fünf Monate nach der Eheschließung geboren wurde. Er hatte nie ein Wort darüber verloren.

Doch die Situation war nun eine grundsätzlich andere. Es gab nichts mehr zu verstecken, nichts mehr zu verheimlichen. Wenn ihr Zustand nicht – was Gott verhüten mochte – mit einer Fehlgeburt endete, würde bald aller Welt offenbar werden, was Elsa getan hatte. Der Gedanke ängstigte und erregte sie zugleich. Erregend war die Vorstellung, endlich den Schleier des Unglücks und der Trübsinnigkeit zu zerreißen, der ihre Ehe mit Eugen von Anfang an bedeckt und ihr die Luft zum Atmen genommen hatte.

Was ihr jedoch schwer auf der Seele lag, war die Einsicht, dass sie die moralische Überlegenheit, die sie ihrem Mann gegenüber stets hochgehalten hatte wie Amfortas die heilige Lanze, dass sie diesen Vorteil nun mit einem Schlag aufgeben musste, weil die Verhältnisse sich umgekehrt hatten. Gleichgültig, wie oft Eugen sie mit dem Kindermädchen und mit wem noch hintergangen hatte, sie würde für immer als die Ehebrecherin gebrandmarkt sein. Die Folgen würden weitreichend ausfallen. Für die Münchener Gesellschaft würde sie eine Ausgestoßene sein. Niemand würde sie mehr auf Bälle oder Galadiners einladen. An den Jours ihrer Bekannten würden sich die Türen vor ihr verschließen. Der Gedanke stimmte sie traurig. Und doch war da auch ein anderes, ein aufregendes Gefühl. Warum sollten sie in München bleiben? War es vielleicht sogar möglich, in einer anderen Stadt neu zu beginnen? In Berlin? Oder warum nicht in Paris, in London, in St. Petersburg oder Rom. Sie sprach passabel Französisch und gemeinsam mit Moritz konnte sie überall heimisch werden. Auch Sättel wurden schließlich auf der ganzen Welt gebraucht. Sie konnten irgendwo den Neubeginn wagen.

Etwas Kaltes traf sie am Kopf und riss sie aus ihren Gedanken. Hermann stand grinsend vor ihr. Eisiges Wasser tropfte von ihrer Wange auf ihren Hals.

„Getroffen!", rief er und hüpfte fröhlich auf und ab.

„Na warte", sagte Elsa. Sie holte eine Hand aus dem Muff, griff in den Schnee, formte eine Kugel und zielte auf ihren Sohn. Doch dieser war flink zur Seite gesprungen und so verfehlte sie ihn.

„Daneben!", rief er und streckte ihr die Zunge heraus. Elsa lief ihm hinterher, und als sie ihn zu fassen bekam, warf sie ihn mit aller Kraft in die Luft, fing das jauchzende und glucksende, in Felle verpackte Bündel auf und begann, ihn durchzukitzeln. Als sie schließlich selbst außer Atem war, sagte sie: „Lass uns nach Hause gehen. Edith kocht uns sicher einen Früchtepunsch."

„Früchtepunsch!", rief Hermann und stapfte in Richtung Parkausgang davon.

Elsa sah ihm lächelnd nach. Was für ein feiner kleiner Mann. Er war ganz anders als sein Vater. Lieb, einfühlsam, begeisterungsfähig. Ob er von Natur aus so war? Und ob er es bleiben würde, selbst wenn ..."

Der Gedanke schnürte ihr die Kehle zu. Wenn Eugen sich scheiden ließ und das Kind bei sich behielt, würde er alles daransetzen, den Jungen in seinem Sinn zu formen. Er würde einen Soldaten aus ihm machen, ihn auf den Karriereweg leiten, der ihm verwehrt worden war, weil er an die falsche Frau geraten war, eine, die nicht alles mit sich hatte machen lassen, die ihn zur Verantwortung gezogen hatte. Er würde sich an ihr rächen und Hermann würde das Werkzeug seiner Vergeltung werden, da war sie sich sicher. Sie zermarterte sich einmal mehr den Kopf darüber, was sie tun konnte, wie sie verhindern konnte, dass Eugen das Kind in die Hände bekam. Wieder stieg eine Erinnerung in ihr auf. An einen Hinterhof in Schwabing. Eine alte Frau, verbogene Stricknadeln, kochendes Wasser. Sie schloss die Augen und kämpfte gegen das aufsteigende Gefühl der Verzweiflung an. War das der einzige Ausweg, der ihr blieb? Sie dachte an Moritz und seine Beteuerungen, zu ihr zu stehen, was auch kommen sollte.

„Mama, komm, Früchtepunsch!", rief Hermann. Elsa wischte sich eine Träne weg, setzte das bis zu den Augen reichende Lächeln auf, das sie so perfekt beherrschte, und folgte ihm.

KAPITEL 18

„Schau mal", rief Emily. Sie zeigte auf eine gewaltige Kuppel, die sich auf der anderen Seite des Canale Grande aus dem feinen Nebelschleier erhob, den die Morgensonne bislang nicht vollständig aufgelöst hatte. „Machst du bitte ein Foto? Dann kannst du es vergrößern, rahmen und ins Wohnzimmer hängen."

Isolde lächelte. „Eine gute Wahl", sagte sie. „Das ist die Basilica Santa Maria della Salute. Zumindest, wenn ich meinem Baedeker trauen darf."

Sie legte das Köfferchen mit der Reisekamera auf den Boden, baute das Dreibeinstativ auf, das sie über ihrer Schulter getragen hatte, holte die Kamera aus dem Futteral und schraubte sie auf die Halterung. Sie stellte die Blende ein und wählte einen Bildausschnitt, der die Kuppel in der Mitte umgeben von glänzenden Dunstschleiern zeigen würde, deckte das Objektiv ab, schob eine Platte in den Schacht, nahm den Objektivdeckel ab, zählte bis drei und verschloss ihn wieder. Dann warf sie ein dichtes Samttuch über die Kamera und holte mit geübten Bewegungen das Glaspositiv heraus, das sie in ein lichtundurchlässiges Behältnis steckte und in die kleine Tasche zu den anderen noch nicht entwickelten Platten packte.

„So, und jetzt schauen wir uns das gute Stück einmal aus der Nähe an!", rief Emily und winkt einem

Gondoliere. Der Mann stakste auf sie zu und half ihnen in seinen Kahn. Das Boot schwankte und ein Schwall kaltes Wasser schwappte herein. Isolde wich aus, sodass ihre Füße nicht nass wurden. Emily klatschte in die Hände.

„Venedig ist ein Traum", rief sie voller Begeisterung.

Isolde holte ihre Kamera hervor und fokussierte das Objektiv auf ihre Freundin, deren staunender Blick auf die Kuppel der Kirche am anderen Ufer gerichtet war. Rasch legte sie eine Platte ein, öffnete mit der freien Hand den Deckel, zählte bis vier und schloss ihn wieder.

„Was hast du fotografiert?", fragte Emily.

„Dich", sagte Isolde.

Ihre Freundin legte den Kopf schief. „Du vergeudest deine Fotoplatten. Es gibt so viele schöne Motive hier."

„Ich sehe kein Schöneres als dich."

Emily lachte ihr perlendes Lachen. „So kenne ich dich gar nicht, du alte Charmeurin. Weckt die südliche Sonne die Romantikerin in dir?"

Isolde widerstand dem Drang, Emily zu küssen. Der Gondoliere beobachtete sie unverhohlen. Sie wusste nicht, ob sie gegen italienische Gesetze verstieß, wenn sie in der Öffentlichkeit Zärtlichkeiten mit ihrer Freundin austauschte. Und sie wollte es nicht darauf ankommen lassen.

„Und notfalls kann ich mir immer noch Platten nachkaufen. Es wird doch wohl einen Laden mit fotografischem Zubehör in Venedig geben."

Die Gondel landete an und der Gondoliere half seinen Fahrgästen ans Ufer. Isolde bezahlte ihn und wandte sich um. „Schau dir mal dieses Pflaster hier an", sagte

Emily. „Das ist für sich genommen schon ein Kunstwerk."

Der Boden war mit einem regelmäßigen Muster aus weißen Kreisen und Quadraten verziert. „Und die Kirche erst. Das sieht aus, als ob riesige Schnecken an der Kuppel kleben."

„Ich glaube kaum, dass die Venezianer so erfreut darüber wären, wen sie erführen, dass du diese Verzierungen als Ungeziefer bezeichnest", sagte Isolde.

Sie betraten das Gotteshaus und bestaunten die kalte Marmorpracht und den goldenen Bischofsthron vor dem Hochaltar.

„Im Innern unterscheiden sich die Kirchen in Italien nicht allzu sehr von denen in München", sagte Emily, als sie wieder ins Freie traten.

„Aber die Umgebung unterscheidet sich dann doch ganz erheblich", erwiderte Isolde und deutete auf die gegenüberliegende Seite des Canale Grande, wo der Markusdom, der Dogenpalast, der Löwe und der Kampanile in goldenes Licht getaucht dalagen.

„Ich fürchte, du musst noch eine Platte für mich opfern", sagte Emily. Isolde ließ sich nicht lange bitten und machte gleich zwei Fotos mit unterschiedlichen Bildausschnitten.

„Und nun?", fragte Emily.

„So langsam bekomme ich Hunger", sagte Isolde.

„Dann lass uns eine Trattoria suchen."

Isolde ergriff ihr Stativ, warf sich die Kamera über die Schulter und nahm die Tasche mit den Platten in die Hand.

„Soll ich dir etwas abnehmen?", fragte Emily.

Isolde schüttelte den Kopf. „Nein, ich bin gut ausbalanciert."

„Du siehst aus wie eine Forscherin, die sich durch den Dschungel schlagen will. Das steht dir gut. Vielleicht solltest du doch noch irgendwann einmal auf Forschungsreisen gehen."

„Nur, wenn du mich begleitest."

Emily winkte ab. „Ich bin doch eher die unzüchtige Hausfrau, das solltest du inzwischen wissen. Für eine Städtereise oder eine Sommerfrische am Meer bin ich zu haben, aber Wüsten, Urwälder, Sümpfe oder Gebirge können mir gestohlen bleiben."

„Dann hoffe ich, dass wir uns im Gewirr der Gassen dieser in einem Sumpf gebauten Stadt nicht verirren."

„Hier stehen genügend Häuser und die Straßen sind gepflastert. Der Grad an Zivilisation reicht mir", erwiderte Emily.

Sie streiften durch die Gassen, überquerten Brücken, durchschritten Torbögen und gelangten schließlich an eine kleine Piazza, an deren gegenüberliegender Seite sich ein Restaurant befand.

„Wollen wir?", fragte Emily.

„Gerne", sagte Isolde. Sie betraten das Lokal. Ein quirliger, hagerer Mann mit einem enormen Schnurrbart kam auf sie zu.

„Buon giorno, Good day, Bonjour, Gruß Gott", rief er in einem melodischen Singsang.

Emily erwiderte ein: „Grüß Gott!"

„Deutsch oder Österreich?", fragte der Wirt.

„Deutsch. München", sagte Isolde.

Auf dem Gesicht des Mannes breitete sich ein Grinsen aus.

„Monaco. Bella, bella!“

Er führte sie zu einem Tisch und wenig später dampfte eine Schüssel mit Nudeln in einer Soße aus Sahne, Pilzen und Speck vor ihnen. Sie bedienten sich und Isolde spürte jetzt erst, wie bohrend ihr Hunger war.

„Schau mal“, sagte Emily und deutete auf zwei weiße Masken, die von buntem Stoff und Federn umgeben waren.

Der Wirt nahm ihr Interesse wahr und sagte: „Carnevale. Fassing. Morgen Abend Galaball.“

Emilys Augen leuchteten. „Gehen wir da hin? Ich weiß, dass du ein Faschingsmuffel bist. In München ist das ja auch in Ordnung. Aber wir sind im Urlaub und wann haben wir schon einmal die Gelegenheit, auf einen echten venezianischen Karnevalsball zu gehen? Bitte, bitte, bitte.“

Isolde lehnte sich zurück und lachte. „Ich finde es großartig, dass ich jetzt offiziell deine Erlaubnis habe, in München ein Faschingsmuffel sein zu dürfen. Davon werde ich regen Gebrauch machen.“

„Und hier in Venedig?“

Isolde schmunzelte. „Da werde ich wohl doch noch einmal eine Ausnahme machen. Lass uns morgen zu dem Ball gehen.“

***

„Oh, Gott sei Dank, Moritz, da bist du ja.“

Elsa eilte auf von Berlitz zu und warf sich ihm in die Arme.

„Ich war doch nur kurz beim Sailer, um eine Rolle Faden zu kaufen“, sagte er. „Hast du lange gewartet?“

Er schloss die Werkstatttür auf und ließ Elsa hinein.

„Wahrscheinlich nur ein paar Minuten. Aber es kam mir vor wie eine Ewigkeit.“

„Darf ich mich geschmeichelt fühlen? Dass du die Zeit ohne mich wie eine Ewigkeit empfindest?“ Er lächelte sie an.

„Wir müssen reden“, sagte sie.

Das Lächeln auf seinen Lippen verschwand. „Ist etwas mit dem Kind?“, fragte er. Er legte eine Hand auf ihren Bauch und die Berührung ließ eine Gänsehaut über ihren Rücken laufen.

„Nein“, sagte sie. „Soweit ich das beurteilen kann, ist alles in Ordnung. Trotzdem mache ich mir Sorgen.“ Ihre Augen wurden feucht. „Wie soll das alles nur werden?“

Er streichelte ihr über das Haar und flüsterte ihr beruhigende Worte ins Ohr, während sie die Tränen, die sie so lange zurückgehalten hatte, fließen ließ.

„Es wird alles gut“, sagte er.

Sie hob den Kopf und sah ihn an. „Das möchte ich so gerne glauben. Was macht dich so sicher, dass alles sich zum Guten wenden wird?“

„Ich habe mit meinem Vater gesprochen“, sagte er.

Elsa spürte, wie sich bei der Erwähnung des alten von Berlitz ein eiserner Griff um ihre Kehle zu legen schien.

„Wie hat er es aufgenommen?“, fragte sie.

„Nun, begeistert war er nicht. Er wusste schon Bescheid über uns.“

„Ich weiß. Er hat meinen Onkel aufgesucht, um ihn dazu zu bewegen, mir die ganze Sache auszureden.“

Moritz' Augen weiteten sich. „Davon hast du mir gar nichts gesagt."

„Ich wollte, aber dann habe ich bemerkt, dass ich schwanger bin. Und es ist ohnehin gleichgültig. Mein Onkel hat Isolde geschickt. Die hat versucht, mir ins Gewissen zu reden. Aber es hat nichts an meiner Liebe zu dir geändert. Wie hätte es das auch tun können oder sollen?"

Er lächelte und schloss sie fest in die Arme. „Das habe ich meinem Vater auch gesagt, als er mir die *Affäre* mit dir ausreden wollte, wie er es genannt hat. Aber er hat schnell gemerkt, dass er da bei mir auf Granit beißt."

„Habt ihr euch gestritten?"

Er schüttelte den Kopf. „So würde ich das nicht nennen. Mein Vater mag ein knallharter Geschäftsmann sein, was ihn aber vor allem anderen auszeichnet, ist sein Realitätssinn. Als er erkannt hat, dass ich es ernst mit uns meine, hat er unsere Liebe eher als eine Art Problem begriffen, dass es zu lösen gilt. Und darin ist er wirklich gut."

„Das habe ich am eigenen Leib erfahren dürfen, als er das Problem der Sattlerei Hartmann gelöst hat", murmelte Elsa.

Moritz seufzte. „Es tut mir leid, dass –"

Elsa hob die Hand. „Das ist Schnee von gestern. Hast du ihm auch gesagt, dass wir ein Kind erwarten?"

Moritz schüttelte den Kopf. „Nein, ich wollte, dass mein Vater unsere Liebe akzeptiert und dass er uns als Paar unterstützt. Dass er Großvater wird, werde ich ihm als Sahnehäubchen präsentieren, wenn er eine Lösung für uns gefunden hat."

„Was hat er vor?"

„Er hat angeboten, seine Geschäftsbeziehungen mit der von Lampeck'schen Privatbank zu vertiefen. Es gibt da mehrere Projekte, an denen er gerade arbeitet und da die letzten unverschämt erfolgreich waren, reißen sich die Münchener Banken geradezu darum, ihm Darlehen anzubieten. Er könnte deinem Mann vorschlagen, die Finanzierung komplett über seine Bank laufen zu lassen, wenn er zu einer schnellen und geräuschlosen Scheidung bereit wäre.“

Elsa schnappte nach Luft. „Das wäre ja wunderbar“, rief sie, hielt dann aber inne. „Und was ist mit Hermann?“

Moritz lächelte. „Teil des Geschäfts wäre dann auch, dass dein Sohn bei dir bleibt.“

Elsa klatschte in die Hände. „Oh, das wäre zu schön, um wahr zu sein.“

Moritz nickte. „Noch ist es nicht so weit. Und wir müssen genau planen, wie wir vorgehen. Dein Mann muss von unserer Liebe erfahren und wenn er die Scheidung verlangt, müssen wir ihm bereits unseren Vorschlag unterbreiten können. Mein Vater hat mir volle Rückendeckung zugesichert.“

Elsa nickte. „Dann müssen wir so rasch wie möglich handeln.“

„Sollen wir deinen Mann aufsuchen?“

Sie überlegte einen Moment, dann schüttelte sie den Kopf. „Nein, wir müssen unsere Liebe öffentlich zeigen, ihn vor vollendete Tatsachen stellen. Er darf keine Zeit haben, zu viel darüber nachzudenken. Das muss alles so schnell über die Bühne gehen, dass er vollkommen überrumpelt wird. Auch wegen unserem Kind.“

„Und wie willst du das anstellen?“

„Geh mit mir auf den Faschingsball morgen Abend."

Er hob eine Augenbraue. „Bist du dir sicher?", fragte er. „Das wäre nicht gerade die geräuschlose Variante, die mein Vater vorgeschlagen hatte."

Sie nickte. „Ja, ich bin mir sicher. Es reicht nicht, dass Eugen von uns weiß. Alle müssen von uns erfahren. Müssen Zeuge unserer Liebe werden. Dann wird er gezwungen sein, die Scheidung zu verlangen. Und dann kann dein Vater ihm das Angebot unterbreiten. Eugen ist ein furchtbarer Ehemann. Sicher wird er in seinem Stolz gekränkt sein. Aber wenn er eine Gelegenheit wittert, mich loszuwerden und dabei noch viel Geld zu verdienen, wird er sich ganz bestimmt nicht quer stellen."

Moritz legte den Kopf schief. „Wenn du meinst", sagte er vorsichtig.

„Vertrau mir", sagte sie.

Er reichte ihr die Hand. „Das tue ich."

Sie küssten sich und lagen sich eine Weile stumm in den Armen.

„Und nach der Scheidung?", fragte Elsa leise. „Wie soll unser Leben dann aussehen?"

„Nun, ich hatte schon daran gedacht, vielleicht alle Zelte in München abzubrechen. Wir könnten nach Berlin gehen. Oder nach Paris. Oder auch nach London. Sättel werden schließlich überall gebraucht. Und an einem neuen Ort könnten wir frei und unbelastet ein neues Leben zusammen beginnen."

Sie löste sich von ihm und sah ihn mit großen Augen an. „Kannst du Gedanken lesen?", fragte sie.

Er sah sie irritiert an. „Nein, warum?"

„Weil ich mir genau dieselbe Zukunft für uns beide – oder besser – uns vier ausgemalt habe."

„Du würdest München wirklich verlassen?“

Sie zuckte mit den Achseln. „Was hält mich denn noch hier? Meine Freundinnen und Bekannten werden nichts mehr mit mir zu tun haben wollen. Isolde hat ihr eigenes Leben. Und mein Onkel ist auch glücklich mit seiner Haushälterin. Nein, es ist gut. Lass uns weggehen.“

KAPITEL 19

Venedig und München, Samstag, 17. Februar 1900

Isolde trat hinter Emily in das Geschäft und traute kaum ihren Augen. Noch nie hatte sie auf so kleinem Raum eine derartige Fülle von Kleidern gesehen. Weit gebauschte Röcke in allen erdenklichen Farben, enge Mieder und Korsette waren in einem Zimmer zusammengepfercht worden, dessen Grundfläche geringer war als die ihres Studios.

Emily jauchzte. „Hier werden wir sicher etwas finden."

Sie verständigten sich mit der Besitzerin des Ladens mit Händen und Füßen darauf, dass sie jeweils ein Kleid und eine Maske für den Abend ausleihen wollten.

„La Fenice?", fragte die Frau. Isolde nickte. „Bellissima", erwiderte die Venezianerin und holte zwei Roben hervor, deren Ausschnitt Isolde ein wenig gewagt vorkam. Sie wechselte einen Blick mit ihrer Freundin, die den Kopf schüttelte und stattdessen fragte: „Domino?"

„Ah, Domino", rief die Frau. „Un momento, per favore."

Sie bahnte sich ihren Weg durch aufgebauschte Schleppen in eine Ecke des Ladens und kehrte mit einem Kleid zurück, das halb schwarz, halb weiß war, wobei der Rock und das Mieder sich spiegelverkehrt zueinander verhielten. Dann kramte sie in einer

Schachtel und holte eine dazu passende Maske hervor. Sie hielt beides hoch und sah die Freundinnen fragend an.

„Na komm schon", sagte Emily und stieß Isolde in die Seite. „Probier es mal an."

„Ich?", fragte Isolde.

„Ja, das steht dir besser als mir. Du bist eher der Typ für harte Kontraste. Ich mit meiner Pfirsichhaut brauche etwas Sanftes."

Während Isolde mit dem Kleid in Richtung eines Vorhangs ging, hinter dem sie sich umziehen konnte, hörte sie Emily mit der Ladenbesitzerin radebrechen und dabei irgendetwas sagen, das sich wie „Dulcinella" anhörte.

Das Kostüm passte Isolde wie angegossen, auch wenn der Stoff nicht von der besten Qualität war und sie an den Armen kratzte. Sie zog die Maske auf und trat hinter dem Vorhang hervor. Vor ihr stand eine maskierte Gestalt. Sie trug ein weißes, sackartiges Oberteil und weite Hosen. Ihr Kopf wurde von einer Zipfelmütze von derselben Farbe gekrönt. Die obere Hälfte ihres Gesichts war von einer schwarzen Maske verdeckt und in den Händen hielt sie eine Art Laute.

„Das sieht aber nicht sanft aus", sagte Isolde.

„Ich kann die sanftesten Töne von mir geben, versprochen", säuselte Emily.

Sie bezahlten die Frau und kehrten, ihre Kostüme in eine Tasche verpackt, in das Hotel zurück.

Der Portier winkte ihnen zu. „Ich habe ihre Billetts", sagte er und überreichte ihnen zwei reich verzierte Eintrittskarten. Isolde bedankte sich und der Mann zwinkerte ihr zu. „Eine gute Wahl", sagte er. „Den Ball im Teatro la Fenice werden Sie nie vergessen."

Als es zu dämmern begann, legten sie ihre Verkleidungen an. Arm in Arm schritten sie die Freitreppe des Palazzo hinab. Als der Portier sie sah, winkte er dem Jungen zu, der sie wenige Tage zuvor an den Markusplatz geführt hatte. Er hielt eine Fackel in der Hand, die er beim Hinausgehen an einem Feuer entzündete, das vor dem Eingang des Hotels brannte. Zielstrebig führte er sie durch das Gassengewirr. Überall begegneten ihnen maskierte Personen, denen ebenfalls Fackelträger vorangingen. Gemeinsam war ihnen nicht nur die Verkleidung, sondern auch die Richtung. Sie gelangten auf einen engen Platz und sahen, dass vor einem quadratischen Gebäude, dessen Front von einer kleinen Freitreppe und einem Säulenportikus gebildet wurde, eine Schlange von maskierten Menschen wartete. Der Junge deutete auf das Ende der Reihe. Isolde gab ihm eine Münze und zufrieden grinsend trollte er sich. Sie stellten sich an. Es war kalt und Isolde sah, dass Emily zitterte.

„Wir hätten unsere Mäntel mitnehmen sollen", sagte sie.

Emily schüttelte den Kopf. „Sind wir alte Frauen? Nein, wir werden gleich drin sein und da haben sie hoffentlich geheizt."

Es dauerte eine Viertelstunde, bis sie das Vestibül des Theaters betraten, wo ein livrierter Diener ihre Karten kontrollierte und ihnen einen guten Abend wünschte. Sie traten in einen Theatersaal und beim Anblick der goldenen Pracht blieb Isolde für einen Augenblick der Atem weg.

Das Parkett war von Sitzen bereinigt worden und breitete sich vor ihnen als spiegelblank gewienerte Fläche aus. In einem ovalen Halbrund erhoben sich insgesamt fünf Stockwerke mit Logen, von denen jede mit einem eigenen Gaslicht beleuchtet war. Die himmelblaue Decke war mit Fresken verziert, überall blitzte und blinkte das Blattgold. Auf der Bühne hatte sich ein großes Orchester aufgebaut.

Emily klatschte in die Hände. „Ich glaube, ich bin eine Prinzessin", rief sie. „Auch wenn ich ein Hofnarrenkostüm trage."

„Meine Prinzessin bist du auf jeden Fall", sagte Isolde.

Emily trat auf sie zu und küsste sie. Isolde erwiderte den Kuss, löste sich dann aber von ihr.

„Bist du sicher?", fragte sie. „Was, wenn jemand Anstoß an uns nimmt?"

„Gehe ich nicht als ein junger Stutzer durch?", fragte Emily und stemmte beide Hände in die Hüften, während sie das Becken nach vorne schob.

Isolde lachte. Das Orchester begann, einen Walzer zu spielen. Emily streckte Isolde eine Hand entgegen.

„Darf ich bitten?", fragte sie. Isolde schlug ein und ließ sich von ihrer Freundin auf das Parkett führen. Sie hatten schon öfter miteinander getanzt, aber nie auf einem großen Ball. In den Schwabinger Lokalen oder bei Privatveranstaltungen hatten sie nie viel Platz gehabt. Nun aber nutzte Emily die ganze Fläche. Sie drehten sich im Kreis, wirbelten herum. Die maskierten Menschen, die prächtigen Logen, das goldene Licht der Kronleuchter verschwammen in einem soghaften Rausch vor Isoldes Augen. Sie spürte, wie Emily sie festhielt, wie ihre Körper aneinandergepresst waren. Sie roch den feinen Schweiß, der ihre Haut und die ihrer Freundin überzog.

Sie sah ihrer Emily ins Gesicht. Sie lachte und jauchzte. Plötzlich zuckten ihre Mundwinkel. Ein Hustenanfall packte sie. Isolde versuchte, sie von der Tanzfläche zu lotsen, doch Emily krümmte sich. Sie hielt sich einen Ärmel vor das Gesicht und hustete heftig. Als sie den Stoff wegzog, war er mit feinen, roten Punkten übersäht. Mit schreckgeweiteten Augen sah Isolde, dass auch Emilys Lippen blutig waren. Ihre Freundin stöhnte, verdrehte die Augen und sackte in sich zusammen.

***

„Soll ich einen Wagen vorfahren lassen?", fragte Graham, als Elsa in vollem Ornat die Treppe heruntergeschwebt kam. Sie trug das cremefarbene Kleid mit dem Pelzbesatz und den eingewebten Perlen. Ihre Arme steckten in Handschuhen derselben Farbe, die ihr bis über die Ellbogen reichten. In ihrem Dekolleté und an ihren Ohren hing der Schmuck ihrer Mutter.

Sie schüttelte den Kopf. „Nein, danke, ich werde abgeholt."

Der Butler war exzellent ausgebildet, das wurde ihr einmal mehr bewusst, als er bei ihrer Ankündigung, die ganz eindeutig gegen die Gewohnheiten des Hauses verstieß, nicht die geringste Miene verzog.

„Wie die gnädige Frau wünschen", sagte er und öffnete ihr die Tür. Elsa trat ins Freie. Es war ungewöhnlich mild. Vor zwei Tagen hatte ein Föhnsturm frühes Tauwetter gebracht und der Schnee hatte sich zu

174

hässlichen, mit schwarzem Kies durchwirkten Haufen zurückgezogen. Der Fiaker war pünktlich. Die Kutsche hielt direkt vor der Freitreppe des Lampeck`schen Palais. Der Fahrer stieg von seinem Bock, grüßte, indem er den Hut abnahm, und öffnete Elsa die Türe. Aus dem Innern des Wagens griffen zwei Hände nach den ihren und zogen sie hinein.

Sie nahm Moritz gegenüber Platz. In seinem Frack und dem makellos weißen Hemd mit dem Vatermörderkragen sah er großartig aus. Er küsste sie. Die Kutsche setzte sich in Bewegung.

„Und du bist dir sicher, dass es heute Abend geschehen muss?", fragte er.

Sie nickte. „Ganz sicher. Morgen wird ganz München von uns wissen, Eugen wird mich zur Rede stellen und die Scheidung verlangen und dann kann dein Vater seinen Plan in die Tat umsetzen. Eugen wird niemals eine Gelegenheit ausschlagen, mich loszuwerden und damit noch Geld zu verdienen. Vertrau mir."

Moritz holte tief Luft. „Gut, dann wollen wir mal."

Der Wagen hielt vor dem Bayerischen Hof. Der Kutscher half Elsa beim Aussteigen. Sie wartete, bis Moritz neben ihr stand, griff nach seinem Arm und hakte sich unter. Sie traten in die Eingangshalle des Hotels und wurden sofort von einem Pagen in Empfang genommen, der sie in den Ballsaal führte.

„Schade, dass sich hier niemand mehr verkleidet. Immerhin ist das ein Faschingsball", sagte Elsa beim Anblick der festlich gekleideten Menschen.

„Wenn ich all die Leute in ihrer prächtigen Kleidung sehe, denke ich manchmal, dass ich es nur mit

Maskierten zu tun habe", erwiderte Moritz. „Sie verstecken ihr wahres Selbst hinter blendenden Fassaden."

„Ich weiß, was du meinst", sagte Elsa und drückte mit ihrer Hand seinen Oberarm.

„Aber wir zwei sind aus Fleisch und Blut", sagte sie. „Und das ist das Einzige, was zählt."

Elsa sah sich um. Sie hatte schon ein paar Bekannte entdeckt. Der Baron von Treptow, ein Geschäftspartner ihres Mannes, starrte sie unverwandt an. Nun, er war kurzsichtig, wahrscheinlich würde er sie auf die Entfernung gar nicht erkennen. Dafür hatte sie ein anderer erkannt und bei seinem Anblick lief es ihr heiß und kalt den Rücken hinab. Es war Hartmut von Waisen, Eugens Freund und Weggefährte, der im Gegensatz zu ihm seine Karriere bei der Kavallerie fortgesetzt hatte und zum Oberst aufgestiegen war. In seiner ordensgeschmückten Uniform kam er auf sie zu.

Er nickte knapp. „Wo ist Ihr Gemahl?", fragte er.

„Eugen hat es vorgezogen, zu Hause zu bleiben. Er führt dort ein Zwiegespräch mit seiner Cognacflasche. Und da sein Französisch nicht das Beste ist, unterstützt ihn Eulalie, das Kindermädchen dabei", sagte sie.

Von Waisen musterte sie mit einem eisigen Blick. „Halten Sie es für schicklich, sich in aller Öffentlichkeit ehrenrührig über Ihren Ehemann zu äußern, noch dazu am Arm eines dahergelaufenen Galans?"

Sie spürte, dass Moritz etwas sagen wollte, doch sie kam ihm zuvor. „Er ist nicht dahergelaufen. Er ist in einer Kutsche vorgefahren und hat mich mitgenommen. Und mich über meinen Mann wie auch immer zu äußern, kann gar nicht ehrenrührig sein. Dazu müsste er zuerst einmal so etwas wie Ehre besitzen."

Von Waisen sah aus, als ob er kurz davor war, die Hand zu heben und Elsa zu schlagen. Seine Kiefer mahlten. Er schnaubte, wandte sich um und ging davon.

„Wenn es deine Absicht war, dass dein Mann von uns erfährt, ist dir das wohl vollauf geglückt“, sagte Moritz.

„Ja, das läuft besser als gedacht“, sagte Elsa. „Komm, wir drehen eine Runde und präsentieren uns.“

Sie stolzierten Arm in Arm durch den Saal. Als sie den Raum halb durchquert hatten, hörte Elsa ihren Namen rufen. Sie unterdrückte ein Lächeln. Das wurde ja immer besser hier.

„Elsa“, rief Frieda noch einmal. Sie kam auf sie zu, die Augen weit aufgerissen.

„Darf ich dir vorstellen, mein Begleiter, Moritz von Berlitz.“

Moritz küsste die Hand, die Frieda reflexartig ausstreckte. Sie sagte kein Wort, sah nur abwechselnd Elsa und den schönen Mann an ihrer Seite an. Schließlich fragte sie: „Wo ist Eugen?“

„Daheim. Er schläft wohl gerade mit dem Kindermädchen.“

Elsa genoss es, wie Friedas Unterkiefer der Schwerkraft folgte. Sie stieß eine Art Grunzen aus.

„Das ... das gibt einen Skandal“, würgte sie hervor. „Elsa, bist du dir bewusst, was du hier veranstaltest?“

Elsa nickte. „Ja, und lass dir eines sagen, liebe Freundin: Ich genieße es sehr.“

„Eugen wird die Scheidung verlangen. Und das vollkommen zurecht.“

Elsa zuckte mit den Achseln. „Reisende soll man nicht aufhalten.“

„Aber bedenke doch, die Schande ...“

„Welche Schande? Dass ich mein Leben so lebe, dass ich glücklich damit bin? Ich sehe keine Schmach darin.“

Frieda schüttelte den Kopf. „Was ist nur in dich gefahren?“

Elsa unterdrückte die Antwort, die ihr auf die Zunge gekommen war, weil sie selbst für diesen Anlass ein wenig zu freizügig wäre und sagte nur: „Die Vernunft, Frieda. Die Vernunft.“

Das Orchester spielte einen Tusch und der Konzertmeister kündigte den ersten Walzer des Abends an.

„Darf ich bitten?“, fragte Moritz. Er streckte Elsa die freie Hand entgegen und sie griff begierig danach.

„Sehr gerne“, sagte sie. Die Musik setzte ein und im wirbelnden Rausch des Tanzes fühlte Elsa sich glücklich und frei wie nie zuvor.

KAPITEL 20

Venedig und München, Sonntag, 18. Februar 1900

Isolde ging nervös vor dem Zimmer auf und ab, in dem der Arzt sich bereits seit einer halben Stunde mit Emily beschäftigte. Sie hatte ihre Freundin mehrfach husten gehört und das als ein gutes Zeichen angesehen. Immerhin schien sie wieder bei Bewusstsein zu sein.

Ihr Zusammenbruch mitten auf der Tanzfläche des Teatro la Fenice hatte erhebliche Turbulenzen ausgelöst. Die Tanzenden waren schreiend auseinandergestoben, doch Isolde hatte Emily so fest im Arm gehalten wie die Pietá von Michelangelo den Leichnam Jesu. Die Musik war verstummt. Für einige Augenblicke senkte sich eine drückende Stille über den Saal. Dann rief eine maskierte Frau: „Sangue!" Isolde brauchte kein Italienisch zu sprechen, um zu verstehen, dass das Blut, das Emilys Ärmel benetzt hatte und in kleinen Bläschen im Takt ihres rasselnden Atems auf ihren Lippen sprudelte, Aufmerksamkeit erregt hatte. Die Leute wichen noch weiter zurück und Isolde war verzweifelt darum bemüht, jemanden zu finden, der ihr helfen konnte, ihre Freundin aus dem Saal zu tragen. Endlich kamen zwei livrierte Diener. Einer von ihnen, ein stämmiger Koloss, kniete sich hin, nahm Emily vorsichtig aus Isoldes Armen und trug sie durch die Menge, die sich teilte wie das Rote Meer vor Moses. Sein Begleiter bedeutete Isolde mit einer Geste, ihr zu folgen. Sie spürte die

Blicke der Maskierten auf sich, brennend, fragend, suchend, so als ob sie es nicht nur gewagt hätte, in eine verschworene, geschlossene Gesellschaft einzudringen, sondern auch eine Pestkranke in die Stadt einzuschleusen. Sie war froh, als die Türen des Saals sich hinter ihr schlossen. Der Koloss legte Emily auf ein Fauteuil. Ein Mann im Frack trat zu ihnen.

Er fragte etwas auf Italienisch. Isolde sagte „Allemagna" und zu ihrer großen Erleichterung wechselte er in ein flüssiges Deutsch.

„Was ist geschehen?", fragte er.

„Sie ist ohnmächtig geworden. Und sie hat Blut gehustet", sagte Isolde.

Der Mann kniff die Augen zusammen. „Wo wohnen Sie?"

„Im Palazzo Bembo."

Er nickte. „Ich werde dafür sorgen, dass sie dorthin gebracht wird."

Und das hatte er getan. Eine Viertelstunde später waren zwei Diener erschienen, die die noch immer bewusstlose Emily auf eine Trage gelegt und zu ihrer Unterkunft getragen hatten. Isolde gab den beiden ein fürstliches Trinkgeld. Der Portier, der der fortgeschrittenen Stunde zum Trotz hinter dem Tresen gestanden hatte, hatte sofort erkannt, dass es sich um einen Notfall handelte. Er hatte versprochen, einen Arzt zu rufen und um kurz nach Mitternacht war Doktor Renaud eingetroffen.

Es handelte sich um einen Franzosen, der kein Deutsch verstand, was allerdings kein Problem darstellte, da sowohl Isolde als auch Emily Französisch fließend beherrschten. Er hatte darum gebeten, mit der

Patientin allein zu sprechen, und Isolde hatte sich aus dem Zimmer entfernt, nicht, ohne ihrer Freundin einen letzten verzweifelten Blick zuzuwerfen.

Die Dielen knarrten unter ihren Füßen. Isolde kaute an der Haut neben dem Nagel ihres linken Daumens. Sie lauschte auf Geräusche, die durch die dicke Tür des Zimmers zu ihr drangen. Das Husten hatte aufgehört, stattdessen hörte sie nun leise Stimmen, die miteinander sprachen. Dann vernahm sie Schritte und trat rasch zur Seite. Die Tür wurde geöffnet. Doktor Renaud sah sie ernst an und bat sie, einzutreten.

Er deutete auf einen Stuhl, der neben dem Bett stand. Emily saß aufrecht, den Rücken an das Kopfteil gelehnt. Ihr Gesicht war bleich, wächsern wie eine Totenmaske. Die Lippen aber waren knallrot, so als ob sie mit Karmesin bestrichen wären.

„Wie geht es ihr?", fragte Elsa Doktor Renaud.

„Die Krise ist vorerst abgewendet", sagte er.

„Vorerst?"

Er seufzte. „Nun, Sie müssen verstehen, dass das Ereignis von heute Abend, der Zusammenbruch, nicht die Erstmanifestation einer Erkrankung ist, sondern der vorläufige Gipfel."

„Ich verstehe nicht …"

„Das Fräulein Winter leidet unter einer Lungentuberkulose."

Isolde hatte das Gefühl, als ob sich der Boden unter ihren Füßen auftun wollte, um sie zu verschlingen.

„Wie … das kann nicht sein."

„Doch, ich bin mir sehr sicher mit meiner Diagnose. Wir könnten natürlich noch eine Strahlenaufnahme des Brustkorbs anfertigen lassen. Was wir dort finden würden, wären die typischen Kavernen, die Tuberkeln. Aber das ist nicht nötig. Ich habe bereits beim Abhören festgestellt, dass die Lunge des Fräuleins auf beiden Seiten zersetzt ist."

Isolde schloss die Augen. „Heißt das, dass sie schon länger erkrankt ist?"

Er nickte. „Ich schätze, dass sie seit mindestens zwei Jahren an der Krankheit leidet. Sie befindet sich in einem fortgeschrittenen Stadium."

„Was können wir tun? Wie können wir sie behandeln?"

Doktor Renauld sah sie mitleidig an. „Wir können nichts mehr tun. Sie wird sterben."

Isolde sah verzweifelt das wächserne Gesicht ihrer Freundin an. Sie bekam kaum mit, wie der Arzt sich entfernte. Tausend Gedanken rasten durch ihren Kopf, doch sie konnte keinen greifen, keinen festhalten.

Emily schlug die Augen auf. Auf ihren roten Lippen erschien ein müdes Lächeln. „So hatte ich mir den Abend nicht vorgestellt."

„Hast du verstanden, was der Arzt gesagt hat?", fragte Isolde.

Emily nickte. „Ich werde sterben. Wie tragisch. Wenn jemand einmal eine Biografie über mich schreiben würde, könnte er sie *Der Tod in Venedig* nennen." Sie hustete. Isolde hielt ihr ein Taschentuch hin. Als sie sich wieder beruhigt hatte, sagte sie: „Ich will nicht hier sterben."

„Du wirst nicht sterben", sagte Isolde.

Emily schüttelte den Kopf. „Doch, das werde ich. Aber ich möchte nicht in Venedig sterben."

„Wir fahren gleich morgen früh zurück nach München, versprochen.“

„Nein, ich möchte nicht in einer kalten, nebligen Stadt mein Leben aushauchen. Bring mich nach Riva, wie wir es ohnehin vorhatten. Die Berge, der See und vielleicht auch ein wenig Sonne. Versprichst du mir das?“

Isolde kämpfte gegen den gewaltigen Kloß in ihrem Hals an. Sie nickte. „Ich verspreche es dir.“

Emily drückte ihre Hand und schlief wieder ein.

***

Elsa erwachte mit heftig pochendem Herzen aus einem Albtraum. Die Bilder waren so klar, so deutlich vor ihrem inneren Auge gestanden, dass sie eine ganze Weile brauchte, um festzustellen, dass sie es tatsächlich geträumt hatte. Sie war mit Moritz beim Prinzregenten gewesen, hatte ihm den Sattel vorgestellt. Der greise Monarch hatte ihr Werk in den höchsten Tönen gelobt. Der Sattel hatte auf einem Podest in der Mitte eines großen, mit Spiegeln verkleideten Saals gestanden. Ihre Majestät war von einer Entourage aus Offizieren umgeben gewesen. Und plötzlich waren aus dieser gesichtslosen Gruppe von Soldaten zwei ihr bekannte Personen hervorgetreten. Es waren Hartmut von Waisen und Woldemar von und zu Horn. Sie trugen schwere Äxte und ehe sie Moritz daran hindern konnten, begannen sie damit, den Sattel zu Kleinholz zu schlagen. Als nichts mehr übrig war außer Splittern und Lederfetzen, sagte Luitpold: „Schade.“ Dann drehte er sich um und ging davon.

An dieser Stelle war Elsa aufgewacht. Sie zitterte. Durch das Fenster fiel Sonnenlicht. Es war also schon Tag. Sie läutete nach der Zofe und ließ sich beim Ankleiden helfen. Im Salon traf sie auf Eulalie und Hermann, der gerade dabei war, ein Marmeladenbrot zu essen. Seine Wangen waren über und über mit der klebrigen roten Paste beschmiert.

Sie gab ihm einen Kuss auf die Stirn, setzte sich, ließ sich eine Tasse Kaffee einschenken und schmierte sich einen Toast. „Wo ist mein Mann?", fragte sie das Kindermädchen.

„Er ist schon in die Bank gefahren", sagte Eulalie.

Elsa spürte, wie eine Last von ihr abfiel. Wenigstens würde sie Eugen nicht in Anwesenheit ihres Sohnes mit den Vorgängen am vorigen Abend konfrontieren.

„Gehst du mit mir in den Park?", fragte Hermann.

„Heute kann ich leider nicht", erwiderte Elsa. Hermann zog einen Flunsch. „Zumindest heute Vormittag", ergänzte sie. „Da habe ich schon etwas vor. Aber wenn das Wetter so schön bleibt, können wir heute Nachmittag in den Park gehen. Was meinst du?"

Der Junge jauchzte. Elsa stand auf, küsste ihn auf die Stirn und ging in ihr Zimmer, um sich ausgehfertig zu machen. Im Flur traf sie auf Graham, den sie bat, einen Fiaker zu bestellen.

Eine halbe Stunde später saß sie in einer Kutsche, die sie in Richtung Innenstadt brachte. Die Stadt war die Alte. Überall wuselten die Leute herum, gingen ihren Geschäften nach, so als ob nichts geschehen wäre. Und für die meisten hatte sich auch nichts verändert. Ihr Leben war noch genauso wie am Abend zuvor. Nicht besser und nicht schlechter.

Ganz im Gegensatz zu Elsas. Ihr Dasein hatte seit dem Vorabend eine massive Wendung genommen. Und wer wusste zu sagen, in welche Richtung? Die Kutsche hielt am Marienplatz. Sie stieg aus, bezahlte den Fahrer und eilte zur Werkstatt ihres Großvaters. Noch immer bezeichnete sie den Ort mit seinem alten Namen, dass Moritz inzwischen dort arbeitete, hatte nichts daran geändert, dass sie die Räumlichkeiten als ihren Familienbesitz ansah. Nun, wenn alles so lief wie geplant, würde die Immobilie in der Familie bleiben. Ihr gemeinsames Kind würde sie erben.

Moritz stand an seiner Werkbank und schliff seine Werkzeuge. Als er sie kommen sah, ließ er alles stehen und liegen, eilte auf sie zu und schloss sie in die Arme. „Schön, dass du schon so früh da bist“, sagte er. „Ich hätte es keine Minute mehr länger ohne dich ausgehalten.“

„Das geht mir genauso“, sagte Elsa und küsste ihn. „Deshalb bin ich gleich nach dem Frühstück aufgebrochen.“

„Hast du mit deinem Mann gesprochen?“

Sie schüttelte den Kopf. „Er war schon ausgegangen. Heute Abend werde ich mit ihm sprechen. Oder er mit mir. Wahrscheinlich wird heute im Lauf des Tages von Waisen bei ihm in der Bank auftauchen und ihn über die Ereignisse in Kenntnis setzen.“

„Und wie geht es dir damit?“

Sie lächelte ihn an. „Endlich ist es so weit“, sagte sie. „Ich warte schon so lange auf diesen Tag.“

Sie küssten sich. Da klopfte es an der Türe. Nicht vorsichtig, höflich oder zurückhaltend, sondern kräftig und fordernd. Sie sahen sich an. Moritz rief: „Herein!“

Augenblicke später kam Eugen durch die Tür. Er trug einen schwarzen Mantel und einen Zylinder. Sein Schnurrbart zuckte und sein Gesicht war gerötet. „Nun, das trifft sich gut", knurrte er. „Da treffe ich das ehebrecherische Gesindel sozusagen in flagranti an."

„Du hast gut reden", erwiderte Elsa, der es gelungen war, ihre anfängliche Überraschung in den Griff zu bekommen und die kühle Reserviertheit aufzusetzen, die ihr im Verkehr mit ihrem Mann in den letzten Jahren so zugutegekommen war. „Mir hier von Ehebruch anzufangen. Das ist ein starkes Stück. Mit wie vielen leichten Mädchen hast du es getrieben? Kannst du die noch an einer Hand abzählen?"

Er trat einen Schritt auf sie zu und hob die Rechte. Moritz stellte sich zwischen die beiden. Eugen funkelte ihn wütend an.

„Unterstehen Sie sich, Elsa anzufassen", sagte Moritz mit fester Stimme.

„Wollen Sie mich daran hindern, meine Frau in ihre Schranken zu weisen? Sie? Sie Zivilist?"

Moritz nickte. „Wenn Sie Elsa Gewalt anzutun beabsichtigen, werde ich das verhindern."

Eugen musterte ihn von oben bis unten. „Haben Sie überhaupt gedient?"

Moritz schüttelte den Kopf.

„Dann rede ich nicht mit Ihnen", sagte Eugen in einem verächtlichen Ton.

„Nun, das würde ich mir an Ihrer Stelle noch einmal überlegen", sagte Moritz.

„Was soll das heißen?"

„Wenn Sie nicht bereit sind, mit mir zu reden, könnte mein Vater auch nicht mehr bereit dazu sein, mit Ihnen zu reden. Und das wäre ein Jammer, Sie wollen doch nicht einen Ihrer zahlungskräftigsten Kunden verlieren."

Eugen schnaubte. „Wollen Sie mich erpressen?"

Moritz schüttelte den Kopf. „Ich will mit Ihnen ins Geschäft kommen."

Eugen sah ihn einen Moment lang an. Dann lachte er schallend. „Ihr Pfeffersäcke glaubt, dass ihr alles mit Geld regeln könnt. Nun, an mir werden Sie sich die Zähne ausbeißen. Wir werden ein Geschäft miteinander haben, aber anders, als Sie sich das vorstellen."

„Wie meinen Sie das?", fragte Moritz.

„Ich werde Ihnen meinen Sekundanten vorbeischicken. Sie werden mir Satisfaktion gewähren. Meine Ehre ist besudelt. Und nur Blut kann sie wieder reinigen."

Er nahm seinen Handschuh von der rechten Hand, warf ihn vor Moritz auf den Boden, wandte sich um und ging davon.

KAPITEL 21

„Bald sind wir da", sagte Isolde und wischte Emily mit einem bereits triefend nassen Leintuch die schweißfeuchte Stirn ab. „Ich kann das Nordufer des Gardasees schon sehen."

Auf dem Mund ihrer Freundin erschien die Andeutung eines Lächelns. Ihr Kopf lehnte am Fensterglas der Kutsche, sodass sie freie Sicht auf den See hatte. Das Panorama, das sich ihnen bot, war atemberaubend. Schneebedeckte Berge, die an einem azurblauen Himmel zu kratzen schienen, das Glitzern der Wellen und Wogen auf dem dunklen Wasser, die bunten Häuser, deren Dächer mit einer feinen Schneeschicht bedeckt waren. Wie herrlich das im Sommer aussehen musste, wenn die Pflanzen in voller Pracht standen, die Blüten die Dörfer schmückten und die Wärme alles durchdrang.

„Schön", flüsterte Emily. „Ich bin froh, wenn wir endlich da sind."

Isolde strich ihr über die heiße Stirn. Ihre seit Tagen auf mittlerer Flamme köchelnde Sorge um die Gesundheit ihrer Freundin brodelte hoch. Sie hatte zwei furchtbare Nächte hinter sich und wollte sich gar nicht ausmalen, was noch vor ihr lag.

Der Tag, der auf die Diagnose gefolgt war, war ein Sonntag gewesen und Isolde hatte ebenso verzweifelt wie vergeblich versucht, die Reise an den Gardasee zu organisieren. Schließlich schaffte sie es, zwei Tickets erster Klasse nach Verona zu ergattern. Sie mussten noch eine Nacht im Hotel bleiben, wurden dort aber liebevoll umsorgt. Der Portier, der die Notlage der beiden Frauen erkannt hatte, schickte ihnen Tee und heißes Wasser und einen Vorrat an frischen Leintüchern, da Emily so viel schwitzte.

Er sorgte auch dafür, dass ein geräumiges Ruderboot bereitstand, um Isolde und ihre kranke Freundin, die nur wenige Schritte gehen, geschweige denn die Balance in einer schwankenden Gondel halten konnte, zum Bahnhof zu bringen. Als sie im Zug saßen und den Damm, der die Insel mit dem Festland verband, überquerten, sah Isolde zurück. Die Stadt lag im Nebel eingehüllt und an diesem Tag kam es ihr so vor, als ob all die Paläste, die Kirchen und die Brücken in ein graues Leichentuch gewickelt wären.

Am Abend erreichten sie Verona. Isolde hatte telegrafisch eines der besten Hotels am Ort gebucht. Als Emily endlich in einem großzügigen, aber kalten Zimmer im Bett lag, glühte ihre Stirn. Ihre Augen glänzten und ihr Atem rasselte leise vor sich hin. Isolde ließ noch einmal einen Arzt rufen, doch der konnte Emily nur abhören und als er empfahl, sie zur Ader zu lassen, schickte Isolde ihn weg.

Sie wachte die ganze Nacht neben ihrer Freundin, hielt ihr die Hand, redete beruhigend auf sie ein, wiegte sie im Arm, half ihr, den Nachttopf zu benutzen, und als sie endlich einschlief, fand sie selbst keine Ruhe in ihren quälenden Sorgen- und Gedankenkreisen. Die Abfahrt zum Gardasee verzögerte sich um einen Tag, weil Isolde so rasch keine Kutsche auftreiben konnte. Als sie schließlich am Morgen von Verona abgefahren waren, in dicke Pelze verpackt, um der Kälte im Innern des Gefährts zu trotzen, bereute Isolde es beinahe, Emily das Versprechen gegeben zu haben, sie nach Riva zu bringen. Die Straßen waren schlecht und es dauerte Ewigkeiten, bis sie die österreichische Grenze erreichten, wo sie eine geschlagene Stunde darauf warten mussten, dass der Zollbeamte ihre Pässe abstempelte.

Dann rückte das Ziel näher und Isolde begann, die Schönheit der Landschaft an sich heranzulassen. Auch auf Emily schien dies eine beruhigende Wirkung zu haben, denn sie atmete leichter und musste sich weniger anstrengen, wenn sie eine Frage von Isolde beantworten oder selbst etwas wissen wollte.

Endlich rumpelten die Räder über das Pflaster des zentralen Platzes von Riva. Das Gefährt hielt an und Isolde stieg aus. Der Kutscher fragte sie nach dem Ziel. Isolde seufzte. Darüber hatte sie sich zwar Gedanken gemacht, aber sie hatte keine Möglichkeit gehabt, ein Hotelzimmer in Riva zu buchen.

„Entschuldigen Sie", hörte sie eine Stimme hinter sich fragen. „Suchen Sie vielleicht eine Unterkunft?"

Sie drehte sich um und sah einen kleinen Mann mit einem ordentlich gewichsten Schnurrbart und einer etwas zu großen Melone auf dem Kopf vor ihr stehen.

„Mein Name ist Großmannseder", sagte er in einem breiten wienerischen Akzent. „Ich bin ortsansässig seit vielen Jahren. Und deshalb kenne ich den etwas verlorenen Blick von Neuankömmlingen, die hier eintreffen und auf der Suche nach einer Bleibe sind."

Isolde schilderte ihm ihre Lage. Großmannseder kratzte sich am Kopf. Dann erschien ein Lächeln unter seinem Schnurrbart.

„Kommen Sie mit, ich bringe Sie zu Margarethe. Bei ihr werden Sie gut aufgehoben sein."

Isolde bedeutete dem Kutscher, ihr zu folgen. Die Pferde schritten langsam hinter ihr und Großmannseder her. Sie mussten nicht weit gehen. Direkt am Ufer des Sees stand ein pfirsichgelb gestrichenes Haus, über dessen Eingangstür die Worte „Pension Rosalinde" auf einem ovalen Schild geschrieben waren.

Großmannseder klopfte an die Tür, und eine hagere Frau mit vielen Falten im Gesicht öffnete. Er schilderte kurz, worum es ging. Die Wirtin musterte Isolde.

„Sie bringen mir jemanden zum Sterben?", fragte sie direkt, aber nicht unfreundlich.

Isolde fuhr sich mit der Zungenspitze über die Unterlippe. „Ich fürchte, Ja", sagte sie.

„Ich bin kein Spital, vielleicht wären Sie dort besser aufgehoben."

„Das will ich meiner Freundin nicht antun", sagte Isolde leise. „Ich habe ihr versprochen, dass ich sie nach Riva bringe. Es ist ihr letzter Wunsch."

Im Gesicht der Frau veränderte sich etwas. Die Falten glätteten sich ein wenig.

„Von mir aus können Sie hier wohnen", sagte sie. „Aber die Pflege übernehmen Sie. Und wenn Sie mehr Wäsche benötigen, kommen Sie für die Kosten auf."

Isolde atmete tief durch. „Danke", sagte sie.

Die Wirtin lächelte, was seltsam aussah auf einem Gesicht, welches das Lächeln offenbar nicht gewohnt war.

„Was wäre ich für ein Mensch, einer Sterbenden den letzten Wunsch zu verweigern?"

Sie folgte Isolde zur Kutsche, begrüßte Emily und half ihr ins Haus.

***

Elsa ging in ihrem Ankleidezimmer auf und ab wie ein gefangenes Tier. Die Gedanken in ihrem Kopf wollten einfach nicht zur Ruhe kommen. Sie hatte drei Nächte kaum Schlaf gefunden und fühlte sich so aufgekratzt, als ob sie zwei Kannen starken Kaffee getrunken hätte, während sie gleichzeitig so müde war, dass ihr ständig die Augen zuzufallen drohten. Ihr überreizter Verstand versuchte, eine Lösung für ein auswegloses Problem zu finden. Als Eugen die Werkstatt verlassen hatte, war sie ihm nachgeeilt, hatte ihn aber nicht mehr eingeholt. Er war im Gassengewirr verschwunden. Sie hatte sich rasch von Moritz verabschiedet und war nach Hause gegangen, aber ihr Mann war erst am späten Abend dort angekommen. Er hatte sie nur mit einem kalten Blick gemustert und ihr die Türe seines Arbeitszimmers vor der Nase zugeschlagen, als sie ihn um eine Aussprache gebeten hatte.

So war es ihr dann auch die beiden darauffolgenden Tage ergangen. Er hatte jeden Versuch abgewiesen, mit ihm zu sprechen. In ihrer Verzweiflung hatte sie Moritz in seiner Werkstatt aufgesucht, aber das hatte ihre Sorge eher verstärkt. Ihr Geliebter war totenbleich gewesen, als er mit fahrigen Bewegungen versucht hatte, eine Öse in ein Lederstück einzuarbeiten.

192

Zu allem Überfluss klopfte es auch noch an der Tür und als er öffnete, trat Hartmut von Waisen ein. Er trug ein kaltes und zufriedenes Lächeln zur Schau.

„Ich komme im Auftrag meines Freundes, Eugen von Lampeck, um Ihnen nun auch formell die Forderung zu einem Duell zu überbringen. Als Zeitpunkt ist der kommende Sonntag um 7 Uhr morgens vorgesehen, im Wäldchen bei der X-Brücke im Englischen Garten. Herr von Lampeck will, dass der Waffengang auf Leben und Tod ausgeführt wird, die Wahl der Waffen überlässt er Ihnen."

Elsa schlug sich die Hand vor den Mund. Sie sah Moritz an. Sein Adamsapfel hüpfte aufgeregt auf und ab, doch seine Antwort war ruhig und gelassen. „Dann wähle ich die Pistolen", sagte er.

Das Lächeln auf von Waisens Gesicht verbreiterte sich. „Gut, hier haben Sie meine Karte. Schicken Sie mir Ihren Sekundanten vorbei, damit wir die weiteren Details besprechen und die Waffen überprüfen können. Ich empfehle mich."

Ohne Elsa eines Blickes zu würdigen, ging er hinaus.

„Bist du verrückt!", rief sie, als sie die Anspannung, die sich in den letzten Momenten in ihr angestaut hatte, nicht mehr im Zaum halten konnte. „Eugen ist ein exzellenter Schütze."

Moritz sah sie mit traurigen Augen an. „Und ein ausgezeichneter Fechter ist er sicher auch. Ich habe erst einmal ein Florett in der Hand gehalten und das ist schon Jahre her. Aber schießen kann ich. Zumindest mit Gewehren. Mein Vater hat mich früher oft auf die Jagd mitgenommen."

„Trotzdem wird Eugen ..."

Er hob die Hand. „Dein Mann ist mir mit beiden Waffen überlegen. Aber mit der Pistole habe ich wenigstens eine Chance."

Sie brach in Tränen aus. Er trat auf sie zu, umarmte und tröstete sie.

„Das wollte ich nicht", schluchzte sie. „Ich hatte nicht damit gerechnet, dass er dich zum Duell fordern würde. Das ist doch verboten."

Moritz nickte. „Ja, wer auch immer von uns beiden es überlebt, wird mit Festungshaft rechnen müssen."

Elsa weinte, bis ihre Tränen versiegten. Doch in den Tagen darauf kehrten sie immer wieder zurück, bis ihr eine Idee kam. Sie war schon früh aufgestanden, hatte ihre Zofe gerufen, und als sie ausgehfertig war, trug sie Graham auf, eine Kutsche zu holen.

Wenig später stand sie vor dem Haus in der Maxvorstadt, in dem sie so viele demütigende Stunden verbracht hatte. Sie klopfte und als der Butler sie sah, entfernte er sich, um ihre Ankunft zu melden. Ihr Schwiegervater ließ sie nicht lange warten. Sein Löwenkopf war inzwischen von einer schlohweißen Mähne eingerahmt. Er leckte sich über die Lippen wie ein Raubtier, das seine Beute vor sich sieht.

„Ich weiß, warum du kommst", sagte er, ohne eine Begrüßungsfloskel anzuhängen.

Sie nickte. „Ich will, dass du deinem Sohn ins Gewissen redest."

Er stieß ein freudloses Lachen aus. „Du redest von Gewissen? Du?"

„Eugen hat mich zuerst betrogen. Dutzende Male."

„Aber er hat es nicht in der Öffentlichkeit getan. Du hast ihm vor den Augen der Gesellschaft die Hörner aufgesetzt. Er hatte keine andere Wahl, als deinen Hahnrei zu fordern. Ich werde ihn ganz bestimmt nicht davon abhalten."

„Und was, wenn er dabei stirbt?"

„Es ist besser, einen ehrenhaften Tod zu erleiden, als in Schmach und Schande zu leben."

„Nun, in der Schande seines eigenen Ehebruchs zu leben, hat deinen Sohn bislang nicht allzu sehr gestört."

Ihr Schwiegervater schlug mit der Faust so fest auf den Tisch, dass das Tintenfass, das dort stand, beinahe eine Handbreit nach oben hüpfte, ehe es umkippte und seinen Inhalt über einen Stapel Blätter vergoss. Er störte sich nicht daran, sondern zischte: „Noch einmal. Du hast kein Recht darauf, den Zeigefinger zu schwingen. Du hast Eugen durch deine Hurerei in die Ehe gezwungen. Wenn er stirbt, bist du für seinen Tod verantwortlich. Und das wirst du in jedem Augenblick büßen, der dir noch bleibt. Ich werde dir die Hölle auf Erden bereiten. Ich werde Eugens Sohn zu mir nehmen und du wirst ihn nie wieder zu Gesicht bekommen."

Elsa spürte, wie ihr die Tränen in die Augen stiegen. Sie biss ihre Kiefer so fest wie möglich zusammen. Sie wollte ihrem Schwiegervater den Sieg nicht lassen, zu erleben, wie sie zusammenbrach.

Auf seinen fleischigen Lippen erschien ein Raubtiergrinsen.

„Aber so weit wird es erst gar nicht kommen. Eugen ist ein vortrefflicher Schütze. Und wie man hört, ist dieser von Berlitz ein Zivilist, der seine Pistole wahrscheinlich nicht einmal richtig herum halten kann. Vielleicht nimmt er meinem Sohn die Arbeit ab und erschießt sich selbst. Besser wäre es für ihn."

Elsa spürte, wie die Verzweiflung sich in heiße Wut verwandelte. „Wenn hier einer den Tod verdient, dann Eugen. Er ist ein unmoralisches, widerliches Schwein. Ich hoffe, dass er stirbt.“

Der Schwiegervater schlug noch einmal mit der Faust auf den Tisch.

„Geht mir aus den Augen“, brüllte er. „Ich will dich nie mehr wiedersehen.“

KAPITEL 22

Riva und München, Samstag, 24. Februar 1900

„Was wollen Sie?" Margarethe Maier, die Besitzerin der *Pension Rosalinde* sah Isolde aus ihren kleinen Augen an, als ob sie verrückt geworden sei.

Isolde atmete tief durch und wiederholte ihr Anliegen: „Ich wollte Sie darum bitten, einen Ihrer Liegestühle ausleihen zu dürfen. Meine Freundin möchte gerne an den Strand liegen und das Panorama genießen."

Die Wirtin schüttelte den Kopf. „Die Liegestühle sind für den Sommer gedacht."

„Heißt das, dass sie im Winter nicht funktionieren?"

Frau Maier verzog das Gesicht. „Das heißt, dass sie nicht unter Schnee und Frost leiden sollen."

Isolde sah zu dem azurblauen Himmel empor, von dem eine erstaunlich kräftige Sonne schien. „Das Thermometer neben dem Eingang zeigt 4 Grad an. Im Schatten. In der Sonne ist es deutlich wärmer. Von Frost oder Schnee droht Ihren Liegestühlen keine Gefahr."

Die Wirtin verschränkte die Arme über der Brust, erwiderte aber nichts.

„Ich bezahle Ihnen auch eine fürstliche Ausleihgebühr", ergänzte Isolde in einem weicheren, versöhnlicherem Tonfall. „Es geht um den letzten Wunsch einer ..." Ihre Stimme brach ab und sie musste sich räuspern, ehe sie fortfahren konnte. „Den letzten Wunsch einer Sterbenden.“

Margarethe Maier seufzte. „Ihre sterbende Freundin hat ja wohl nicht nur einen letzten Wunsch. Oder zählen das heiße Bad und das Zimmer mit Ausblick auf den See nicht dazu?“

Isolde spürte, wie eine Woge des Zorns in ihr aufwallte, doch sie schaffte es, sich unter Kontrolle zu halten.

„Sie hat Wünsche, ja. Aber in ihrem Zustand ist es schwer zu sagen, welcher davon der Letzte sein wird. Es könnte jeder sein.“ Sie sog ihre Unterlippe ein. Die Wahrheit auszusprechen, schmerzte so sehr. Ihr war zum Heulen, die Tränen standen ihr in den Augenwinkeln.

„Gut, Sie können einen Liegestuhl für den Nachmittag mieten. Aber eine Stunde vor Sonnenuntergang geben Sie ihn zurück.“

„Danke“, sagte Isolde und ging auf den Schuppen zu, in dem die Strandmöbel gelagert wurden. Frau Maier folgte ihr und nach einigem herumstochern in dem Chaos aufeinandergestapelter Liegen zog sie eine hervor. „Nehmen Sie sich noch ein paar Decken von dem Stapel im Wäschezimmer“, knurrte sie. „Ihre Freundin soll sich ja nicht gleich am ersten Strandtag den Tod holen.“

Isolde bedankte sich und beeilte sich, dem Angebot der Wirtin nachzukommen, solange sie in dieser weichen Stimmung war. Sie holte vier dicke Wolldecken und trat dann wieder in den Innenhof der Pension.

„Marco wird Ihnen die Liege und Ihr Gepäck zum Strand bringen“, sagte Frau Maier und deutete auf einen hageren Jungen in schmutzigen, abgegriffenen Kleidern, dessen braune Augen sie trüb musterten.

„Danke Marco", sagte Isolde und nahm sich vor, ihm ein reichliches Trinkgeld zu geben. Sie eilte in ihr Zimmer im zweiten Stock, wo sie Emily auf dem Bett sitzend vorfand. Sie baumelte mit ihren Beinen über den Bettrand. Ihr Gesicht war bleich, aber ihr Atem ging ruhig.

„Bist du dir sicher, dass du es bis zum Strand schaffst?"

Auf den Lippen ihrer Freundin erschien ein zaghaftes Lächeln.

„Sicher? Was ist schon sicher auf der Welt?"

„Dass ich dich liebe, zum Beispiel", sagte Isolde ohne jegliche Beimischung von Ironie.

Emily nickte. „Das weiß ich. Ich liebe dich auch. Lass uns einen schönen Tag am Strand verbringen."

Sie hatte eine kleine Pause zwischen „schönen" und „Tag" gemacht und Isolde ahnte, dass sie ein „letzten" hatte einfügen wollen, es dann aber gelassen hatte, aus Rücksicht auf sie oder weil sie es sich selbst nicht eingestehen wollte, wie es wirklich um sie stand.

Sie erhob sich und Isolde reichte ihr den Arm. Es dauerte zehn Minuten, bis sie in den Hof gelangten und mit wiederkehrenden Pausen noch einmal eine halbe Stunde, bis sie die gut zweihundert Meter zu dem kleinen Kiesstrand zurückgelegt hatten. Marco ging dort vor dem Liegestuhl auf und ab, den er bereits aufgeschlagen und mit Decken ausgelegt hatte. Isolde gab ihm drei Münzen und die Augen des Jungen leuchteten auf.

„Zu viel", sagte er.

Isolde schüttelte den Kopf. „Wenn du eine Stunde vor Sonnenuntergang wiederkommst und uns beim Rückweg hilfst, bekommst du noch einmal so viel.“

Er strahlte und versicherte ihr, dass er gerne jeden Tag für sie arbeiten wollte.

Isolde half Emily, sich in den Stuhl zu setzen. Dann wickelte sie sie in zwei der Wolldecken, sodass sie aussah wie ein neugeborener Säugling, den man in seine Windel eingeschlagen hatte.

„Ist es dir warm genug?“, fragte sie.

Emily nickte. „So ist es gut, danke.“

Isolde trat beiseite, sodass ihre Freundin einen Blick auf das Panorama werfen konnte, das sich ihr bot. Sie befanden sich am Nordufer des Gardasees, rechts und links ragten hohe, steile Felswände empor. Vor ihnen erstreckte sich bis zum Horizont eine tiefblaue, von schäumenden Wellenkrönchen übersäte Wasserfläche. Ein frischer, aber nicht unangenehmer Wind blies ihnen ins Gesicht.

„Es ist herrlich hier“, sagte Emily. „Viel schöner als in Venedig. Kein Nebel, keine Masken, Freiheit.“

Isolde kniete sich neben ihre Freundin und legte den Kopf auf ihren unter den Decken verborgenen Schoß.

„Vielleicht heilt mich die frische Luft“, sagte Emily. „Vielleicht macht sie mich so gesund, dass ich mit dir nach München zurückkehren kann. Vielleicht muss ich mich dann jeden Winter in einem Sanatorium kurieren. Aber das wäre nicht so schlimm, oder? Wir könnten reisen. Nach Baden-Baden, an die Riviera, die Cote d´Azur, nach Karlsbad oder nach Davos. Und du könntest die ganzen gekrönten Häupter porträtieren, die dort kuren. Was meinst du?“

Sie hustete und Isolde konnte nicht sprechen, weil ein riesiger Kloß ihren Hals verstopfte. Doch Emily schien keine Antwort von ihr zu erwarten. „Magst du mich fotografieren?", fragte sie stattdessen, nachdem sich ihr nächster Hustenanfall gelegt hatte.

„In diesem Zustand?", entfuhr es Isolde. Sie hielt sich die Hand vor den Mund. Ganz offenbar hatte der Kloß sie nicht daran gehindert, ihre Gefühle allzu frei auszusprechen.

Auf Emilys Lippen lag ein Lächeln. „Ich möchte ein Bild von mir im Paradies haben. Und das hier ist das Paradies."

Sie sah Isolde mit feuchtglänzenden Augen an. Ihre Wangen und Lippen waren gerötet und der Ton ihrer bleichen Haut verschmolz mit dem der Decke, in die ihr Kopf gewickelt war. Es würde ein großartiges Motiv abgeben. Großartig und unendlich traurig.

„Erfüllst du mir diesen Wunsch?"

Isolde wischte sich die Tränen aus den Augenwinkeln, nickte und machte sich auf den Weg, ihre Kamera zu holen.

***

Elsa betrat die Werkstatt, ohne zu klopfen. Sie wusste, dass Moritz dort war, denn sie hatte den Lichtschein hinter der Scheibe gesehen. An diesem möglicherweise letzten Abend seines Lebens würde er an dem Ort sein, der ihm am meisten bedeutete, an dem er sich am Wohlsten fühlte. Dass dies ausgerechnet die ehemalige Wirkungsstätte ihres Großvaters war, löste bei Elsa schon lange kein seltsames Gefühl mehr aus. Sie empfand es vielmehr als einen Wink des Schicksals, dass dieser Ort, den sie als Kind so geliebt hatte und der durch die Entscheidung ihres Vaters, eine große Fabrik zu eröffnen, seinen Glanz verloren hatte, durch das Talent und den Fleiß des Menschen, den sie liebte, wie niemals zuvor einen anderen, zu neuem Leben erblüht war.

Der Gedanke ließ ihr Herz rascher schlagen in einer Mischung aus Freude und Furcht. Immer wieder hatte sie sich ausgemalt, was am Tag des Duells geschehen würde, welche Ausgänge es nehmen, welche Folgen es zeitigen könnte. Und keine dieser Konsequenzen wäre günstig für diesen Ort der Handwerkskunst.

Als sie die Tür öffnete und im Raum stand, sah sie, dass Moritz nicht allein war. Zwei Besucher, die sie nicht kannte, waren bei ihm. Einer von ihnen, ein großer Mann in einem Frack, schüttelte ihm die Hand, der andere, ebenfalls festlich gekleidet, aber kleiner und älter, klemmte sich eine Aktenmappe unter den Arm und hob dann den Hut.

Die beiden Herren gingen zur Tür. Als sie Elsas gewahr wurden, nickten sie ihr zu und ehe sie den Gruß angemessen erwidern konnte, waren sie schon aus der Tür.

„Endlich bist du da!“, rief ihr Geliebter, stürmte auf sie zu, umarmte sie und bedeckte ihr Gesicht mit Küssen.

Sie erwiderte seine Liebkosungen, genoss seine feste, warme Umarmung, seinen Geruch, den salzigen Geschmack seiner Haut. Als sie sich nach einer kleinen Ewigkeit voneinander lösten, fragte sie: „Wer waren diese Männer?“

„Der im Frack war Hugo Gerling. Er ist mein Sekundant. Es war gar nicht so einfach, jemanden aufzutreiben, der bereit war, diese Aufgabe zu übernehmen. In meinem Freundes- und Bekanntenkreis ist das aufeinander schießen weit weniger angesehen als in den Sphären, in denen dein Mann verkehrt."

Auf seinem Gesicht erschien ein schmales Lächeln, ein Schatten des verschmitzten Grinsens, das seine Züge so oft belebt hatte. Seine Augen waren unbeteiligt.

„Und der andere Mann?", fragte Elsa.

„Das war Herr Kränzle, der Notar, der die meisten Geschäfte meines Vaters beurkundet."

Elsa runzelte die Stirn. „Ein Notar?"

Moritz seufzte, „Ich habe mein Testament gemacht."

Elsa spürte, wie ihr Mund austrocknete. „Dein Testament", flüsterte sie.

„Machen wir uns nichts vor", sagte er in einem Ton, der die fröhliche Lockerheit und Unbeschwertheit der letzten Minute vollkommen vermissen ließ. „Der Sinn eines Duells auf Leben und Tod ist, dass mindestens einer der Teilnehmer die Begegnung nicht überlebt. Insofern ist es sinnvoll, einen letzten Willen zu bekunden. Ich vermute, dass dein Mann ähnlich verfahren wird."

Elsa schluckte. „Ja. Und ich ahne schon, was darin stehen wird", sagte sie. „Er wird mich verstoßen, enterben und mir meinen Sohn wegnehmen."

Moritz nickte. „Ich habe mit Herrn Kränzle darüber gesprochen. Er hat mir einen guten Rechtsanwalt empfohlen. Wenn ich deinen Mann ... wenn dein Mann bei dem Duell stirbt, werden wir alles daran setzen, seinen letzten Willen anzufechten."

Sie sah ihn hoffnungsvoll an. „Haben wir denn eine Chance, dass Hermann bei mir bleiben kann?"

Moritz lächelte. „Ich werde dafür kämpfen. Und was sicher nicht schadet, ist, dass wir durch meinen Vater über beinahe unbegrenzte Geldmittel verfügen. Die Lampecks mögen sich hochmütig geben, doch sie sind kein alter Adel. Ihr Titel ist nicht wesentlich nobler als unserer. Aber mein Vater ist reicher und er weiß, wie er sein Geld an den richtigen Stellen einsetzen kann, um Entscheidungen in seinem oder besser in unserem Sinn zu erwirken."

„Das wäre so schön", sagte Elsa. Tränen traten ihr in die Augen.

Moritz umarmte sie und drückte sie an sich. Sie standen eine Weile fest umschlungen da. Dann hörte sie ihn flüstern: „Und wenn ich sterbe, wirst du auch nicht völlig mittellos auf dieser Erde zurückbleiben."

Ein eiskalter Schauer rann durch Elsas Leib. Sie löste sich von ihm und sah ihn an. „Das darfst du nicht sagen", rief sie, mit einem Mal von einer gewaltigen Wut erfüllt. Sie ballte ihre Hände zu Fäusten und hämmerte gegen seine Brust. „Das darfst du nicht sagen. Du darfst es nicht einmal denken."

Er nahm ihre Hände und hielt sie fest. Sie fühlte, wie die Kraft, die eben noch in ihr aufgewallt war, aus ihr wich. Schluchzend sank sie wieder in seine Arme.

„Es hilft nicht, die Augen vor der Wirklichkeit zu verschließen", sagte er. „Ich könnte sterben. Und in diesem Fall möchte ich nicht, dass du allein und verloren zurückbleibst."

Sie heulte auf vor Schmerz wie ein getroffenes Tier. „Wie soll ich denn sonst zurückbleiben?", rief sie. „Ich werde einsam sein, ausgestoßen. Was soll das Leben mir ohne dich noch geben, wenn es mir den Menschen genommen hat, der mir das Liebste war."

Er legte seine Hand auf ihren Bauch. „Unser Kind wird dich brauchen", flüsterte er.

Sie schüttelte den Kopf. „Ein Kind, das ohne seinen Vater aufwächst. Mit einer Mutter, die alle als Sünderin verstoßen werden."

Er nahm sie in die Arme. „Es muss nicht so weit kommen", sagte er.

„Ich hoffe und bete, dass es anders kommt", entgegnete sie. „Ach, wäre der morgige Tag doch schon vorbei und du sicher zurück in meinen Armen."

„Das wird der erste Ort sein, an den ich zurückkehren werde, das verspreche ich dir", sagte Moritz. Er küsste sie und sie erwiderte seine Liebkosung mit einer Leidenschaft, die ihr den Atem nahm. Als sie sich wieder voneinander lösten, sah sie ihn lange an. Dann sagte sie: „Versprich mir eines."

„Alles, was du willst."

„Lass dich nicht töten."

Er seufzte. „Das kann ich dir nicht versprechen. Aber ich verspreche dir, dass ich mein Bestes geben werde. Und dann werden wir gemeinsam unseren Sattel fertigstellen und ihn dem Prinzregenten übergeben."

KAPITEL 23

Riva und München, Sonntag, 26. Februar 1900
frühmorgens

Isolde trieb in einer Gondel über ein Nebelmeer. Um sie herum war Stille. Das Boot fuhr von selbst, kein Gondoliere stakste es voran. Sie wunderte sich nicht, es war eben so. Was sie mehr beschäftigte, war die Frage, wohin sie unterwegs war. Das Wasser war schwarz und der Bug des Gefährtes schnitt hindurch, ohne Wellen zu hinterlassen. Die Wasseroberfläche lag da wie glänzender Obsidian. Sie beugte sich über die Reling und sah nicht ihr Gesicht, sondern Emilys Züge, die sich in den Fluten spiegelten. Müde sah sie aus. Ihre Augen lagen in dunklen Höhlen, ihre Haare waren zerzaust und die Haut an ihrer Stirn und um ihre Mundwinkel war von Falten durchzogen.

Da hörte sie ein Geräusch. Es klang erst noch weit entfernt. Das tiefe Läuten einer einzigen gewaltigen Glocke. Der Schalldruck war so mächtig, dass er den Nebel auseinandertrieb. Die Schwaden zogen sich zurück. In der Ferne wurde ein Ufer sichtbar. Ein Kiesstrand, dahinter ein zerklüftetes Gebirge, dessen karge Gipfel in einem Wolkenmeer verschwanden.

Der Kahn näherte sich dem Strand und sie konnte eine schwarz gekleidete Gestalt erkenn. Neben dem Mann befand sich ein Gestell, an dem eine Glocke hing, die er mit einer dürren, skelettartigen Hand läutete.

Der Nachen fuhr auf das Ufer auf und der Kies knirschte unter dem Schiffsboden. Das Gerippe zeigte auf Isolde und winkte ihr. Sie ging auf ihn zu.

Er hielt ihr die Handfläche entgegen. Mit einer tiefen, raspelnden Stimme sagte er: „Bezahle den Fährmann. Gib Charon seinen Lohn!" Er zog fester an der Glocke und das Geräusch dröhnte in Isoldes Ohren. Sie riss die Augen auf und sah über sich die Zimmerdecke, die in ein sanftes, lachsfarbenes Licht getaucht war. Sie hörte ihre schweren Atemzüge und das Läuten der Kirchenglocke in der Ferne. Langsam drehte sie ihren Kopf zur Seite, erfüllt von Furcht vor dem, was dort auf sie warten mochte. Doch Emily war am Leben. Sie sah sogar besser aus als tags zuvor. Ihr Atem schien regelmäßig zu gehen. Ihre Wangen waren rosig und die Lippen voll und rot. Sie sah aus, wie Isolde sich als Kind das schlafende Schneewittchen vorgestellt hatte. Still und friedlich lag sie da. Sie wirkte kein bisschen leidend. Isolde ließ sich in die Kissen zurücksinken und die Luft aus ihren Lungen entweichen.

Der Traum war schlimm gewesen. Sie war belesen genug, dass sie den Mann erkannt hatte, der auf sie – oder wohl eher auf Emily, deren Gestalt sie angenommen hatte – gewartet hatte. Charon, der Fährmann, der die Toten in den Hades geleitet. Die alten Griechen hatten ihren Verstorbenen zwei Münzen auf die Augen gelegt, damit sie ihn bezahlen und so Eingang in die Unterwelt finden konnten. Isolde hatte stets bezweifelt, dass Träumen so etwas wie eine prophetische Gabe innewohnte. Ganz anders als Elsa, die immer hellauf begeistert gewesen war, wenn sie von einem Schwanenritter geträumt hatte, der sie aus einem hohen Turm oder einem tiefen Kerker rettete, weil sie es als eine Art Omen angesehen hatte, das sicher bald eintreffen würde. Isolde hatte das belächelt. Doch heute war sie in der Gewissheit aus dem Schlaf erwacht, dass der Traum Realität, dass Emily gestorben und bereits auf dem Weg ins Jenseits war, dass sie Isolde verlassen hatte, ohne, dass sie sich voneinander verabschieden konnten.

Ihre Freundin nun so ruhig neben sich liegen zu sehen, ihren Atem zu hören, ihren vertrauten Duft zu riechen, erfüllte Isolde mit einer Erleichterung, die sie im ganzen Körper als wohlige Schwere spürte. Sie hatte sich inzwischen an den schrecklichen Gedanken gewöhnt, dass Emily sterben würde. Aber vielleicht würde das Schicksal ihnen noch einen kleinen Aufschub gewähren.

Ein überwältigendes Gefühl der Liebe durchdrang sie und sie strich Emily zart über die Stirn. Die Haut war glühend heiß und feucht. Isolde legte ihre Handfläche auf den Kopf ihrer Freundin. Sie musste hohes Fieber haben.

„Was ist los?", murmelte Emily. Ihre Züge verspannten sich. Der Friede, der eben noch ihr Gesicht erfüllt hatte, wich ohne irgendwelche Zwischenstufen einer nur schwer zu ertragenden Agonie.

„Du glühst", sagte Isolde.

Emily hustete. „Ich fühle mich auch warm."

„Warte, ich hole dir Wasser."

Isolde stand auf und zog sich den dicken Morgenrock an. Dann ging sie zu dem Wasserkrug neben der Waschschüssel. Er war fast leer. „Ich muss schnell an den Brunnen", sagte sie und warf Emily einen bangen Blick zu. Ihre Freundin nickte matt. Sie eilte die Treppe hinab in den Innenhof, wo sie den Eimer in den Brunnen hinabließ, ihn rasch wieder hochzog und ihren Krug füllte.

Als sie ins Zimmer zurückkehrte, saß Emily im Bett. Sie hatte sich aufgerichtet und an das Rückteil des Bettgestells gelehnt. Sie hustete. Isolde tauchte einen Lappen in das Gefäß und benetzte ihn mit dem frischen, kalten Wasser. Dann setzte sie sich neben Emily und legte ihr sanft den Stoff auf die Stirn. Ihre Freundin seufzte. „Das fühlt sich gut an", sagte sie. Im nächsten Moment wurde ihr ganzer Körper von einem gewaltigen Hustenanfall geschüttelt. Emily hielt sich die Hand vor den Mund und als das Beben sie verließ und sie die Handfläche wegnahm, sah Isolde, dass sich auf der weißen Haut unzählige kleine Blutstropfen befanden.

„Das ist nicht gut", sagte Emily und sank zurück. Ihre Augen rollten in ihren Höhlen nach oben. Isolde spürte, wie eine heiße Panik in ihr aufbrandete. Was sollte sie tun?

„Emily?", fragte sie. Keine Antwort. „Emily?", wiederholte sie etwas lauter mit zitternder Stimme. Noch immer nichts. Die Züge ihrer Freundin zerflossen vor ihren Augen und sie sah ein anderes Antlitz aus ihrer Erinnerung auftauchen. Das Gesicht ihres Vaters, der schwer atmend auf dem Rasen lag. Isolde schrie um Hilfe und schüttelte Emily, deren Kopf hin und her wackelte wie der einer Puppe.

Die Tür wurde aufgerissen und Margarethe Maier stand im Rahmen. „Verdammt", zischte sie. „Ich rufe einen Arzt."

***

Elsa hatte die ganze Nacht kein Auge zugetan. So sehr sie den Schlaf herbeigesehnt hatte, als einen kurzen Abschnitt, in dem ihre Gedanken zur Ruhe kommen konnten, hatte sie ihn doch auch gefürchtet. Sie wollte nicht aufwachen und feststellen, dass das Duell vorbei und ihr geliebter Moritz totgeschossen worden war. Lange lag sie regungslos auf ihrem Bett und starrte die Decke an. Nur das regelmäßige Läuten der Kirchenglocken zeigte ihr an, dass die Zeit voranschritt. Mit jedem Glockenschlag wuchs ihre Unruhe. Um drei Uhr hielt sie es schließlich nicht mehr auf, stand auf und schritt in ihrem Zimmer auf und ab wie ein Tier in seinem Käfig, das vergebens auf die Fütterung wartet.

Sie lauschte auf die Geräusche im Haus, auf ein Zeichen, dass Eugen sich für das Duell vorbereiten würde. In ihrem rast- und ruhelosen Hirn war ein Plan gereift, eine letzte Möglichkeit, die Katastrophe abzuwenden. Doch um ihn umsetzen zu können, musste sie mit ihrem Mann sprechen.

Die Stille im Haus machte sie wahnsinnig. Ihre von dem weichen Perserteppich gedämpften Schritte klangen wie die Schläge eines Teppichklopfers in ihren überreizten Ohren. Sie ging zum Fenster und sah hinaus. Der Mond schien hell, er war beinahe voll, der Himmel klar. Perfekte Bedingungen für ein Duell, perfekte Bedingungen für einen Mord. Sie schauderte und holte sich eine Wolldecke aus dem Schrank neben dem Bett.

Erst um halb fünf vernahm sie Geräusche. Schritte auf der Treppe. Eine Tür, die ins Schloss klickte. Das musste Graham sein. Er würde Eugen wecken. Sie musste sich noch eine halbe Stunde gedulden. Und dann musste sie schnell handeln, damit sie den rechten Zeitpunkt nicht verpasste. Nicht auszudenken, wenn Eugen aufbrach, ohne, dass sie mit ihm gesprochen hatte. Mit einem Mal überkam sie ein unbändiges Verlangen nach Moritz. Warum war sie nicht bei ihm geblieben? Vielleicht war es die letzte Nacht seines Lebens? Warum verbrachte sie diese hier in einem Haus, das ihr stets ein fremder Ort geblieben war, anstatt in seinen Armen, die ihr eine unerwartet geborgene Heimat geboten hatten?

Er hatte sie heimgeschickt, das war die Antwort auf diese Frage. Und sie verstand, warum er das getan hatte, auch wenn sie sich etwas anderes wünschte. Er brauchte die Zeit für sich, Zeit, sich zu sammeln, Zeit, bei sich zu bleiben. Eine letzte gemeinsame Nacht hätte ihn zu sehr abgelenkt. Und bei einem Duell, bei dem es auf höchste Konzentration ankam, war eine Ablenkung durch einen sentimentalen Gedanken an die Geliebte möglicherweise der Anstoß, der den entscheidenden Ausschlag über Leben und Tod geben konnte.

Sie hörte weitere Geräusche, dann schlug die Uhr drei viertel sechs. Jetzt oder nie. Sie erhob sich und ging auf den Flur. Als sie zu Eugens Arbeitszimmer kam, sah sie, dass die Tür weit offenstand. Eugen saß hinter seinem Schreibtisch und unterzeichnete ein Dokument. Dann schob er es zunächst Hartmut von Waisen hin, der es an Woldemar weiterreichte, nachdem er unterschrieben hatte. Dieser setzte ebenfalls seine Signatur darunter. Als er die Augen hob, sah er Elsa und sein Walrossschnurrbart begann zu zucken. Seine Freunde folgten seinem Blick und Elsa sah drei Augenpaare auf sich gerichtet, eines kalt musternd, eines verlegen und eines vor heißem Hass glühend.

„Lasst ihr uns bitte allein", bat Eugen seine beiden Sekundanten. Elsa sah ihn überrascht an. Sie musste ihn gar nicht um ein Gespräch bitten, er schien es von selbst zu suchen. Von Waisen und Woldemar verließen das Arbeitszimmer und schlossen die Tür hinter sich.

„Ich habe eben mein Testament gemacht", sagte Eugen. „Auch wenn ich nicht davon ausgehe, dass es in dieser Form jemals in Kraft treten muss."

Elsa nickte. „Du wirst lebend zurückkehren, da bin ich mir sicher", sagte sie.

Eine seiner Augenbrauen zuckte nach oben. „Du scheinst nicht gerade viel Zutrauen in die Fähigkeiten deines Galans zu haben", knurrte er.

Sie schüttelte den Kopf. „Ich weiß, was er kann. Er ist ein großartiger Handwerker. Aber im Schießen und im Menschentöten bist du ihm weit voraus."

Eugen lachte ein kaltes Lachen. „Nun, das ist von Vorteil, wenn man ein Duell ausficht. Er hätte es sich wohl zweimal überlegen sollen, ehe er die Hand an die Frau eines anderen Mannes gelegt hat."

„Bin ich das? Die Frau eines anderen Mannes?"

Er sah sie irritiert an. „Natürlich bist du das. Du hast mich in diese Ehe gezwungen. Sie ist rechtmäßig vor dem Standesbeamten geschlossen worden. Oder willst du mir damit kommen, dass wir sie nie vollzogen haben? Für so katholisch hatte ich dich nicht gehalten."

Sie schüttelte den Kopf. „So katholisch bin ich auch nicht", sagte sie. „Aber du wirst nicht bestreiten, dass wir nie ein Eheleben geführt haben."

Er zuckte mit den Achseln. „Ich habe dir auch nie ein Eheleben angeboten. Du konntest mich nicht dazu zwingen. Doch vor der Welt sind wir verheiratet. Und deshalb fechte ich dieses Duell aus. Um die Schande auszulöschen, die du mir vor aller Augen bereitet hast."

„Moritz ist unschuldig!", rief Elsa.

Er zuckte mit den Achseln. „Das mag sein. Es geht mir nicht um ihn. Mir ist vollkommen gleichgültig, ob du mit anderen Männern verkehrst. Dein Fehler war, dass du es öffentlich getan hast. Und dafür wirst du büßen. Dafür und dafür, dass du mich in diese Ehe gezwungen hast. Ich nehme dir das, was dir am liebsten ist. Erst deinen Liebhaber und dann deinen Sohn."

„Verschone Moritz", rief Elsa und rang die Hände dabei. „Und ich werde für alle Zeiten das tun, was du verlangst. Ich werde mich von ihm trennen, die liebende und treue Ehefrau spielen und nie wieder einen anderen Mann anschen. Und ich werde dir alle Freiheiten geben, die du möchtest. Aber lass Moritz am Leben."

Er grinste. „Dich um sein Leben flehen zu sehen, ist die ganze Angelegenheit schon wert gewesen. Aber du überschätzt dich. Du hast nichts mehr anzubieten. Ich habe die Macht. Und ich werde sie nutzen. Dein Galan hat die Chance, mich zu töten. Und ich werde alles daranlegen, ihm das Leben zu nehmen. Das sind die Regeln. Und ich werde keinen Zoll davon abweichen."

„Eugen, bitte ..."

„Nein", schrie er. „Und jetzt verschwinde."

KAPITEL 24

Riva, Sonntag, 26. Februar 1900

„Ich muss Ihnen leider mitteilen, dass es keine Hoffnung mehr gibt", sagte der Arzt. Er sprach mit einem wienerischen Akzent. *Seltsam*, dachte Isolde durch den Schleier aus Trauer und Ungläubigkeit hindurch, der sie umgab wie eine Mauer aus Watte. „Die Patientin hat einen Blutsturz erlitten. Ihre Lunge wird sich mit Blut und anderen Flüssigkeiten füllen. Ich kann nichts mehr tun. Sie wird in den nächsten Stunden sterben."

Isolde griff sich an die Kehle. Sie spürte eine Hand auf ihrem Arm und drehte den Kopf. Es war Margarethe Maier.

„Gehen Sie zu Ihrer Freundin hinein", sagte die Wirtin. „Ich kümmere mich darum, dass der Herr Doktor sein Salär bekommt und sie darum, dass die junge Frau nicht alleine ist in dem Moment, wenn sie ihrem Schöpfer gegenübertreten muss."

Sie schob Isolde in Richtung der Zimmertür. Sie fühlte sich wie einer dieser mechanischen Apparate, die sie früher als Kind besessen und deren Funktionsweise sie immer bestaunt hatte. Ihre Feder war jedoch nur ganz leicht aufgezogen, denn kaum stand sie vor E-milys Bett, als sie auch schon jede Kraft verließ.

Ihre Freundin lag still da. Der Arzt hatte ihr Morphium gegeben und das hatte sowohl den Husten als auch die Unruhe zum Erliegen gebracht, die sie gepackt hatten, als sie aus ihrer Ohnmacht wieder erwacht war. Ihre Lippen waren bleich, aber in ihrem rechten Mundwinkel klebte ein winziger, angetrockneter Rest Blut. Isolde griff nach einem Taschentuch und wischte ihn ganz zart beiseite.

Emily schlug die Augen auf. „Wo bin ich?", fragte sie.

„In Riva am Gardasee", sagte Isolde, mit Mühe ein Schluchzen unterdrückend.

Emilys Mundwinkel zuckten hoch. „Das ist schön", sagte sie. Sie räusperte sich und Isolde griff nach dem Taschentuch, um ihr bei einem weiteren Hustenanfall zu assistieren, doch dieser blieb aus.

„Es ist schön, dass du mit mir hier bist", sagte Emily. „Dass ich dich getroffen habe, ist überhaupt das Schönste, was mir im Leben zugestoßen ist. Dafür bin ich dankbar."

Isoldes Blick verschleierte sich. Sie wischte sich die Tränen aus den Augen. „Das geht mir genauso", sagte sie. „Du bist die Liebe meines Lebens."

Emily lächelte, dann schüttelte sie leicht den Kopf. „Sag so etwas nicht", flüsterte sie.

„Doch, es stimmt."

„Das weißt du nicht."

„Doch, ich weiß es."

Emily stieß ein leises Kichern aus. „So so, die Zukunft kennst du jetzt also auch schon. Ich wusste, dass du schlau bist, aber so schlau?"

„Ich werde nie wieder jemanden lieben können wie dich", rief Isolde.

„Das lasse ich mir eingehen", sagte Emily. „Wie mich wirst du nie wieder jemanden lieben. Aber du wirst wieder lieben. So sind wir Menschen und das ist gut so."

Sie schob langsam ihre Hand von ihrem Schoß auf die Decke. Isolde griff danach. Emilys Finger waren eiskalt.

„Du bist warm", sagte sie. „In dir ist Leben. In mir ist keines mehr." Sie räusperte sich noch einmal. „Wenn ich sage, dass du die Liebe meines Lebens bist, dann kann ich mir sicher sein, dass das stimmt." Sie holte rasselnd Luft.

„Schone dich!", sagte Isolde.

Emily schüttelte den Kopf. „Nein, ich habe dir etwas zu sagen. Und dann habe ich noch eine Bitte." Isolde sah sie erwartungsvoll und bang an. „Bitte stecke nicht den Kopf in den Sand, wenn ich nicht mehr bin. Mach endlich das, was du dir schon immer wünschst. Geh auf Reisen, forsche oder studiere. Versprichst du mir das?"

Isolde drückte ihre Hand.

„War das ein Ja?"

„Ja", flüsterte sie.

Auf Emily Gesicht erschien ein Lächeln. „Gut. Ich will, dass du glücklich bist. Ich bin es. Ich kann in dem Bewusstsein gehen, dass der Mensch, der mir am wichtigsten ist, bei mir ist und mich begleitet bis zuletzt. Leg dich zu mir. Mir ist kalt."

Isolde tat, worum Emily sie gebeten hatte. Sie legte ihre Arme um ihre Freundin.

„So ist es gut", sagte Emily. „Und jetzt erzähl mir von uns."

Isolde kämpfte mit jedem Wort gegen ihre Tränen an, doch sie kam dem Wunsch Emilys nach. Sie erzählte ihr von ihrer ersten Begegnung im Atelier *Elvira*, als sie ihr das Foto signiert hatte; von ihrem ersten Spaziergang; ihrem ersten Kuss; der Intrige der Kollegin, die sie miteinander abgewendet hatten. Sie erzählte von dem

Tag, als sie sich von Emily verabschiedet hatte, um nach China aufzubrechen; als sie gemerkt hatte, dass ihre Liebe wichtiger und stärker war, als ihr Entdeckerdrang. Sie erzählte ihr von den vielen Stunden, die sie miteinander verbracht, ihren Gesprächen, die sie geführt, den Zärtlichkeiten, die sie ausgetauscht, den Festen, die sie gefeiert hatten. Sie erzählte ihr auch von den Kämpfen, die sie miteinander ausgefochten hatten, und ließ dabei nichts aus.

Sie berichtete ihr von ihrem gemeinsamen Leben in der Wohnung über dem Atelier und von ihrer Reise nach Venedig. Sie erzählte ihr jedes Detail, das ihr einfiel, den Nebel auf den Kanälen, die Sonne auf den Palästen, das gute Essen, selbst den Ball, auf dem Emily schließlich zusammengebrochen war. Sie rekapitulierte ihre Reise nach Riva und so schwer es ihr auch fiel, schilderte sie die Ereignisse der letzten Tage bis hier zu diesem Augenblick.

Als sie fertig war, atmete sie tief durch. Sie sah zu Emily hin. Auf ihren bleichen Lippen lag ein seliges Lächeln. Ihre Augen waren halb geöffnet. Doch ihr Blick ging ins Leere. Isolde hielt einen Finger an ihre Lippen. Sie spürte keinen Luftzug. Sie legte ihren Kopf an ihre Brust, doch der kräftige, fröhliche Schlag ihres Herzens war nicht mehr da. Sie nahm den schlaffen und leblosen Körper ihrer Freundin in die Arme und nun erlaubte sie den Tränen, zu fließen. Sie weinte und schluchzte ohne jede Hemmung, wiegte Emily hin und her und gab sich ihrer Verzweiflung hin.

KAPITEL 25

München, 26. Februar 1900

Elsa krallte ihre Fingernägel in das Fleisch ihres Oberschenkels. Der Schmerz tat ihr wohl, brachte sie wieder zur Besinnung. Der grauende Tag war noch schlechter zu ertragen als die durchwachte Nacht. Eugen war vor zwei Stunden aufgebrochen. Sie hatte am Fenster gestanden und der Kutsche nachgeschaut, die in Richtung eines zaghaften Morgengrauens davon gerollt war. Hartmut von Waisen war als Erster eingestiegen, danach Eugen. Woldemar hatte einen Blick zurück riskiert, ehe er seinen Freunden gefolgt war. Er musste sie gesehen haben, denn er starrte sie einige Momente unverwandt direkt an. Dann wuchtete er seinen massigen Körper in den Wagen und rief dem Kutscher etwas zu, woraufhin dieser die Pferde in Bewegung setzte.

War Elsa in der Nacht noch durch ihr Zimmer getigert, wich sie nun keinen Zoll von ihrem Beobachtungsposten. Draußen wurde es heller und heller. Ein sonniger Wintertag brach an, die Straßen füllten sich mit Passanten und Fiakern. Auch das Haus erwachte. Sie hörte Türen, Schritte, das Gelächter ihres Sohnes. Diesem Ton allein gelang es, in ihr Bewusstsein so weit vorzudringen, dass er eine Regung auslöste. Sie sah kurz zur Tür und erwog, Hermann zu begrüßen, vielleicht sogar mit ihm zu frühstücken. Doch dann dachte sie daran, dass gerade in dem Moment, in dem sie mit ihrem

Sohn am Frühstückstisch saß, ihr Mann zurückkehren konnte und ihr siegestrunken verkündete, dass er Moritz getötet hatte. Diese Vorstellung war so unerträglich, dass sie sich zwang, wieder aus dem Fenster zu sehen, bis die Stimmen auf dem Gang verebbt waren.

Die Uhr der Theatiner-Kirche schlug neunmal. Nun waren es schon drei Stunden. Was war nur los? Sie rechnete noch einmal nach. Selbst bei verstopften Straßen hatte Eugens Kutsche nicht länger als dreißig Minuten bis zu dem Wäldchen im Englischen Garten brauchen können, in dem das Duell stattfinden sollte. Es war auf sieben Uhr terminiert gewesen. Sie hatte in so vielen Romanen von Duellen gelesen, dass sie sich genau vorstellen konnte, was geschehen war. In Anbetracht der Tatsache, dass Waffengänge verboten waren, hatten die beiden Parteien keine Zeit zu verlieren. Die Formalitäten waren in zehn Minuten ausgetauscht gewesen. Die Sekundanten hatten – wie es Brauch war – vorgeschlagen, den Konflikt unblutig beizulegen, was Eugen und wahrscheinlich auch Moritz vehement abgelehnt hatten. Dann hatten sie die Waffen inspiziert und geladen und die Regeln des Duells verlesen. Von Moritz wusste sie, dass sie sich auf einen Schusswechsel *en Avance* geeinigt hatten, bei dem die Duellanten zwanzig Schritte auseinanderstanden und dann aufeinander zugingen, wobei sie so lange schossen, bis einer der beiden tot oder so schwer verwundet war, dass er sich nicht mehr wehren konnte. Dieser Modus war es, der Elsa die meisten Sorgen bereitete. Moritz hatte nur eine Chance. Er musste Eugen mit dem ersten oder spätestens dem zweiten Schuss entscheidend außer Gefecht setzen, ohne selbst getroffen zu werden, um

Eugen seinen Vorteil als der bessere Schütze von beiden zu nehmen.

Wenn einer der beiden Kombattanten zu Boden gegangen war, würde der Duellarzt ihn untersuchen und den Zweikampf für beendet erklären. Sie schloss die Augen und stellte sich die Szene vor. Der Gestalt, die reglos und blutig dalag, versuchte sie, die Züge ihres Mannes zu verleihen. Doch es wollte ihr nicht gelingen. Jedes Mal schlich sich das Gesicht ihres geliebten Moritz in ihre Vorstellung und jedes Mal riss sie von Neuem die Augen auf, panisch nach Luft ringend.

Eine Kutsche bog um die Ecke. Sie erkannte sofort, dass es sich um Eugens Wagen handelte, denn das linke der beiden vorgespannten Pferde hatte eine auffällige Blesse. Ihr Herz schlug ihr bis zum Hals. Was bedeutete es, dass der Fiaker sich näherte? War es ein gutes oder ein schlechtes Zeichen, dass es so lange gedauert hatte?

Das Gefährt hielt vor dem Eingang des Palais. Die Tür öffnete sich. Sie erwartete, dass Eugen heraussprang, voller Elan, ein zufriedenes Grinsen auf den Lippen. Doch es war Woldemar, der sich mühsam aus dem Innern des Wagens wuchtete. Elsa befürchtete, dass Eugen oder von Waisen ihm folgen würden, doch der Kutscher schloss die Wagentür hinter Woldemar und der Fiaker setzte sich wieder in Bewegung. Sie hörte das Klopfen an der Tür und Grahams schwere Schritte. Rasch eilte sie in den Salon und nahm auf der Recamiére Platz. Sie hielt ihre Finger so fest ineinander verschränkt, dass die Knöchel weiß hervortraten.

Die Tür öffnete sich und Graham trat ein. Sein Schnurrbart zitterte ein wenig, doch er bewahrte seine mustergültige Haltung, als er Woldemar meldete. Der

Adjutant ihres Mannes trat ein und nahm seinen Hut ab. Elsa erhob sich.

„Was ...?", fragte sie.

Graham verbeugte sich und zog sich geräuschlos zurück.

„Eugen ist schwer verwundet", sagte Woldemar, offenbar bemüht, sachlich zu klingen, was ihm jedoch nicht gelang, denn seine Stimme zitterte. „Die erste Kugel traf ihn in die Schulter. Die zweite in den Bauch. Der Duellarzt vermutet, dass sie die Wirbelsäule verletzt hat, denn Eugen spürt seine Beine nicht mehr. Er konnte auch nicht aus eigener Kraft aufstehen. Hartmut hat dafür gesorgt, dass er in das Schwabinger Krankenhaus gebracht wurde, damit er dort untersucht und entsprechend versorgt werden kann."

Er sah sie mit einem eiskalten Blick an, von dem sie nie gedacht hätte, dass er, der gutmütige, immer zu Späßen aufgelegte, ihr als einziger aus dem Kreis um ihren Mann gewogene Woldemar dazu fähig gewesen wäre.

„Hat es dir nicht gereicht, ihn unglücklich zu machen?", zischte er. „Musstest du sein Leben zerstören? Selbst wenn er seinen Verwundungen überlebt, wird er ein Krüppel bleiben. Weißt du, was das für ihn bedeuten wird?"

Sie sah ihn an, versuchte, seinem Blick standzuhalten. Es interessierte sie kein bisschen, wie es um Eugen stand. Ob er nie mehr gehen können würde und ob er daran verzweifeln würde – es war ihr gleichgültig. Sie wollte nur eines wissen, doch sie traute sich kaum, die Frage zu stellen. Woldemar schien zu ahnen, was in ihr vorging.

„Ich sehe schon“, sagte er. „Ich hätte mich kurzfassen können.“

„Ich weiß nicht, was ich mit all den Details anfangen soll“, stieß sie hervor. „Eugen ist schwer verwundet und ringt mit dem Tod. So ist es.“

Er nickte. „So ist es. Aber wenn er stirbt, wird er wenigstens im Wissen sterben, dass er das Duell für sich entschieden hat. Mit dem ersten Schuss hat er deinen Galan zwar verfehlt. Der zweite ging dafür glatt in die Brust.“

Elsa spürte, wie sich alles um sie herum zu drehen begann. Ihr wurde schwarz vor Augen. Und dann verlor sie das Bewusstsein.

KAPITEL 26

Riva und München, Montag, 27. Februar 1900

„Frau Hartmann, der Pfarrer ist da."

Isolde schreckte hoch. Sie war in eine Art Starre verfallen, einem seltsamen Zustand, indem ihre Gefühle und ihr Denken wie zwei Blasen von ihrem Bewusstsein abgespalten waren. Sie war sich vorgekommen wie im Theater. Mitten im Parkett sitzend hatte sie dabei zugesehen, wie Dutzende verschiedenartig gekleideter Gedanken über die Bühne gejagt waren. Erinnerungen an Erlebnisse mit Emily. Plastische Bilder ihrer letzten gemeinsamen Momente. Die Worte, die ihre Freundin an sie gerichtet hatte, ehe sie starb.

Und jede dieser Figuren in ihrem Gedankentheater wurde von einem Gefühl begleitet, das die Bühne in ein entsprechendes Licht tauchte, bunt und hell bei schönen Szenen, kalt und düster bei den schlimmen Teilen. Das Seltsame daran war, wie wenig sie sich beteiligt gefühlt hatte. Das Stück hatte sie nicht berührt. Es war viel zu schnell, viel zu grell, viel zu aufregend. Das Einzige, was sie gespürt hatte, war eine unendliche Müdigkeit gewesen. Und die Vorstellung hatte nicht aufgehört, wenn sie die Augen geschlossen hatte.

„Der Pfarrer", hörte sie die Stimme erneut, dieses Mal drängender und ein wenig genervter klingend als zuvor.

Sie hob den Blick und sah Margarethe Maier vor sich. Die Wirtin hatte die Hände in die Hüften gestemmt und sah sie mit gerunzelter Stirn an.

„Der Pfarrer", wiederholte Isolde. „Was will er?"

„Er ist gekommen, um mit Ihnen über die Beerdigung zu sprechen."

Frau Maiers Blick wanderte zu dem Bett, auf dem Emilys Leichnam lag. Isolde nickte. Erneut nahm sie wahr, dass die Worte der Wirtin und ihr Auftritt nur auf der Theaterbühne stattfanden. Sie berührten sie nicht. Selbst der Anblick von Emilys leblosem Körper traf als Empfindung nur auf eine endlose, kalte Leere.

„Gut", sagte Isolde und erhob sich.

Frau Maier ging hinaus und kehrte gleich darauf mit einem hochgewachsenen Mann zurück. Der Priester war in eine Soutane gekleidet, deren Schwarz exakt dem Ton seiner Haare entsprach. Er war glattrasiert, auf seiner linken Wange erkannte Isolde aber eine kleine Schnittverletzung, rotes, verkrustetes Blut auf tiefbrauner Haut.

„Das ist Monsignore Giovanni Battela", stellte Frau Maier den Kirchenmann vor. Dieser nahm kaum Notiz von Isolde, sondern trat an das Bett, schlug ein Kreuzzeichen und begann, lateinische Gebete zu murmeln. Sie sah ihm dabei zu und fühlte ein leichtes Unbehagen. Zwar wusste sie, dass Emily katholisch gewesen war, aber sie war keine eifrige Kirchgängerin gewesen. Im Gegenteil, sie hatte an den Sonntagen lieber ausgeschlafen, als die Messe zu besuchen. In den wenigen Gesprächen, die sie über Glauben und ähnliche Themen geführt hatten, hatte Emily auch eher eine agnostische Haltung eingenommen. Die Kirche hatte ihr nie etwas bedeutet. Und dass nun ein fremder Priester an ihrem Bett lateinische Formeln herunterbetete, hätte sie vielleicht geärgert, wahrscheinlicher hätte sie sich aber köstlich darüber amüsiert.

Der Gedanke brachte eine Saite in Isolde zum Schwingen, einen dunklen, durchdringenden Ton, der sie bis ins Mark erschütterte. Sie spürte, wie ihr die Tränen in die Augen treten wollten, wie ihr ganzer Körper zu zittern begann und eine Gänsehaut kalt über ihren Rücken jagte.

Der Pfarrer schlug noch einmal das Kreuzzeichen, dann wandte er sich Isolde zu. „Sie hat die Sterbesakramente empfangen?", fragte er. Sein Deutsch war beinahe akzentfrei.

Isolde schüttelte den Kopf.

Die Miene des Priesters verdüsterte sich. „Das ist nicht gut. Sie ist ohne Absolution im Zustand der Sünde gestorben."

Isolde, die keine Lust auf theologische Haarspaltereien hatte, erwiderte: „Nun, dann wollen wir doch einmal hoffen, dass ihr Schöpfer nachsichtig ist, wenn sie vor ihn tritt."

Der Geistliche zog eine Augenbraue nach oben. „Sie war doch nicht etwa eine Lutheranerin?"

Isolde schüttelte den Kopf.

„Wie stehen Sie zu der Verstorbenen? Sind Sie ihre Schwester?", fragte Don Giovanni.

„Nein, ich bin eine Freundin", flüsterte Isolde.

„Und was ist mit ihren Angehörigen?"

„Sie war ein Einzelkind und ihre Eltern sind bereits verstorben. Sie hat niemanden mehr. Außer mir."

Tränen traten in Isoldes Augen und ihr Blick verschwamm.

Der Priester nickte. „Gut. Ich werde morgen die Totenmesse für sie lesen. Die Beerdigung kann auf dem Friedhof unserer Gemeinde stattfinden."

Isolde durchfuhr es eiskalt. Daran hatte sie noch gar nicht gedacht. Sie warf einen Blick auf Emilys Körper und sofort spürte sie einen gewaltigen Kloß in ihrem Hals.

„Ich weiß nicht, ob sie hier beerdigt werden wollte."

Der Priester zuckte mit den Achseln. „Woher kommen Sie?"

„Aus München."

„Sie können ihren Leichnam auch nach München bringen lassen. Mir ist das gleichgültig und auch der Dahingeschiedenen wird es nun wohl gleichgültig sein."

Isolde spürte, wie eine gewaltige Woge der Wut den Kloß in ihrem Hals wegsprengte. „Aber mir ist es nicht gleichgültig", rief sie. „Sie bedeutet mir viel und ich will ihr eine letzte Ruhestätte suchen, die ihr gefallen hätte."

„Tun Sie, was Sie wollen", sagte der Priester und ging grußlos in Richtung Tür. „Lassen Sie mich wissen, ob ich die Totenmesse lesen und sie beerdigen soll oder nicht."

Isolde sah ihm nach, die Fäuste so fest geballt, dass die Knöchel weiß hervortraten. Frau Maier kehrte zurück.

„Don Giovanni ist nicht der einfühlsamste Seelsorger", sagte sie.

„Das kann man wohl so sagen", erwiderte Isolde.

„Ich habe mitbekommen, was gesprochen wurde“, fuhr die Wirtin fort. „Es ehrt Sie, dass Sie Ihrer Freundin eine schöne letzte Ruhestätte bereiten wollen. Hat sie München sehr geliebt?“

Isolde schüttelte den Kopf. „Sie hat die trüben Winter gehasst. Immer hat sie vom Süden geträumt. Deshalb sind wir auch nach Italien gefahren.“

Frau Maier nickte. „Ich habe nur einmal mit Ihrer Freundin gesprochen“, sagte sie leise. „Da hat sie mir vorgeschwärmt, wie paradiesisch sie es hier fand.“

„Ja, das hat sie mir auch gesagt.“

„Wäre es nicht schön, wenn Sie sie im Paradies wüssten?“

Isolde fuhr sich mit der Zunge über die Unterlippe. Sie sah Emilys Leichnam an, der reglos auf dem Bett ruhte. In ihren Zügen lag ein Frieden, den sie so noch nie an ihr gesehen hatte. Immer war sie rastlos gewesen, getrieben, selbst in freudigen Momenten hatte sie an den nächsten Schritt gedacht. Nun war alle Unruhe aus ihr gewichen. Isolde trat zu ihr und strich ihr über das Haar und die eiskalte Stirn. Sie beugte sich zu ihr hinunter und küsste sie auf die Wange.

„Dann lasse ich dich hier im Paradies zurück, mein Liebling“, flüsterte sie. „Und ich werde dich so oft besuchen, wie ich kann.“

Und nun begannen die Tränen zu fließen, die sie so lange zurückgehalten hatte.

***

Als Elsa aus einem traumlosen Schlaf erwachte, fand sie sich in ihrem Bett wieder. Es war dunkel. Ob es

Nacht war oder ob die Vorhänge zugezogen worden waren, konnte sie nicht sagen. Es war ihr auch gleichgültig, denn mit dem Bewusstsein kam die Erinnerung an die Ereignisse zurück, aus denen die gnädige Ohnmacht sie gerissen und ihr eine kleine Pause verschafft hatte.

Eugen war schwer verwundet worden. Moritz durch die Brust geschossen, hatte Woldemar gesagt. Bedeutete das, dass er tot war? Oder konnte man vielleicht sogar überleben, wenn man eine derartige Verwundung erlitt? Der Gedanke löste eine fieberhafte Unruhe in ihr aus. Sie erhob sich und eilte zum Fenster. Sie schob den Vorhang zurück und sah, dass es Nacht war. Im Osten begann es, zu dämmern. Es musste etwa halb sieben sein. Dann hatte sie beinahe zwanzig Stunden in ihrer Ohnmacht verbracht.

Sie ging zum Klingelknopf und drückte ihn. Es dauerte eine ganze Weile und noch zwei weitere Betätigungen des Knopfes, bis ihre Zofe erschien, Edith war eindeutig gerade aus dem Schlaf gerissen worden. Sie war bleich, ihre Augen klein und sie kämpfte mit verkrampften Kiefern gegen ein Gähnen an.

„Ich habe lange geschlafen", sagte Elsa. „Gab es in dieser Zeit Neuigkeiten? Von meinem Mann."

Die Zofe sah zu Boden. „Ihr Mann ist gestern Abend nach Hause gebracht worden. Er wurde operiert. Die Herren von Waisen und von und zu Horn weichen nicht von seiner Seite."

Elsa nickte. „Helfen Sie mir, mich anzukleiden."

Edith zögerte. „Wenn Sie gestatten. Ich glaube nicht, dass Ihr Mann möchte, dass Sie zu ihm gehen. Er hat ausdrücklich befohlen, dass Sie nicht vorgelassen werden sollen. Zumindest hat Graham das gesagt."

„Ich will auch nicht zu meinem Mann", sagte Elsa. „Und jetzt helfen Sie mir."

Zwanzig Minuten später verließ Elsa das Palais in einen dicken Pelzmantel gehüllt. Es war eiskalt, aber sie fühlte sich glühend heiß an. Es gab nur einen Gedanken, der sie beherrschte. Sie musste herausfinden, ob Moritz am Leben war.

Zuerst hatte sie sich in Richtung Innenstadt wenden wollen, doch dann war ihr eingefallen, dass ihr Geliebter sich sicher nicht in seiner Werkstatt aufhalten würde. Wenn er von einer Kugel getroffen worden war, würde er zu Hause gesund gepflegt werden. Der alte von Berlitz würde alles daransetzen, seinem Sohn die beste medizinische Versorgung zukommen zu lassen.

Elsa eilte zu einem Fiakerstand und wies den Kutscher an, sie nach Bogenhausen zu bringen. Die fieberhafte Unruhe, die von ihr Besitz ergriffen hatte, steigerte sich durch die langsame Kutschfahrt immer weiter. Mehrfach rief sie dem Mann auf dem Kutschbock zu, er möge schneller fahren, doch er ignorierte ihre Anweisungen. Als das Gefährt schließlich vor der Villa hielt, in der Elsa so viele schöne Jahre ihrer Jugend verbracht hatte, bezahlte sie dem Kutscher kein Trinkgeld, was dieser mit einem bösen Blick bedachte. Es war ihr gleichgültig. Sie eilte auf die andere Straßenseite, trat durch das Gittertürchen in den Vorgarten und fand sich vor einer ebenholzfarbenen Haustür wieder, die der neue Besitzer eingebaut haben musste. Vergebens sucht sie nach einem Türklopfer, bis sie endlich einen Messingdruckknopf entdeckte, der wohl eine Glocke betätigen sollte. Sie presste ihn einmal und als sie ein Läuten vernahm, drückte sie ihn gleich noch ein zweites, drittes und viertes Mal.

Es dauerte eine halbe Ewigkeit, bis sich die Tür öffnete. Ein vertrautes Gesicht sah sie an. Der Schock des Wiedererkennens traf Elsa mit voller Wucht.

„Angus!", rief sie.

„Fräulein Hartmann", sagte der ehemalige Butler ihres Vaters und auf seinem Gesicht spiegelte sich ein zugleich mitfühlender und besorgter Ausdruck.

„Wie steht es um Moritz?", fragte sie unumwunden.

Sie sah ganz deutlich, dass Angus mit sich kämpfte. Schließlich seufzte er, öffnete die Tür und sagte: „Kommen Sie herein."

Er führte sie durch den Flur in den Salon. Elsa hatte kein Auge für die Veränderungen, die von Berlitz am Haushalt ihres Vaters vorgenommen hatte. Sie sah Vasen und Figuren, die früher nicht da gewesen waren. Und zu anderen Zeiten hätte sie sich brennend dafür interessiert. Doch heute hatte sie nur noch einen Gedanken übrig.

Im Salon war der große Esstisch beiseitegeschoben worden. In der Mitte des Raumes stand eine Art Liege, neben der zu beiden Seiten jeweils drei Kerzenleuchter brannten. Auf der Bahre lag eine Gestalt. Etwas in Elsa zerbrach, als sie erkannte, dass es sich um Moritz handelte. Er war tot. Daran gab es keinen Zweifel. Seine Haut war bleich, die Lippen grau, die Augen geschlossen. Er sah aus wie eine schöne, kalte, tote Marmorstatue.

Vor seinem Totenbett stand eine gebeugte Gestalt. Als Elsa eintrat, wandte sie sich um. Es war der alte von Berlitz.

„Sie?", rief er. „Sie wagen es, hierher zu kommen? Sie haben mir meinen Sohn genommen."

Elsa schluckte. „Wir haben uns geliebt", sagte sie.

„Das ändert nichts daran, dass Moritz tot ist."

Die Miene des alten Mannes verzerrte sich zu einer schmerzvollen Grimasse.

„Ich habe Ihrem Onkel gesagt, er solle dafür sorgen, dass nichts aus Ihrer Liaison mit meinem Sohn wird. Ganz offenbar hat das eher das Gegenteil bewirkt."

Elsa hob die Hände. „Was soll ich sagen?", rief sie. „Ich trauere nicht weniger um Moritz als Sie."

Er schnaubte.

„Lassen Sie mich Lebewohl zu ihm sagen, ich bitte Sie", flehte sie.

Er sah sie mit zornigen und gleichzeitig unendlich traurigen Blicken an. Dann trat er beiseite. Elsa eilte zu der Bahre hin, kniete sich neben den Leichnam ihres Geliebten, nahm seine kalte, steife Hand in die ihre und bedeckte sie mit Küssen und Tränen. Sie erinnerte sich daran, wie diese Finger sie liebkost, sie gestreichelt und zuletzt auch getröstet hatte. Der Gedanke, dass diese Hand sich nie wieder bewegen würde, dass dieser Körper bald in der kalten Erde verschwinden würde, brach ihr das Herz.

Sie wusste nicht, wie lange sie neben Moritz ausharrte. Schließlich spürte sie eine kräftige Berührung an ihrer Schulter. Sie wandte sich um. Es war Angus.

„Es ist Zeit", sagte er.

Sie schluchzte und warf einen letzten Blick auf Moritz. Dann folgte sie dem Butler nach draußen.

KAPITEL 27

Regen, endloser Regen. Jenseits der tropfennassen Scheiben des Zuges verschwamm die Welt. Isolde erahnte in der Ferne Berghänge, Dörfer, Wälder. Doch alles lag hinter einem Schleier, der sie von der Wirklichkeit abzutrennen schien. Es war ihr gleichgültig. Sie erinnerte sich vage an die Fahrt nach Süden, die erst drei Wochen zurücklag. Wie sie mit der Nase an der Scheibe geklebt und die Landschaft bestaunt hatte, Emilys Hand warm in ihrer.

Und nun lag diese Hand in der kalten Erde des Friedhofs von Riva. Es war eine beschämende Trauerfeier gewesen. Der Priester hatte sein lateinisches Gestammel von sich gegeben und Isolde und Margarethe Maier waren die Einzigen gewesen, die von Emily Abschied genommen hatten. Die Wirtin hatte Isolde gestützt, als die Totengräber den Sarg in der Erde gesenkt hatten. Und sie hatte es übernommen, alle zu bezahlen, damit Isolde am offenen Grab ihrer Freundin Lebewohl sagen konnte.

Sie hatte ihr auch die Kutsche nach Trient organisiert, die sie am nächsten Tag über einen kleinen Pass holpernd in Richtung Heimat transportierte. Isolde hatte der Frau einen Großteil ihres Reisebudgets zurückgelassen, alle Proteste, dass dies zu viel sei, ignorierend. Geld bedeutete ihr nichts mehr.

Sie hatte den Zug nach Norden bestiegen und war am Fenster sitzen geblieben, reglos, gefühllos, wie eine Statue. In ihrem Kopf spielte wieder das Gedankentheater und erst als sich der Schaffner in Innsbruck vor ihr aufbaute und laut hüstelte, endete die Vorstellung abrupt. Es war Abend und so musste Isolde dort noch eine Nacht verbringen, ehe sie am Folgetag den Zug nach Bayern besteigen konnte.

Am Nachmittag traf sie am Münchener Hauptbahnhof ein. Ein grauer Hochnebel lag über der Stadt. Es war kalt. Isolde nahm einen Fiaker, der sie und ihren Koffer zu ihrem Atelier brachte. Der Kutscher half ihr beim Aussteigen, sein Angebot, ihr das Gepäck in die Wohnung zu tragen, lehnte sie aber ab.

Sie öffnete die Tür, wuchtete ihre Habseligkeiten hinein und schloss dann wieder ab. Ein Geruch nach ungelüfteten Räumen umfing sie. Sie schaltete das Licht nicht an, sondern ging durch den im Halbdunkel liegenden Empfangsbereich zur Treppe in den ersten Stock. Oben angekommen zögerte sie einen Moment, dann schloss sie die Wohnungstür auf. Der Flur lag dunkel vor ihr. Sie trat in das Wohnzimmer. Die beiden Sessel an der Stirnseite standen einträchtig nebeneinander. Der Anblick drückte ihr die Kehle zu. Für einen Augenblick sah sie Emily noch einmal an ihrem Platz sitzen, die Beine untergeschlagen, einen ihrer kleinen, feinen Füße in ihren Seidenstrümpfen über den Rand baumelnd, ein Buch auf dem Schoß und die Nase krausgezogen. Ein Lächeln lag auf dem schmalen Mund ihrer Freundin, während ihre Lippen stumm die Worte formten, die sie gerade las. Das Herz quoll Isolde über vor Liebe und vor Schmerz. Das Bild verschwamm, wurde abgelöst von der quälenden Leere des Sessels und von der Gewissheit, dass Emily nie wieder darin sitzen, ihr nie wieder zulächeln, nie wieder ihren Begrüßungskuss erwidern würden.

Und mit einem Mal füllte sich das Loch in ihrem Innern mit all der Verzweiflung, all der Trauer, all der Wut auf das Schicksal; Gefühle, die in den letzten Tagen um sie gekreist waren wie Geier, die nur darauf warteten, dass ihre Beute endlich starb, um sich dann in Scharen auf sie stürzen zu können. Sie ließ sich in den anderen Sessel fallen, vergrub ihr Gesicht zwischen ihren angewinkelten Knien und weinte, wie sie noch nie im Leben geweint hatte. Ihre Wangen brannten heiß und rot, ihre Augen schmerzten, ihre Kehle war ausgetrocknet und wund von all dem Stöhnen, Schreien und Seufzen. Schließlich war sie so kraftlos, dass sie nur noch wimmern konnte.

„Oh, mein Gott!", hörte sie plötzlich eine Stimme rufen. „Bin ich erschrocken!"

Sie hob den Kopf. Der Klang der Worte hatte etwas Vertrautes in ihr geweckt. Durch den Tränenschleier und das Brennen ihrer Augen sah sie eine Frau vor sich stehen, die beide Hände vor den Mund geschlagen hatten. Es war Zenzi.

„Was ... was machst du hier?", fragte Isolde die Haushälterin ihres Onkels.

„Lüften, und die Pflanzen gießen. Was ist passiert?"

Isolde wollte etwas erwidern, doch sie brachte kein Wort heraus. Stattdessen begannen die Tränen wieder zu fließen. Zenzi stand da wie vom Donner gerührt. Dann kam sie langsam auf Isolde zu und legte ihr vorsichtig einen Arm um die Schultern.

„Sht“, flüsterte Zenzi. „Es ist ja alles gut.“

„Gar nichts ist gut“, rief Isolde und schluchzte auf.

„Was ist denn geschehen?“, fragte die Haushälterin noch einmal.

Und nun schaffte Isolde es, stockend zwar und immer wieder unterbrochen von Heulkrämpfen und kräftigem Schnäuzen in das Taschentuch, das Zenzi aus ihrer Jacke gezogen hatte, zu berichten, was sich seit ihrer Abfahrt aus München zugetragen hatte.

„Das tut mir leid“, sagte Zenzi, als sie geendet hatte. „Die Emily war so ein lieber, guter Mensch. Das tut mir so leid.“

In den Augen der alten Frau standen Tränen und ihr Mitgefühl legte sich wie ein wärmender Schal um sie.

„So viel Leid auf einmal“, sagte Zenzi. „Das ist doch kaum zu ertragen.“

Isolde legte ihre Stirn in Falten. „Wie meinst du das?“

Zenzi zuckte zusammen. „Ach, das wissen das Fräulein noch gar nicht. Ihre Schwester ist wieder beim Onkel. Ihr Mann hat sie als Ehebrecherin verstoßen.“

Isolde schloss die Augen und seufzte. „Es ist ja nicht so, dass ich sie davor gewarnt hätte, dass das passieren würde.“

„Ja, aber das ist noch nicht das Schlimmste“, sagte Zenzi. Isolde schaute sie alarmiert an. „Wie meinst du das?“

„Ihr Mann, der Herr von Lampeck, hat den jungen von Berlitz, ihren Liebhaber, totgeschossen. Bei einem Duell. Und selber ist er so schwer verwundet worden, dass man immer noch nicht weiß, ob er das überlebt.“

Isoldes Unterkiefer klappte nach unten. „Das … das kann doch alles nicht wahr sein", stammelte sie und vergrub ihr Gesicht in den Händen.

***

Elsa lag auf dem Bett in dem kalten, feuchten Zimmer, das sie vier Jahre zuvor für eine kurze Zeit bewohnt hatte. Sie starrte an die Decke, wo der nasse Fleck, der sich damals schon auf dem Putz befunden hatte, nun eine etwa doppelt so große Fläche einnahm. Sie fühlte sich unendlich leer. Alle Tränen waren geweint. Alles war vorbei.

Es klopfte an der Tür. Sie hörte das Geräusch, aber sie reagierte nicht.

„Elsa?"

Es war die Stimme des Onkels. Sie antwortete nicht. Aus dem Augenwinkel sah sie, dass er näher kann und vor ihr zum Stehen kam.

„Da ist ein Herr von und zu Horn, der dich sprechen möchte."

Der Name drang durch die Blase, die sich um sie gelegt hatte.

Sie richtete sich auf. „Woldemar? Gibt es Nachrichten von Eugen?"

„Er wollte mir nichts sagen", sagte der Onkel und zuckte dabei mit den Achseln. Er sah müde aus. Und alt. Seine Schultern hingen kraftlos herab, er ging leicht nach vorne gebeugt. Und aus seinen Zügen sprach der Gram.

Elsa schwang ihre Beine vom Bett und schlüpfte in die Pantoffeln. Dann folgte sie dem Onkel in den Salon.

Woldemar stand am Kamin und zwirbelte sich den Schnurrbart. Seine Augen lagen in tiefen Höhlen. Er nickte Elsa zu.

„Was gibt es?", fragte sie.

„Eugen möchte dich noch einmal sehen."

„Warum?"

„Es geht zu Ende", sagte er mit tonloser Stimme. „Der Arzt vermutet, dass er innerlich verblutet. Er hat ihn aufgegeben."

„Gut, ich werde kommen."

„Ich kann dich auch mitnehmen."

Es dauerte nur wenige Minuten, bis sie sich angezogen hatte und Woldemar zu seinem Wagen folgen konnte. Er half ihr hinein. Sie saßen sich gegenüber. Ein unangenehmes Schweigen breitete sich aus. Elsa konnte die Spannung beinahe mit Händen greifen. Schließlich sagte Woldemar: „Wer hätte gedacht, dass es so endet."

„Es war ein Fehler", murmelte Elsa. Er sah sie aufmerksam an. „Es war ein Fehler, Eugen in die Ehe zu zwingen. Ich wollte ihm eine Lektion erteilen."

Woldemar nickte. „Ich bestreite nicht, dass er dir damals ein Unrecht angetan hat. Aber diese Lektion bezahlt er nun mit seinem Leben."

Elsa schüttelte den Kopf. „Er hatte immer eine Wahl. Er hätte mich nicht verführen müssen. Er hätte mich auch nicht heiraten müssen. Er hätte mir ein besserer Ehemann sein können. Er hätte auf ein Duell verzichten können."

Woldemar verzog das Gesicht. „Er hatte nie eine Wahl. Er ist ein Ehrenmann und die Ehre lässt einem keinen Spielraum."

Sie verbrachten den Rest der Fahrt schweigend.

Als der Wagen vor der Tür des Palais hielt, half von und zu Horn ihr beim Aussteigen. Graham schien schon gewartet zu haben, denn die Türe öffnete sich vor ihr.

„Der gnädige Herr ist in seinem Schlafzimmer“, sagte er.

Elsa ging geradewegs in den ersten Stock. Auf dem Flur kamen ihr Eulalie und Hermann entgegen. Ihr Sohn hatte ein verweintes Gesicht. Sie breitete die Arme aus, um ihn hochzuheben, doch er wich ihr aus und flüchtete sich an den Rockzipfel seines Kindermädchens.

„Was ist los?“, fragte Elsa.

„Du bist böse zu Papa gewesen. Ganz böse.“

Eulalie zog den Jungen mit sich und Elsa sah ihm mit weit aufgerissenen Augen nach, unfähig, etwas zu erwidern. Woldemar bugsierte sie sanft in Richtung der Schlafzimmertür. Eugen lag halb aufgerichtet auf einem Kissenstapel in seinem Bett. Sie sah auf den ersten Blick, dass er litt. Seine blonden Haare klebten in dunklen Strähnen auf der schweißnassen Stirn. Er atmete schwer und sein Gesicht verzog sich zu einer Grimasse des Schmerzes.

„Ah, da bist du ja“, sagte er.

„Was hast du Hermann gesagt?“, zischte Elsa.

„Die Wahrheit.“ Er stöhnte. „Ich habe ihm gesagt, dass du etwas ganz Böses getan hast. Wie die Hexe im Märchen. Das hat er verstanden. Und jetzt hat er Angst vor dir, weil die Hexe kleine Kinder frisst.“ Auf seinen Lippen erschien ein dämonisches Grinsen.

„Du bist wahnsinnig!“, schrie Elsa.

Er schüttelte den Kopf, verzog dann aber das Gesicht. Ganz offenbar bereitete ihm die Bewegung Schmerzen.

„Ich bin nicht wahnsinnig. Ich bin bei klarem Verstand. Das hat mir der Notar bestätigt, der mein Testament beurkundet hat. Ich übe meine Rache und so lange ich atme, will ich miterleben, wie du leidest.“

„Du ekelst mich an“, sagte Elsa leise.

„Das beruht dann wohl auf Gegenseitigkeit. Ich habe auch rasch den Gefallen an dir verloren. Weiß Gott, es war der größte Fehler meines Lebens, ein reizvolles, aber eingebildetes Geschöpf wie dich zu schwängern. Dafür muss ich büßen. Aber ehe ich sterbe, werde ich dir alles in gleicher Münze heimzahlen.“

Er griff nach einem Blatt, das auf seinem Schoß lag und reichte es ihr. Sie nahm es ihm ab und überflog es.

„Dein Testament?“

Er nickte. „Ich war gründlich, habe mich lange beraten lassen und bin nun gewiss, dass ich dir keinen Heller hinterlassen werde. Hermann erbt alles. Und mein Vater wird sein Vormund. Eulalie bringt ihn hin. Du wirst ihn nie wieder sehen.“

Elsa nickte. „Das hatte ich erwartet“, sagte sie leise und ließ das Papier sinken. „Nicht einmal im Tod schaffst du es, großmütig oder auch nur menschlich zu sein. Du bist eine Bestie. Für dich gab es immer nur dich selbst, alle anderen waren dir gleichgültig. Sogar dein Sohn ist dir gleichgültig. Es reicht dir nicht, ihm seine Mutter zu nehmen. Du musst eine Hexe aus mir machen. Du pflanzt Hass in ihn, denselben Hass, der in dir lodert. Du widerst mich an.“

Das Grinsen war von seinen Lippen verschwunden. „Das hat dich nicht daran gehindert, mir schöne Augen zu machen", knurrte er.

„Das ist lange her", sagte Elsa, die sich selbst nicht erklären konnte, wie ruhig sie sich fühlte. „Ich war jung und dumm und ich habe mich blenden lassen von einer schönen Fassade, hinter der sich leider rein gar nichts verborgen hat."

In seinen Augen loderte blanker Hass. „Ich verfluche dich, ich …"

Er wurde von einem Krampf geschüttelt und hustete. Dann griff er sich an die Kehle und schnappte nach Luft. Sein Körper zuckte. Er streckte eine Hand nach Elsa aus, doch sie trat einen Schritt zurück. Als er still dalag und sein rasselnder Atem versiegt war, wandte sie sich um und ging hinaus.

KAPITEL 28

München, Freitag, 1. März 1900

Isolde erwachte aus einem wirren Traum. Emily war darin vorgekommen. Natürlich. Schon Momente, nachdem sie die Augen aufgeschlagen hatte, konnte sie sich an keine Details mehr erinnern und das bedauerte sie zutiefst. Sie hatte den Schlaf herbeigesehnt, auch in dem Wissen, dass sie von ihrer verstorbenen Freundin träumen würde, dass sie nachts zusammen sein konnten, für immer, niemals getrennt durch Hindernisse wie Krankheiten oder den Tod.

Es war ihr gleichgültig, ob die Träume schön oder furchtbar waren. Selbst ein Albtraum, in dem sie die schlimmsten Stunden wiedererlebte, in denen Emily Blut hustend und nach Luft ringend zitternd in ihren Armen gelegen hatte, war besser als die langen Tage ohne ihre geliebte Freundin.

Sie schloss die Augen und versuchte, wieder in den Schlaf zu finden. Doch es wollte ihr nicht gelingen. Dann bemühte sie sich, sich wenigstens Emilys Gesicht vorzustellen, sich zu vergegenwärtigen, wie sie ausgesehen hatte, wenn sie lachte, wenn das Grübchen auf ihrem Kinn von zwei kleinen Lachfältchen komplettiert wurde und ihre Augen schalkhaft leuchteten. Doch auch daran scheiterte sie. Mit großem Schrecken stellte sie fest, dass es ihr immer schwerer fiel, sich Emilys Züge auszumalen. Bald würde sie eine Fotografie benötigen, um sie sich in Erinnerung zu rufen. Wieder sehnte sie den Schlaf und die Träume herbei, in denen dies mühelos von selbst geschah.

Nachdem sie sich stundenlang hin- und herumgewälzt hatte, stand sie auf und wusch sich das Gesicht. Das kalte Wasser tat ihr wohl, es vertrieb den Anflug der Kopfschmerzen, die sich um ihren Schädel gelegt hatten wie eine eiserne Klammer. Sie ging in die Küche, um sich einen Kaffee aufzubrühen. Doch als sie den Schrank öffnete, um die Kanne und eine Tasse herauszuholen, erstarrte sie.

Ganz vorne im Regal stand Emilys Kaffeetasse. Es war ein einfaches, schmuckloses Gefäß aus Emaille, der Henkel war abgegriffen und am Rand waren zwei Kerben, an denen sich ihre Freundin mehrfach die Lippen aufgerissen hatte. Isolde hatte ihr immer wieder angeboten, ein neues Exemplar zu kaufen, doch Emily hatte stets abgelehnt und einmal hatte sie gesagt, dass sie bis zu ihrem Lebensende keine andere Tasse benutzen wolle.

Eine Gänsehaut lief Isolde über den Rücken, angesichts dieser prophetischen Worte. Wahrscheinlich hatte Emily noch viele Jahre mit Isolde vor sich gesehen, in denen sie zusammenlebten, liebten und lachten. Doch es war ihnen nicht vergönnt gewesen.

Tränen traten in Isoldes Augen. Sie schloss den Küchenschrank und setzte sich an den Tisch. Den Kopf in beide Hände gestützt ließ sie ihrer Trauer freien Lauf. Die Kopfschmerzen meldeten sich wieder. Sie ging in den Salon. Dort stand der Koffer, den sie am Vortag nicht mehr ausgepackt hatte.

Es graute ihr davor, ihn zu öffnen. In Riva hatte sie noch den Impuls gehabt, die Habseligkeiten ihrer Freundin mit ihrem toten Körper zurückzulassen. Aber dann hatte sie sich doch entschieden, ihr nur das schönste und beste Kleid anzuziehen und den Rest wieder mit nach München zu nehmen. Nun bereute sie die Entscheidung. Sie wusste nicht, woher sie die Kraft schöpfen sollte, die Röcke, Mieder, Hemden und die Unterwäsche auch nur anzufassen. Viele der Kleidungsstücke waren noch mit Emilys Blut benetzt. Andere hatten sich mit ihrem Schweiß vollgesogen und würden ihren Geruch verströmen.

Sie ließ den Koffer geschlossen und nahm sich vor, ihn an einem anderen Tag auszuräumen. Da fiel ihr Blick auf die Fototasche, die sie auf dem Tischchen am Fenster abgestellt hatte. Sie öffnete das Behältnis und entnahm ihm die Boxen, die die belichteten Fotoplatten enthielten. Einen Augenblick lang spürte sie den Drang, die Deckel zu öffnen und die Positive durch Überbelichtung auszulöschen. Sie zeigten die letzten Tage mit Emily – glückliche, bittersüße, aber auch furchtbar traurige Momente. Ihre Hand zuckte schon nach der obersten Box, doch ein vernünftiger Gedanke hielt sie davon ab, das Zerstörungswerk auszuführen. Sie wusste, dass sie es später einmal – in Wochen, Monaten oder vielleicht auch in Jahren – bereuen würde, wenn sie diese letzten Erinnerungen vernichtete. So schwer es ihr fiel, sie musste an die Zukunft denken, selbst wenn dies im Augenblick undenkbar war.

Sie nahm die Boxen und trug sie ins Atelier. Wieder fühlte es sich seltsam an, durch die düsteren Räume zu wandeln. Sie stellte die Positive in der Dunkelkammer ab und ging, einem Impuls folgend in das Studio. Hier war alles, wie sie es zurückgelassen hatte. Die große Balgenkamera stand ordentlich abgedeckt auf ihrem Dreibeinstativ. Die Kulissen waren in der Ecke zusammengerollt, die Accessoires in den Regalen daneben verstaut. Sie zog den Vorhang vom Oberlicht beiseite und sah zum Himmel empor, der genauso grau war wie ihr Inneres.

Sollte sie das Atelier öffnen? Sich in die Arbeit stürzen, sich ablenken, nicht vergessen, aber eben auch nicht die ganze Zeit mit Grübeln verbringen? Der Gedanke hatte etwas Tröstliches, gleichzeitig wusste sie jedoch, dass sie nicht in der Lage war, zu fotografieren. Noch nicht. Vielleicht würde sie nie wieder arbeiten können. Vielleicht wäre das Bild, das sie von Emilys zugeschaufeltem Grab mit dem schlichten Holzkreuz, auf dem der Totengräber irritierenderweise ihren Namen als *Emili Witer* geschrieben hatte, das letzte Motiv, das sie jemals fotografieren würde.

Sie zog die Vorhänge wieder zu und kehrte zurück in ihre Wohnung. Doch sie fand keinen Platz, an dem sie sich hätte niederlassen können, da Emilys Geist überall gegenwärtig zu sein schien. Verzweiflung wusch über sie hinweg. Was sollte sie nur tun? Da kam ihr ein Gedanke. Natürlich, warum war sie nicht gleich darauf gekommen? Sie eilte ins Schlafzimmer, zog sich an und verließ die Wohnung.

***

Elsa saß auf der Recamiére und starrte in die Flammen, die aus den Holzscheiten im Kamin nach oben züngelten. Sie fühlte sich wie ein Fahrradreifen, aus dem sämtliche Luft entwichen war. Am Vorabend, bei ihrer letzten Begegnung mit Eugen hatte sie sich prall und stark gefühlt. Im Nachhinein erinnerte sie sich an die Situation, als sie seine Eltern damit konfrontiert hatte, dass er sie geschwängert hatte. Auch damals war sie hart gewesen. Und eiskalt.

Offenbar konnte sie unter bestimmten Umständen ihre Gefühle sehr gut meistern. Leider waren diese Gelegenheiten an einer Hand abzuzählen. Sie konnte sich nicht einmal mehr in diesen Gefühlszustand hineinversetzen, wenn sie die Augen schloss und sich die Szenerie des gestrigen Abends vorstellte. Der im Sterben liegende Eugen, brennend vor Hass, der es nicht schaffte, seine Frau einzuschüchtern, der zunehmend frustriert, immer ausfälliger wurde und schließlich starb, einen Fluch auf den Lippen.

All das war an ihr abgeprallt. Selbst die Ankündigung, dass sie Hermann wohl nie wieder sehen würde, hatte sie nicht ins Mark getroffen. Doch heute war diese Rüstung, dieser effektive Schutz gegen alle Verletzungen, nicht mehr da. Ihre Wunden lagen frei. Sie fühlte sich wie ein Stück rohes Fleisch. Alles, wofür sie die letzten Jahre gelebt hatte, allem voran ihr Sohn, aber auch ihr Status als Angehörige der feinen Gesellschaft und die unerwartete, all die Jahre ersehnte große Liebe, die sie mit Moritz erfahren hatte – all das war dahin.

Sie hatte gespielt und sie hatte verloren. Und nun musste sie damit leben, dass sie alles, was ihr jemals wichtig gewesen war, zerstört hatte. Die Erkenntnis fühlte sich an, als ob ihr jemand mit einem Hammer auf den Kopf geschlagen hätte. Eine Taubheit umfing sie, eine Unfähigkeit, irgendetwas zu tun, außer zu denken, zu grübeln, zu bereuen. Sie bekam kaum mit, wie sich die Tür öffnete und der Onkel eintrat.

„Ah, da bist du", sagte er. Er setzte sich ihr gegenüber in seinen Ohrensessel und sah sie aufmerksam an. Sie fühlte seinen Blick, doch sie hatte nicht die Kraft, etwas zu sagen.

„Wie geht es dir?", fragte der Onkel nach einer Weile.

Sie sah ihn an. „Wie soll es mir schon gehen?", stieß sie mühevoll hervor.

Er nickte. „Ja, das war eine unbedachte Frage. Ich würde dir so gerne helfen, aber ich weiß nicht wie."

„Ich weiß auch nicht, was mir helfen könnte", sagte sie. „Du wirst kein Mittel kennen, mit dem ich das Testament meines verstorbenen Mannes verschwinden lassen und mir meinen Schwiegervater so gewogen machen kann, dass er mir meinen Sohn überlässt."

Der Onkel schüttelte den Kopf. „Da bin ich der falsche Adressat. Mehr als ein Dach über dem Kopf, eine sichere, halbwegs warme Zuflucht kann ich dir nicht bieten."

Sie nickte. „Und dafür bin ich dir dankbar."

„Hat Zenzi dir schon von Isolde erzählt?", fragte er.

Elsa runzelte die Stirn. „Hat sie euch aus Venedig geschrieben?"

Der Onkel schüttelte den Kopf. „Nein. Es ist so furchtbar."

Sie sah, dass seine Augen glänzten und spürte, wie eine jähe Panik all die Taubheit in ihrem Innern überstrahlte.

„Was ist passiert?", fragte sie, auf das Schlimmste gefasst.

„Emily ist gestorben", sagte er leise.

„Emily? Aber wie?"

„An der Schwindsucht. Sie hat offenbar einen Blutsturz erlitten. Isolde musste sie am Gardasee beerdigen."

Elsa schloss die Augen. „In welcher Hölle müssen wir denn leben?", schluchzte sie. „Die beiden waren so selig miteinander. Dass mir mein Glück genommen wird, kann ich noch verstehen. Ich habe mich versündigt. Aber Isolde? Das ist nicht gerecht!"

Der Onkel seufzte. „Was im Leben ist schon gerecht?"

„Ist Isolde noch in Italien?"

Der Onkel schüttelte den Kopf. „Nein, sie ist gestern nach München zurückgekehrt. Zenzi ist ihr zufällig begegnet, als sie die Wohnung lüften wollte."

„Ich gehe zu ihr", sagte Elsa, einer spontanen Eingebung folgend.

„Ich begleite dich", sagte der Onkel.

Sie erhoben sich. Da klopfte es an der Tür. Zenzi streckte den Kopf herein.

„Ah, da sind Sie", sagte sie, trat beiseite und ließ eine Gestalt eintreten, die ganz in schwarz gekleidet war. Elsa erkannte sie erst auf den zweiten Blick. Isoldes Züge waren von Gram gezeichnet. Ihre Wangen waren eingefallen, die Augen lagen wie tot in ihren tiefen, von dunklen Schatten umrandeten Höhlen. Ihr Gesicht war bleich und sie hielt den Kopf leicht gesenkt.

„Isolde!", rief Elsa und rannte auf ihre Schwester zu, um die Arme um sie zu schlingen. Sie erwiderte die Umarmung zunächst nicht, fühlte sich so leblos, kalt und hart an wie ein Stock. Doch dann legte auch sie die Arme um Elsa und im nächsten Moment spürte diese, wie ihre Wange sich mit Tränen benetzte, den eigenen und denen Isoldes. Sie standen eine Weile so da, eng umschlungen, allein mit sich und ihrer Trauer. Dann lösten sie sich voneinander.

„Es tut mir so leid", sagten beide gleichzeitig. Und wieder begannen die Tränen zu fließen und wieder lagen sie sich in den Armen. Als sie sich endlich ein wenig beruhigt hatten, setzten sie sich nebeneinander auf die Recamiére.

„Ich hätte auf dich hören sollen", sagte Elsa.

Isolde zuckte mit den Schultern. „Im Nachhinein ist man immer klüger", murmelte sie. „Damals erschien es dir angemessener, deinen Gefühlen zu folgen. Du bist, wie du bist, Elsa."

Elsa schluchzte. „Ich bin furchtbar. Ich habe alles verloren, was mir wichtig war." Sie korrigierte sich. „Nein, das stimmt nicht. Ich habe das Glück, euch zu haben." Sie ließ ihren Blick schweifen von ihrem Onkel zu Isolde und auch zu Zenzi, die in der Ecke stand und ihr zunickte. „Aber, dass ich meinen Hermann verlieren soll, ist ein großes Unglück."

Isolde sah sie ernst an. „Und es wird vielleicht noch ein größeres Unglück geben."

Elsa sah sie mit weit aufgerissenen Augen an.

Isolde deutete auf ihren Bauch.

„Zenzi hat mir gesagt, dass du ein Kind von Moritz von Berlitz erwartest. Es wird vor dem Gesetz als das Kind von Eugen angesehen werden. Dein Schwiegervater wird es dir wegnehmen."

Elsa spürte, wie sich eine Eisenfaust um ihre Kehle legte. „Das darf nicht geschehen!", rief sie.

Isolde nickte. „Eben deswegen bin ich hier."

KAPITEL 29

Die Ablenkung war nur von kurzer Dauer gewesen. Und doch hatte Isolde es als erholsam empfunden, sich mit den Sorgen und Nöten ihrer Schwester zu beschäftigen, sich mit ihr um einen Weg aus dem dichten Dschungel zu bemühen, in den sie sich mit ihren impulsiven Entscheidungen manövriert hatte. Es hatte ihr eine Verschnaufpause gegeben, eine Gelegenheit, ihr Denken einer Aufgabe zu widmen, die nicht an die Emotionen rührte, die tief in ihr weiter köchelten.

Und doch, als sie wieder zu Hause in ihrer leeren Wohnung angekommen war, war die alte Verzweiflung über sie hereingebrochen wie das Tote Meer über den Pharao. Immerhin hatten der Spaziergang an der frischen Luft und das viele Weinen sie so sehr erschöpft, dass sie beinahe sofort eingeschlafen war, als sie sich früh zu Bett begeben hatte. Im Traum wurde sie einmal mehr von Emily besucht, nach dem Aufwachen konnte sie sich aber wieder nicht an ihr Zusammensein erinnern. Was ihr blieb, war ein bohrendes Gefühl des Vermissens.

Sie kochte Kaffee, auch wenn der Anblick von Emilys Tasse ihr einmal mehr das Wasser in die Augen trieb. Belebt vom Koffein machte sie sich daran, die Wäsche aus dem Koffer zu räumen. Sie beschloss, Emilys Kleider in die Reinigung zu geben, in der Hoffnung, dass das Blut entfernt werden konnte. Als sie den Kleiderberg in eine Tasche stopfte, zog ein Duft in ihre Nase ein, den sie so gut kannte und der ihr den Atem raubte. Sie fand sich schluchzend auf dem Boden des Salons wieder, das Gesicht in ein Unterhemd ihrer toten Freundin gepresst, jede Geruchsspur aufsaugend, die noch daran haftete.

Schließlich schaffte sie es, die Sachen wegzupacken. Sie brachte die Tasche in den Empfangsraum des Ateliers und wollte sich gerade wieder nach oben in die Wohnung begeben, als sie eine Gestalt an der Eingangstür sah, die durch die Scheiben herein spähte. Etwas an der Frau kam ihr vage bekannt vor. Sie trat an die Tür und sah, dass es sich um Anita Augspurg handelte.

Sie öffnete und bat ihre frühere Chefin und alte Freundin herein.

„Ich habe das von Emily gehört", sagte sie, wie immer ohne Höflichkeitsfloskeln oder andere Schnörkel. „Es tut mir so leid. Das muss schrecklich für dich sein."

Isolde nickte nur, sie brachte keinen Ton heraus.

„Kann ich etwas für dich tun?", fragte Anita.

Isolde wollte schon ablehnen, als ihr eine Idee kam. „Ja, da gibt es vielleicht etwas", sagte sie.

Anita lächelte. „Nur zu, ich stehe dir zu Diensten."

Isolde atmete tief durch. „Ich habe auf der Reise mit Emily viel fotografiert. Zuerst in Venedig, dann am Gardasee. Die Positive habe ich noch nicht entwickelt. Und ich weiß auch nicht, ob ich es übers Herz bringe. Ich traue mir nicht. Gestern war ich schon kurz davor, die Bilder zu zerstören, weil ich Sorge trug, ihren Anblick nicht zu ertragen. Ein Teil von mir will den Schmerz abschalten, ihn totschweigen. Und dann gibt es da

diesen anderen Teil von mir, der sich danach sehnt, E-
mily noch einmal zu sehen. Sie so glücklich und zufrieden zu erleben, wie sie in diesen letzten Tagen vor ihrem Zusammenbruch eben auch war."

Sie sog ihre Unterlippe ein. Sie konnte sich nicht erinnern, jemals so viele Worte in Anitas Gegenwart gesprochen zu haben. Ihre Freundin legte ihr eine Hand
auf den Unterarm. „Aber natürlich entwickle ich dir die
Bilder!"

Isolde führte sie in die Dunkelkammer und zeigte A-
nita ihre Ausstattung. Diese lächelte anerkennend.

„Du bist ordentlich eingerichtet, da kann man gar
nicht sagen. Aber von unserer besten Azubine hätte ich
mir auch nichts anderes erwartet." Sie krempelte die
Ärmel ihres Kleides hoch. „Gut, dann fange ich mal an.
Vielleicht magst du uns einen Kaffee aufbrühen?"

Isolde lächelte aller Trauer zum Trotz. „Zu Befehl,
Chefin", sagte sie und zog sich zurück. Auch wenn die
kleine Stimmungsaufhellung nur für drei Schritte an-
hielt, fühlte sich Isolde doch ein wenig besser. Es tat
gut, mit Anita zusammen zu sein. Sie war anders als
Elsa, die Isoldes Leiden in sich aufnahm und noch weiter steigerte. Anita war pragmatisch, sie handelte und
sie hatte etwas Mitreißendes an sich, dem Isolde nicht
widerstehen konnte.

Sie ging in ihre Wohnung und machte sich erneut an
der Kaffeemühle zu schaffen. Eine gute halbe Stunde
später trug sie eine dampfende Kanne und zwei Tassen
die Treppe hinunter. Sie hielt vor der Tür der Dunkelkammer an und lauschte. Von drinnen drangen Geräusche zu ihr, ein Klappern und ein Rauschen. Letzteres
entstand, wenn man den Abzug aus dem Fixierbad

holte. Sie klopfte an die Tür und rief: „Der Kaffee ist fertig, ich warte im Empfangsbereich."

„Ich bin gleich so weit", erwiderte Anita.

Isolde ging zu dem kleinen Tisch, an dem üblicherweise die Kunden warteten, stellte die Kanne darauf und die Tassen daneben. Dann setzte sie sich. Fünf Minuten später kam Anita aus der Dunkelkammer. Sie wischte sich die Hände an einem Tuch ab, das sie sich über die Schulter warf und nahm auf dem anderen Stuhl Platz.

Nachdem sie einen großen Schluck getrunken hatte, sah sie Isolde ernst an. Ihre Augen glänzten. Der Anblick irritierte Isolde. So hatte sie sie noch nie erlebt.

„Deine Fotos sind ... ja, sie sind Meisterwerke. Mir fällt kein anderer Begriff dafür ein."

Isolde schaute zu Boden. „Ich habe doch nur fotografiert, was ich gesehen habe."

Anita schüttelte den Kopf. „Aus jedem deiner Bilder spricht die Liebe zu Emily. Du hast ihr ein großartiges Denkmal gesetzt. Komm."

Sie streckte Isolde die Hand entgegen.

„Ich weiß nicht, ob ich das kann", sagte sie. „Ich halte es nicht aus, Emily zu sehen."

Anita hielt die Hände weiterhin ausgestreckt. „Komm. Ich bin bei dir. Ich weiß, dass es schwer sein wird. Aber es lohnt sich. Wenn du Emily in Erinnerung behalten möchtest, dann so wie auf diesen Bildern."

Isolde erhob sich und Anita führte sie zum Eingang der Dunkelkammer. Sie öffnete die Tür. Isolde atmete tief durch und trat ein.

***

Elsa hatte bis zum Abend gewartet, ehe sie den Bogenhausener Friedhof aufsuchte. Ein frostiger Wind blies unter die dicken Schichten ihrer Kleidung. Sie spürte die Kälte kaum. Ihr Blick war starr auf den Grabhügel gerichtet, der über und über mit Blumengestecken und Kränzen bedeckt war. Das kleine Holzkreuz, auf dem in schlichten Lettern *Moritz von Berlitz* geschrieben stand, verschwand beinahe hinter all der Blütenpracht.

In ihrem Leben hatte der Glaube bislang keine allzu große Rolle gespielt. Wenn sie früher ihren Vater in die Bogenhausener Pfarrkirche begleitet hatte, hatten ihr weniger die Worte des Pfarrers, sondern vielmehr seine Kleidung und das Glitzern und Glänzen der Altargeräte gefallen, mit denen er hantierte. Eugen, der ganz offen davon gesprochen hatte, nicht an so etwas wie einen Gott zu glauben, der keine Uniform trug oder mit Geldsäcken jonglierte, war nie zur Kirche gegangen. Hermann war manchmal an Sonntagen von seiner Großmutter abgeholt worden, aber auch ihr Sohn hatte wenig Interesse an der Religion gezeigt.

Doch nun ertappte sich Elsa dabei, wie sie betete. Sie verlor nicht viele Worte dabei, wusste auch nicht, wie sie es formulieren sollte. Was ihr jedoch im Herzen brannte, war der Wunsch, dass, wenn es denn nun einen Gott gäbe, er sich gut um Moritz kümmern solle, solange bis es vielleicht einmal ein Wiedersehen gäbe – sollte sie in dieselbe Abteilung des Jenseits aufgenommen werden wie ihr Geliebter, was sie insgeheim bezweifelte.

Es war der Totengräber, der sie bitten musste, den Friedhof zu verlassen, weil er die Tore schließen wollte. Sie erkannte den Mann, er hatte damals dabei geholfen, den Sarg ihres Vaters in die Erde zu betten. Er hielt Abstand, räusperte sich und sprach mit leiser Stimme, seine schwarze Kappe in der Hand. Sie nickte ihm zu und als er ihr sein herzliches Beileid für ihren Verlust aussprach, dankte sie ihm.

Sie verließ den Friedhof und ging zielstrebig durch die Gassen und Sträßchen Bogenhausens. Als Kind war dies ihr Jagdrevier gewesen. Hier hatte sie mit Isolde herumgetollt. Wobei dies nicht ganz stimmte – sie war herumgetollt, Isolde war ihr hinterhergelaufen und hatte versucht, den Wirbelwind einzufangen und nach Hause zu bringen, weil es ihr oblag, auf sie Acht zu geben. Sie hatte es Isolde nie einfach gemacht. Doch ihre Schwester hatte es ihr nicht nachgetragen. Sie war stets für sie da gewesen, auch heute noch, selbst wenn sie gerade ihre eigene dunkelste Stunde erlebte. Elsa war ihr unendlich dankbar und sie schämte sich ein wenig dafür, dass sie immer so garstig zu ihr gewesen war.

Isoldes Vorschlag gemäß lenkte sie ihre Schritte in die Dehmelstraße und wenig später stand sie vor ihrem Elternhaus. Sie atmete tief durch und trat erneut durch den Vorgarten zur Haustür. Dieses Mal war sie darauf vorbereitet, zu läuten und als Angus ihr öffnete, zuckte sie auch nicht vor Überraschung zurück.

„Ich muss mit Herrn von Berlitz sprechen", sagte sie.

Angus sah sie mit einem Blick an, aus dem Bedauern und Unwillen sprachen. „Ich glaube nicht, dass die Herrschaft bereit sein wird, Sie zu empfangen", sagte er.

„Versuchen Sie es bitte."

Er nickte. Sie hatte erwartet, dass er sie vor der Tür stehen ließ, doch er bat sie in den Flur. Sie wartete neben einer großen Statue, die wohl von irgendeinem Eingeborenenstamm aus der Südsee oder aus Afrika stammte. Die Gestalt war grob gearbeitet und beinahe nackt. Ein Fell schürzte die Lenden des Mannes, der einen Speer in der Hand hielt und den Mund weit aufgerissen hatte. Sie erschauderte bei dem Gedanken, dass es durchaus möglich war, in irgendwelchen Schutzgebieten tatsächlich solchen Menschen zu begegnen.

Angus kehrte zurück. „Herr von Berlitz wird Sie empfangen. Folgen Sie mir bitte."

Er führte sie die Treppe in den ersten Stock hinauf. Einer Gewohnheit folgend, die offenbar noch in ihrem Körper abgespeichert war, wollte sie sich nach links in Richtung ihres alten Zimmers wenden, doch er ging geradeaus. Wo früher das Arbeitszimmer ihres Vaters gewesen war, hatte nun von Berlitz senior seinen Schreibtisch aufgeschlagen. Das Möbel war beinahe doppelt so groß wie sein Vorgänger, ein schönes Stück, ganz aus Mahagoni gearbeitet.

Von Berlitz saß dahinter, die Arme über der Brust verschränkt. Sein Gesicht war noch hagerer als tags zuvor. Seine ansonsten so wachen Augen lagen matt in ihren Höhlen. Selbst die meist so agilen Schnurrbartspitzen hingen müde herab.

„Was wollen Sie noch?", fragte er. „Sie haben mir schon alles genommen, was mir lieb war. Wenn das Ihre Rache für den Verlust Ihres Elternhauses war, Sie haben sie bekommen."

Elsa schüttelte den Kopf. „Ich hatte nie einen Anlass, Rache an Ihnen nehmen zu wollen. Da waren Moritz und ich uns stets einig. Wir wollten nichts mit dem

Streit zu tun haben, den Sie mit meinem Vater geführt haben."

Beim Namen ihres Geliebten zuckte der alte von Berlitz zusammen.

„Nun, Sie werden mir nachsehen, dass ich mich nicht dazu versteigen will, Ihnen gegenüber eine ähnliche Nachsicht walten zu lassen", sagte er. „Sie sind schuld am Tod meines Sohnes. Und das werde ich Ihnen bis ans Ende Ihres Lebens nachtragen."

Elsa senkte den Kopf. „Und dazu haben Sie jedes Recht."

Er sah sie überrascht an. „Was wollen Sie?"

„Ihre Hilfe."

„Meine Hilfe? Brauchen Sie Geld? Hat Ihr Mann Sie enterbt?"

Sie nickte. „Ja, er hat mich enterbt. Aber nein, ich will Ihr Geld nicht. Ich will etwas anderes."

Er legte den Kopf schief und sah sie erwartungsvoll an.

„Mein Mann hat in seinem Testament verfügt, dass mir mein Sohn genommen wird. Meine Schwiegereltern sollen ihn aufziehen."

„Ich habe keine Macht darüber, Ihnen Ihren Sohn zu verschaffen. Selbst wenn ich es wollte. Ich weiß nicht, warum Sie damit zu mir kommen."

„Weil es nicht nur um dieses Kind geht", sagte sie mit zitternder Stimme und führte unwillkürlich eine Hand an ihren Bauch. Von Berlitz' Augen weiteten sich.

„Das ist nicht wahr ...", stammelte er.

„Doch", sagte Elsa. „Ich erwarte ein Kind von Moritz. Es wird etwa sieben Monate nach dem Tod meines Mannes geboren und daher als ehelich gelten. Und dann wird mein Schwiegervater auch Ihr Enkelkind an sich reißen. Wollen Sie das?“

Er sah sie lange an. Dann sagte er, so leise, dass sie es kaum hörte: „Ich werde mir etwas einfallen lassen.“

KAPITEL 30

München, Mittwoch, 4. März 1900

Isolde saß vor dem Tisch im Empfangsbereich ihres Ateliers und starrte auf die Fotos, die dort ausgebreitet lagen. Dreißig Bilder, die wild durcheinander gewürfelt, teils neben- teils übereinander verteilt waren. Ihr Blick blieb zunächst an einem Harlekin hängen, der auf einem Brücklein über einen Kanal in Venedig für sie posiert hatte. Im Hintergrund waberten die Nebel. Die Glöckchen, die von der Mütze des Spaßmachers hingen, glitzerten jedoch im Licht der Sonne, die hinter der Kamera aufgegangen war.

Als Nächstes betrachtete sie die Fassade des Palazzo Bembo. Sie hatte sie von der gegenüberliegenden Seite des Canale Grande aus aufgenommen und das Bild stach durch die strenge geometrische Regelmäßigkeit der Renaissance-Architektur hervor. Alles war geordnet, kein Mensch, dieses unordentlichste Wesen, verunstaltete die Harmonie der Säulen, der Spitzbögen und der Marmorverkleidung.

Neben dem Palazzo lag eine Aufnahme des Gardasees. Häuser oder andere menschliche Spuren waren hier nur als kleine Punkte am Ufer zu erahnen, im Vordergrund stand die eindrucksvolle Natur, die schroffen Felsen, der vom Wind aufgepeitschte See und die Wolkenberge, die sich an einem ansonsten blauen Himmel auftürmten.

Doch all diese ästhetischen kleinen Meisterwerke konnten nicht verhindern, dass ihr Blick von einem Foto angezogen wurde, das die einzige Person in der ganzen Serie zeigte, die nie eine Maske trug. Emily stand am Ufer des Kanals, hinter ihr, auf der anderen Seite, lagen der Markusplatz, der Kampanile, die Markussäule, der Dom und der Dogenpalast. Sie hatte ihre Freundin im Profil fotografiert und unwillkürlich strich sie mit dem kleinen Fingern die feinen Linien nach, die ihr Hals, ihr Kinn und ihre Nase bildeten.

Bei all der Schönheit, die sie in ihren Bildern eingefangen hatte, konnte sich doch nichts mit der Anmut, der Lebendigkeit und der Fröhlichkeit vergleichen, die Emilys Porträt ausstrahlte. Sie versuchte, ernst dreinzublicken, wie immer, wenn Isolde sie fotografiert hatte, aber das Grübchen in ihrer Wange verriet, dass sie wieder einmal daran scheiterte, das Lachen zu unterdrücken, das die Gestelztheit dieser Situation ihr stets entlockt hatte.

Isolde spürte, wie der Kloß in ihrem Hals von einem warmen Gefühl umfangen und langsam aufgelöst wurde. Zugleich empfand sie aber auch eine unendliche Traurigkeit bei dem Gedanken daran, dass all ihre anderen Motive – ausgenommen vielleicht der Harlekin – in hunderten oder gar tausenden von Jahren noch existieren würden, wohingegen Emily nicht mehr war.

Die Türglocke schellte und Anita trat ein. Sie klopfte sich den Regen von der Schulter und schüttelte sich. „So ein Mistwetter“, sagte sie. „Ah, ich sehe, du betrachtest deine Meisterwerke. Genau deswegen wollte ich mit dir sprechen.“

Sie nahm ihr gegenüber Platz. „Ich war gerade bei Sophia."

Isolde konnte nicht verhindern, dass ihre Augen sich ein wenig weiteten. Anita, die eine gute Beobachterin war, entging dieses Zeichen der Überraschung nicht.

„Dass wir nicht mehr zusammenleben, heißt nicht, dass wir nicht mehr miteinander sprechen. Aber genug davon. Ich oder besser gesagt wir, möchten dir ein Angebot machen."

Isolde runzelte die Stirn. „Ein Angebot?"

Anita nickte. „Wir möchten deine Italienfotos im Atelier *Elvira* ausstellen."

Nun weiteten Isoldes Augen sich noch mehr. „Meine Fotos?"

Ihr Blick fiel wie von selbst auf die Bilder, die vor ihr ausgebreitet lagen wie verschüttete Milch auf einem Teppich.

„Warum?", fragte sie.

„Weil sie dafür gemacht sind, dass Menschen sie sehen. Dass sie sich an der Kunstfertigkeit, mit der sie fotografiert wurden, ergötzen und die Motive bewundern."

„Nebel in Venedig und ein paar Landschaftsaufnahmen vom Gardasee?"

Anita rollte mit den Augen. „Ich hatte ganz vergessen, wie gut du darin bist, deine eigene Leistung kleinzureden. Nein, es geht mir nicht darum, schöne Landschaftsfotografien oder mysteriöse Karnevalsbilder aufzuhängen. Siehst du denn nicht, dass diese Motive eine Geschichte erzählen?"

„Verstehe ich dich richtig?", fragte Isolde. „Du willst auch die Bilder von Emily ausstellen?"

Anita nickte. „Jetzt ist der Groschen endlich gefallen. Ja, genau die will ich zeigen."

Isolde schüttelte den Kopf. „Nein, das kommt nicht infrage."

Anita verschränkte die Arme über der Brust. „Warum nicht?"

Isolde atmete tief durch. „Ich will nicht, dass die Leute Emily so sehen."

Sie deutete auf das letzte Foto, das sie von ihrer Freundin gemacht hatte. Emily lag in dem Liegestuhl am Ufer des Sees, dick eingewickelt in die Wolldecken der Pension, das Gesicht bleich, aber auf den grauen Lippen ein seliges Lächeln.

Anita beugte sich vor und sah sich das Bild an.

„Willst du meine ehrliche Meinung hören?", fragte sie.

Isolde nickte.

„Gut. Dieses Foto ist das bewegendste Porträt, das ich je in meinem Leben gesehen habe." Ihre Stimme zitterte, was Isolde nicht wenig erschütterte. „Man sieht auf den ersten Blick, dass es sich um einen todgeweihten Menschen handelt. Und doch ist da so viel Zufriedenheit, so viel Glückseligkeit und so viel Liebe zu spüren. Nicht nur vom Motiv her, sondern auch von dem Menschen hinter der Kamera, der mit so viel Zärtlichkeit und Behutsamkeit diesen Moment eingefangen hat. Das ist Kunst. Aber das ist auch Leben. Liebe. Es wird jeden bewegen, der es betrachtet."

Isolde waren die Tränen in die Augen geströmt. „Ich weiß nicht, ob Emily einverstanden wäre, wenn sie so ... zur Schau gestellt würde. Sie war immer so bedacht auf ihr Aussehen."

Auf Anitas Lippen erschien ein schelmisches Lächeln. „Ich habe Emily gekannt, schon ehe sie dich getroffen hat. Sie war eine Künstlerseele durch und durch. Wie oft sie mir in den Ohren gelegen ist, dass sie diese Arbeit als Telefonistin aufgeben und nur noch als Schriftstellerin arbeiten möchte, ehe du es ihr ermöglicht hast. Sie hat mich so oft an den armen Poeten von Spitzweg erinnert und das habe ich ihr auch einmal gesagt. Weißt du, was sie geantwortet hat?“

„Ich kann es mir denken“, murmelte Isolde.

„Selbst mit dieser Schlafmütze hätte ich deutlich attraktiver ausgesehen als dieser alte Knacker. Das hat sie gesagt. Und ich bin mir sicher, dass sie den Gedanken lieben würde, das schlagende Herz einer Ausstellung zu sein. Dass sie es genießen würde, wenn sie mitbekäme, wie viele Menschen vor diesem Foto hier stehen, sich Tränen wegwischen und trocken schlucken. Es wäre ihr Moment. Und den hat sie sich verdient, meinst du nicht?“

***

Elsa saß auf der Recamiére und starrte ins Feuer. Ihre Tage glichen einander. Sie hatte nichts zu tun, nichts zu hoffen. Sie hatte auch jegliches Zeitgefühl verloren, wusste nicht mehr, wie lange es her war, dass ihr Liebster gestorben war, dass sie mit seinem Vater gesprochen oder zu ihrem Onkel gezogen war.

Überhaupt waren ihre Erinnerungen eine verschwommene Abfolge verschiedener Ereignisse, die in ihrer Chronologie und ihrem Ablauf wirr durcheinander waren. Manchmal drängten sich Bilder in ihr

Bewusstsein, bisweilen waren es auch nur Gefühle, aber immer war da diese Empfindung, dass ihr jemand den Hals zuschnürte.

Zenzi streckte den Kopf herein. „Da ist ein Paket für das Fräulein angekommen."

Sie stellte ein Päckchen vor Elsa auf den Salontisch und ging wieder hinaus. Elsa warf einen Blick auf den Absender und plötzlich löste sich der Schleier vor ihren Augen auf. Die Sendung stammte von Alfred von Berlitz. Sie öffnete die Schnüre und riss das braune Packpapier grob auf. So legte sie ein Kästchen frei. Sie klappte es auf und fand darin einen Schlüssel und eine Nachricht:

Mein Sohn hat Sie in seinem Testament bedacht. Er hat Ihnen seine Werkstatt vermacht und ich habe nach langer Erwägung beschlossen, seinem Wunsch in dieser Angelegenheit Folge zu leisten. Sie finden hier den Schlüssel für die Räumlichkeiten, die Besitzurkunde werde ich in den nächsten Tagen notariell beglaubigen lassen. Finden Sie sich bitte heute Nachmittag um 15 Uhr in der Werkstatt ein, dort werden Sie einer möglichen Lösung für Ihr anderes Problem begegnen.

Elsa nahm den Schlüssel aus dem Kästchen und drückte ihn fest. Sie konnte nicht in Worte fassen, wie viel es ihr bedeutete, dass Moritz auf diese Weise an sie gedacht hatte. Die Tränen flossen und nun lüftete sich der Schleier ganz. Sie sah auf die Uhr im Eck, deren Stundenzeiger auf der „1" stand. Rasch erhob sie sich, zog sich an, steckte den Schlüssel ein und eilte aus dem Haus.

Eine halbe Stunde später fand sie sich in der Werkstatt wieder. Nichts hatte sich hier verändert seit dem Abend, an dem sie von Moritz Abschied genommen hatte. Der prunkvolle Sattel stand auf dem Gestell am rückwärtigen Fenster. Er sah fertig aus, doch Elsa wusste, dass es noch zweier kleiner Schritte bedurfte, um das Werk tatsächlich abzuschließen. Moritz hatte ihr versprochen, dass sie es gemeinsam vollenden würden, aber er hatte sein Versprechen nicht halten können. Nun würde sie das allein erledigen müssen.

Sie legte ihren Mantel ab und machte sich ans Werk. Sie arbeitete konzentriert, musste sich nur immer wieder die Tränen wegwischen, während sie die beiden Schnallen annähte, die dazu dienten, dass der Prinzregent seine Jagdflinte am Sattel befestigen konnte. Über dem allen vergaß sie vollkommen die Zeit, sodass sie zusammenzuckte, als es mit dem Glockenschlag um 15 Uhr an die Türe klopfte.

Sie wandte sich um und sah einen Mann eintreten. Zuerst dachte sie, ihr von der vielen Trauer und all den furchtbaren Gefühlen der letzten Tage zermartertes Gehirn würde ihr einen schlimmen Streich spielen. Doch dann kam die Gestalt näher und sie begriff, dass es tatsächlich die Person war, die sie erkannt zu haben glaubte. Nur ein wenig älter, braungebrannter und hagerer.

„Guten Tag, Frau von Lampeck", sagte Werner Müller und hob seinen Hut. Ihr einstiger Verehrer stand stocksteif da, nicht einmal die Spitzen seines Schnurrbarts zuckten.

„Herr Müller", rief sie. „Was machen Sie denn hier?"

„Nun, das lässt sich nicht so einfach beantworten“, sagte er. „Wenn Sie mir ein wenig Ihrer Zeit schenken, dann erkläre ich es Ihnen.“

Sie bot ihm einen Platz an. Er ließ seinen Blick durch die Werkstatt schweifen und nickte anerkennend.

„Hier haben Menschen im Schweiße ihres Angesichts ehrliche Arbeit geleistet.“

Elsa erwiderte nichts. „Nun gut, ich bin Ihnen eine Erklärung schuldig. Ich befinde mich auf Heimurlaub. Vor nunmehr vier Jahren bin ich nach Deutsch-Ostafrika aufgebrochen und habe eine Stelle bei der Eisenbahngesellschaft angetreten. Wir haben die Nordbahn ein gutes Stück erweitert. Als sich mir dann die Gelegenheit geboten hat, für günstiges Geld eine Plantage in den Usambara-Bergen zu übernehmen, habe ich diese ergriffen. Ich bin nun mein eigener Herr, habe Grund und Boden. Sieben Hektar fruchtbares Land, auf dem ich mit der Aufzucht von Kaffee begonnen habe. Die ersten Jahre waren lehrreich, doch ich bin zuversichtlich, dass sich die Landwirtschaft tragen wird.“

„Das klingt hervorragend“, sagte Elsa, die keine Ahnung hatte, wo das hinführen sollte.

„Um dringend benötigte Geräte, aber auch Dünger anzuschaffen, bin ich nun in die Heimat gereist. Die Händler vor Ort – allesamt Inder – wollen mich ohnehin nur übervorteilen. Deshalb habe ich die Mühe auf mich genommen, habe im Hafen von Tanga einen Dampfer bestiegen und die Passage durch den Suezkanal gemacht. In Genua habe ich europäischen Boden betreten und bin nach München geeilt, um mit Investoren zu sprechen, die das Potenzial der Landwirtschaft in unsere Kolonien zu schätzen wissen.“

Elsa dämmerte, worauf dieses Gespräch hinauslaufen sollte. Es durchfuhr sie heiß und kalt. Er fuhr fort: „Dabei habe ich auch Herrn von Berlitz kennengelernt. Ein sehr weitsichtiger, ja visionärer Mann. Er hat verstanden, dass die Zukunft unseres Volkes nur gesichert werden kann, wenn wir durch eigene koloniale Produktionen unabhängig von den Engländern und noch schlimmer, von den Franzosen werden. Er hat mir ein großzügiges Darlehen gegeben. Und er hat mir eine Lösung für mein anderes Problem in Aussicht gestellt."

Elsas Mund wurde trocken. „Welches anderes Problem?", fragte sie, wohl wissend, was ihr Gegenüber meinte.

„Nun, da ich inzwischen Haus, Hof und Land besitze und für mein Leben sorgen kann, ist es der natürliche Lauf der Dinge, dass ich mich um Nachkommenschaft bemühe. Zu diesem Behufe bin ich auf der Suche nach einer Frau. Herr von Berlitz hat mir Ihre Situation geschildert. Ich weiß, dass Sie mich seinerzeit verschmäht haben. Das trage ich Ihnen nicht nach. Aber Ihre Situation hat sich geändert. Und nun komme ich noch einmal in dieser Angelegenheit zu Ihnen. Ich bin bereit, den Bastard, den Sie unter dem Herzen tragen, als mein Kind anzuerkennen, wenn Sie mich heiraten. Wollen Sie meine Frau werden?"

KAPITEL 31

München, Sonntag, 16. März 1900

Isolde stieg aus der Kutsche. Ihr Fuß berührte den Boden, aber ihre Knie zitterten so sehr, dass sie beinahe gestürzt wäre. Der Onkel, der vor ihr ausgestiegen war und ihr die Hand entgegenstreckte, packte sie am Arm und verhinderte so Schlimmeres.

„Ganz ruhig", sagte er. „Ich weiß aus eigener Erfahrung, wie aufregend so eine Vernissage sein kann. Es wird alles gut."

Sie sah ihn an, schluckt und nickte. Es war nicht der richtige Zeitpunkt, um mit ihm über die Zweifel zu sprechen, die sie belagert hatten, seitdem sie Anitas Vorschlag zugestimmt hatte, der Ausstellung im Atelier *Elvira* ihren Segen zu geben. Immer wieder war sie kurz davor gewesen, ihre Einwilligung zurückzuziehen. Unterschiedliche Gründe hatten ihr diesen Schritt sinnvoll erscheinen lassen. Wäre Emily wirklich einverstanden gewesen? Waren die Fotografien gut genug? Bestand überhaupt ein Interesse an den Bildern einer unbekannten Fotografin, die ihr Atelier kurz nach dem Beginn ihrer Selbstständigkeit geschlossen hatte, um mit ihrer Freundin nach Italien zu fahren und sie dort zu begraben?

Sie ergriff den Arm, den der Onkel ihr reichte, atmete tief durch und trat ein. Im Empfangsraum des Ateliers *Elvira* blitzte und blinkte es. Der elektrische

Kronleuchter tauchte den Eingangsbereich in ein blendend helles Licht. Am Tresen waren Sektkelche aufgestellt, in denen die goldene Flüssigkeit moussierte. Dutzende Menschen standen in Grüppchen zusammen und unterhielten sich. Als Isolde den Raum betrat, verstummte das allgemeine Gespräch. Augenpaare wandten sich ihr zu, manche neugierig, manche interessiert, manche abschätzend. Sie fühlte sie, wie sich Stephan auf dem Weg zu seiner Steinigung gefühlt haben musste.

Sophia trat auf sie zu, strahlend, die Arme erhoben: „Da ist sie ja, unsere Künstlerin."

Sie umarmte Isolde und plötzlich brandete Applaus auf. Über Sophias Schulter hinweg sah sie Anita, die ergänzte: „Ich weiß, es klingt unbescheiden. Aber Frau Hartmann hat ihr Handwerk hier bei uns gelernt. Was sie allerdings daraus gemacht hat, ist ganz und allein ihrem Talent zuzuschreiben."

Sie klatschte. Isolde spürte, wie sich ihr Gesicht rötete. Menschen umringten sie, gratulierten ihr, sprachen ihr Komplimente aus. Jemand drückte ihr einen Sektkelch in die Hand und nachdem sie mit vier oder fünf Gästen, die sie nicht kannte, angestoßen hatte, war das Glas leer und Isoldes Kopf fühlte sich an, als ob heiße Luft hineingepumpt worden wäre.

Da spürte sie ein Ziehen an ihrem Ärmel. Es war Anita. Sie führte Isolde aus der Masse der Gratulanten heraus vor einen Bilderrahmen, der zentral an der dem Eingang genüberliegenden Wand des Empfangsraums hing. Er enthielt das Foto von Emily, das Profilporträt aus Venedig.

„Wir beginnen damit“, sagte sie. „Das letzte Bild oben auf der Treppe zeigt die kranke Emily.“

Isolde hatte nur Augen für das Grübchen auf der Wange ihrer toten Freundin.

„Was für ein schönes Bild“, hörte sie eine Stimme neben sich sagen. Anita trat einen Schritt zurück und knickste. Isolde runzelte die Stirn und sah zur Seite. Sie erkannte die Frau sofort. Einmal nur hatte sie bisher mit ihr gesprochen, aber dieses Gespräch hatte ihr weiteres Leben beeinflusst wie kaum ein anderes. Es war Prinzessin Therese von Bayern.

„Ihre Majestät“, sagte Isolde und knickste ebenfalls.

„Ich sehe, dass Sie sich meinen bescheidenen Rat zu Herzen genommen haben“, sagte die Prinzessin.

Isolde fuhr sich mit der Zungenspitze über die Unterlippe. „Sie erinnern sich noch daran?“

Therese lächelte. „Ich rühme mich eines ausgezeichneten Gedächtnisses. Ihre Fotografien sind exzellent. Sie schauen hinter die Dinge. Ich habe selten so stimmungsvolle Bilder gesehen, weder vom Gardasee noch von Venedig. Aber Ihr großes Talent liegt ganz eindeutig in der Porträtfotografie.“

„Danke“, sagte Isolde, der keine passendere Erwiderung einfiel.

„Sie haben ein eigenes Atelier?“

„Ja, aber zurzeit ist es geschlossen. Wegen eines Trauerfalls.“

Die Prinzessin legte den Kopf schief. „Die junge Frau stand Ihnen nahe?“

Isolde senkte den Kopf.

„Mein Beileid. Ich hoffe, Sie werden das Fotografieren nicht ganz aufgeben.“

„Ich weiß es nicht", gab Isolde zu.

„Ich werde mich an Sie wenden, wenn ich Ihrer Dienste bedarf."

Therese nickte ihr zu und ging davon. Isolde atmete tief durch. Der Onkel trat zu ihr.

„Bist du immer noch überzeugt, dass das hier ein Misserfolg wird?", fragte er schelmisch grinsend.

Sie stieg die Treppe hinauf, vorbei an Bildern von Karnevalsfiguren, Kirchen und dem See mit seinem Bergpanorama. Ganz oben wartete Emily auf sie. Lächelnd lag sie in ihrem Stuhl, warm eingewickelt, glücklich, voller Liebe. Isolde ging das Herz auf bei diesem Anblick.

„Ja", sagte sie. „Das hier gefällt dir."

Beinahe war es ihr, als ob ihre Freundin ihr zunickte. Es war gut. Sie fehlte. Und doch war sie bei ihr. Sie würde immer bei ihr sein.

„Guten Abend, Frau Hartmann", hört sie eine weitere bekannte Stimme sagen.

„Herr von Linden?", rief sie und wandte sich um. „Das ist ja eine angenehme Überraschung."

Der Forschungsreisende lächelte ihr zu. Er war braun gebrannt und ein wenig fülliger als bei ihrer letzten Begegnung. „Ich konnte mir Ihre Ausstellung nicht entgehen lassen. Ihr Talent ist wunderbar erblüht. Sie sind eine ausgezeichnete Fotografin."

„Danke", sagte sie und spürte, wie ihr die Röte ins Gesicht schoss. „Und verzeihen Sie mir, dass ich Sie damals am Bahnsteig habe stehen lassen."

Er winkte ab. „Da gibt es nichts zu verzeihen. Sie hatten Ihre Gründe."

Täuschte sie sich oder warf er einen kurzen Blick auf das Porträt von Emily?

„Was sind Ihre Pläne?", fragte er.

„Ich weiß es nicht. Wahrscheinlich sollte ich mein Atelier wieder öffnen. Aber danach ist mir nicht."

„Wonach wäre Ihnen denn?"

Sie zögerte kurz, dann sagte sie. „Meine Freundin hat mir ein Versprechen abgenommen, bevor sie starb. Ich solle endlich meinen Traum verwirklichen und reisen."

„Ihre Freundin scheint Sie sehr gut gekannt zu haben", sagte von Linden. „Und sie scheint sich um Sie gesorgt zu haben. Das ist schön."

„Vielleicht sollte ich ihrem Wunsch folgen. Alles stehen und liegen lassen und mit meiner Fotokamera auf die Weltreise gehen, die ich mir schon als kleines Mädchen ausgemalt habe."

„Was hindert Sie daran?", fragte von Linden.

Isolde zog die Nase kraus. Dann sagte sie: „Nichts. Nichts hindert mich."

***

Elsa betrat das Atelier *Elvira*, als die meisten Gäste schon aufgebrochen waren. Sie entdeckte Isolde, die umringt von ihren ehemaligen Chefinnen und überraschenderweise auch von Johann von Linden stand und – das war die größte Überraschung – lächelte. Sie nippte an einer Sektflöte und lauschte auf die Konversation, schien sich aber nicht daran zu beteiligen.

Als sie den Kopf hob, wurde sie Elsas gewahr, sagte etwas zu den anderen und kam auf sie zu.

„Schön, dass du gekommen bist", begrüßte Isolde sie. „Der Onkel wusste nicht, wo du warst. Er hat nur gesagt, dass du eine Nachricht bekommen hättest und dann ohne Angabe eines Ziels verschwunden seist."

„Darüber können wir auch noch später reden", sagte Elsa. „Magst du mir nicht deine Fotos zeigen?"

Isolde legte den Kopf schief. „Ist alles in Ordnung?"

„Das ist es schon lange nicht mehr", brummte Elsa, und als Isoldes Augenbrauen nach oben zuckten, fügte sie rasch hinzu. „Aber dazu später mehr."

Sie hakte sich bei Isolde unter und diese führte sie die Treppe in den ersten Stock hinauf. An der Wand hingen Fotos und bei jedem Bild blieben sie stehen und Isolde erklärte ihr, was sie sah, wann sie es fotografiert hatte und welche Bedeutung das Motiv für sie hatte. Als sie ganz oben angekommen waren, hielten sie vor dem letzten Porträt. Es zeigte Emily, die offenbar in dicke Decken gehüllt auf einer Art Liegestuhl auf einem Kiesstrand saß. Der Anblick ließ Elsas Mund austrocknen. Sie wischte sich eine Träne von der Wange. Sie griff nach Isoldes Hand und drückte sie fest.

Die beiden Schwestern sahen sich an. Auch Isoldes Augen glänzten.

„Keiner der Gäste konnte dieses Foto betrachten, ohne zu weinen", sagte sie.

Elsa nickte. „Es ist so traurig. Gleichzeitig, aber auch so schön. Es erinnert mich an diese Szene aus „Tristan und Isolde", den *Liebestod*."

Sie setzte zu singen an, zunächst leise, dann immer kräftiger:

Mild und leise wie er lächelt, wie das Auge hold er öffnet --- seht ihr's Freunde? Seht ihr's nicht? Immer lichter wie er leuchtet, sternumstrahlet hoch sich hebt? Seht ihr's nicht? Wie das Herz ihm mutig schwillt, voll und hehr im Busen ihm quillt? Wie den Lippen, wonnig mild, süsser Atem sanft entweht --- Freunde! Seht! Fühlt und seht ihr's nicht? Hör ich nur diese Weise, die so wundervoll und leise, Wonne klagend, alles sagend, mild versöhnend aus ihm tönend, in mich dringet, auf sich schwinget, hold erhallend um mich klinget? Heller schallend, mich umwallend, sind es Wellen sanfter Lüfte? Sind es Wogen wonniger Düfte? Wie sie schwellen, mich umrauschen, soll ich atmen, soll ich lauschen? Soll ich schlürfen, untertauchen? Süss in Düften mich verhauchen? In dem wogenden Schwall, in dem tönenden Schall, in des Welt-Atems wehendem All --- ertrinken, versinken --- unbewusst --- höchste Lust!

Als der letzte Ton verklang, war es zunächst still. Dann ertönte ein einzelnes Klatschen aus dem Erdgeschoss und schließlich brandete der Applaus der Anwesenden auf. Elsa schaute irritiert zu den Leuten hinab, die ihr zujubelten. In Isoldes Augen standen Tränen.

„Danke" flüsterte sie.

„Wofür?"

„Dafür, dass du Emily einen Abschied gegeben hast, der ihrer würdig war."

Die Schwestern umarmten sich.

Als sie sich schließlich voneinander lösten, sagte Elsa: „Du hast wenigstens Bilder von ihr. Ich habe nicht eine einzige Fotografie von Moritz."

„Vielleicht schenkt sein Vater dir eine?"

Elsa seufzte. „Den brauche ich um nichts mehr bitten."

„Warum? Hat er dein Anliegen abgewiesen?"

„Nein“, erwiderte Elsa und rollte dabei mit den Augen. „Ganz im Gegenteil. Er hat eine Lösung gefunden, die aus seiner Sicht wunderbar funktionieren wird.“

Isolde runzelte die Stirn. „Ich verstehe nicht …“

Elsa erzählte ihr von dem Paket, das sie empfangen, der Werkstatt, die sie geerbt und dem Heiratsantrag, den sie bekommen hatte.

„Wenn es nicht so traurig wäre, müsste man dem Alten von Berlitz für seinen Weitblick Respekt zollen. Die Werkstatt ist eine nicht zu unterschätzende Mitgift. Und wenn ich demnächst mit Müller in die Kolonien abreisen sollte und dort mein Kind gebäre, wird niemand mehr fragen, wer der Vater ist. Wir müssen nur die gesetzliche Frist von zehn Monaten nach Eugens Tod einhalten, in der mir die Wiederheirat verboten ist. Wenn wir den zuständigen Amtmann bestechen, können wir die Geburt meines Kindes später datieren, sodass es kein Bastard wird.“

„Du erwägst doch nicht ernsthaft, diesen Müller zu heiraten?“, fragte Isolde. Sie sah schockiert aus und Elsa konnte es ihr nicht verdenken.

„Welche Wahl habe ich denn?“, fragte sie.

„Du könntest auch ohne Heirat ins Ausland gehen und dein Kind dort diskret zur Welt bringen.“

„Ich habe nicht die Geldmittel dazu …“

„Die könnte ich dir geben.“

Elsa schüttelte vehement den Kopf. „Nein, das will ich nicht. Und selbst wenn ich mein Kind im Ausland gebären würde, müsste ich es doch abgeben. Eugen hat mir schon Hermann genommen. Ich lasse nicht zu, dass das noch einmal geschieht.“

Isolde schnaubte. „Aber du kannst doch nicht diesen Müller heiraten!", rief sie.

Die Gespräche unten im Erdgeschoss verstummten kurz und Elsa sah, dass sich die Blicke der Anwesenden auf sie richteten. Doch dann setzte das Getuschel wieder ein.

„Warum nicht?", fragte Elsa. Sie fühlte sich unendlich müde. „Er ist ein stocksteifer Preuße. Aber er ist ein Ehrenmann. Er ist bereit, Moritz' Kind mit aufzuziehen und als seines anzunehmen. Er hat mir vorgeschlagen, einen Ehevertrag zu schließen. Ich kann die Werkstatt behalten und wenn ich sie vermiete, habe ich ein eigenes Einkommen."

„Und das gesteht er dir alles zu, weil er so ein guter Mensch ist?"

Elsa schüttelte den Kopf. „Nein. Ich bin nicht so naiv, das zu glauben. Natürlich will er eine Gegenleistung. Ich soll ihm den Haushalt führen. Ich soll seinen Platz in der Gesellschaft der Usambara-Siedler verbessern. Und ja, ich soll ihm auch ein Eheweib sein und ihm Kinder gebären."

Isolde griff nach Elsas Händen. „Wenn du dich nur reden hören könntest", sagte sie. „Das bist doch nicht du. Was willst du in den Usambara-Bergen? Noch dazu mit einem solchen Mann?"

Elsa seufzte. „Mich hält nichts mehr in München. Mein Leben hier ist beendet. Diese Stadt hat nur Demütigungen und Trauer für mich bereitgehalten. Ich wollte mit Moritz anderswo neu beginnen, doch auch das war mir nicht vergönnt. Vielleicht ist das die Chance für einen Neuanfang. Vielleicht kann ich Müller eine gute Ehefrau sein. Das weiß ich nicht. Aber meinem Kind werde ich eine gute Mutter sein. Da bin ich mir sicher."

Isolde atmete tief durch. „Wenn du meinst. Es ist deine Entscheidung. Du weißt, dass ich immer zu dir stehe. In allem."

Elsa drückte Isoldes Hand. „Ja, das weiß ich. Und dafür bin ich dir dankbar."

Isolde lächelte. „Wo wir bei lebensverändernden Entscheidungen sind. Ich werde das Atelier aufgeben und mich auf eine Weltreise begeben."

Elsas Augen weiteten sich. Dann klatschte sie in die Hände und rief. „Na endlich, ich dachte schon, du würdest dein ganzes Leben nur davon reden. Aber eines musst du mir versprechen", sagte sie.

„Was denn?", fragte Isolde.

„Du musst mich in den Usambara-Bergen besuchen."

KAPITEL 32

München, Samstag, 5. April 1900

Isolde stand vor dem Haus des Onkels und sah die Fassade hoch. Der Putz war so weit abgebröckelt, dass nun mehr unverputzte Stellen sichtbar waren, als verputzte. Der Vorgarten war noch immer ein toter Raum, und das Gartentürchen hing schief in seinen Angeln und quietschte bei jedem Lufthauch leise vor sich hin.

Sie wusste, wie gemütlich es im Innern sein konnte, wenn die Küche und der Salon behaglich warm geheizt waren und Zenzi ihre Köstlichkeiten auftischte. Aber von außen war der Verfall nicht zu leugnen. Sie klopfte und trat in den Flur. Die Haushälterin steckte den Kopf aus der Küchentür und rief:

„Ah, Sie sind schon da. Der Apfelstrudel braucht noch eine Viertelstunde."

„Mach dir keine unnötige Eile", sagte Isolde und hängte ihren Mantel an den Haken im Flur. „Ist der Onkel im Atelier?"

„Nein, er ist im Salon und liest."

Isolde trat in den zentralen Raum des Erdgeschosses. Im Kamin prasselte ein Feuer. Anton Würth saß in seinem Sessel, eine Pfeife im Mundwinkel, aus der würzig-aromatischer Rauch aufstieg. Er hielt eine Zeitung in der Hand.

„Guten Morgen Onkel", sagte Isolde. „Was gibt es Neues?"

Er faltete das Blatt zusammen und sah sie lächelnd an. „Ach, es geht einmal mehr um die Aufrüstung der Flotte. Ich verstehe nicht, warum man so bemüht darum ist, mit den Engländern gleichzuziehen. Wir sind kein Volk von Seefahrern. Aber der Kaiser scheint uns zu einem machen zu wollen."

Isolde nickte. „Ja, ich fürchte, dass es doch irgendwann zum Krieg kommt. Ob mit England, Frankreich oder Russland, das kann ich nicht sagen. Aber ich bezweifle, dass uns da ein Flotte viel nützen wird."

„Nun, dann solltest du dich mit deiner Weltreise vielleicht beeilen", sagte der Onkel. Das Lächeln war von seinen Lippen verschwunden. „Nicht, dass du in Kriegswirren verloren gehst."

Isolde schüttelte den Kopf. „Nein, ich bin zuversichtlich, dass es die nächsten zwei Jahre friedlich bleiben wird."

„Zwei Jahre willst du wegbleiben?"

Isolde nickte. „Ja, ich will die Welt sehen. Da werden zwei Wochen nicht ausreichen."

„Wohin willst du reisen?"

„Für den ersten Teil werde ich mich Johann von Linden anschließen. Er bricht zu einer Expedition nach Indien auf und hat mir angeboten, ihn zu begleiten."

Der Onkel zog eine Augenbraue nach oben. „So ganz ohne Hintergedanken."

Isolde zuckte mit den Achseln. „Ich glaube, er hat inzwischen verstanden, dass er für mich nie mehr sein wird als ein Freund."

Sie dachte daran, wie sie mit ihm vor Emilys Porträt gestanden war und wie sein Blick Verständnis ausgedrückt hatte. Schmerz hatte darin gelegen. Aber auch viel Sympathie.

„Ich werde eine Weile für ihn fotografieren. Ausgrabungsstücke dokumentieren. Aber dann werde ich einmal quer durch Indien reisen, mich nach China und Japan begeben, den Pazifik überqueren und von Kalifornien nach Feuerland reisen, ehe ich nach Europa zurückkehre.“

„Wolltest du nicht Elsa in den Usambara-Bergen besuchen?“

Isolde nickte. „Sie hat mich gebeten, ihr ein wenig Zeit zum Eingewöhnen zu gönnen. Deshalb werde ich mich nach meiner Rückkehr mit ihr verständigen und dann eine weitere Reise unternehmen.“

„Das ist gut“, sagte der Onkel. „Ich mache mir Sorgen um deine Schwester.“

„Ich auch“, gab Isolde zu. „Sie hat das grauenvolle Talent, sich in die ausweglosesten Situationen zu begeben.“

„Und doch findet sie immer wieder einen Weg heraus.“

Isolde runzelte die Stirn. „Ich weiß nicht, ob eine Heirat mit diesem Müller ein Weg heraus oder ein Weg in einen weiteren Schlamassel ist.“

Der Onkel seufzte. „Ja, ich war damals so unendlich froh gewesen, als sie ihm einen Korb gegeben hatte. Der Mann vereint in sich alles, was mir das deutsche Wesen verleidet. Er ist pedantisch, engstirnig und von seinem Patriotismus eingenommen.“

Isolde nickte. „Er ist mir so unsympathisch, dass ich bei dem Gedanken an ihn schon eine Gänsehaut bekomme. Aber Elsa scheint in ihm auch andere

Qualitäten zu sehen. Er sei verlässlich, fleißig und vor allem will er ihr Kind anerkennen."

Der Onkel seufzte. „Ich hoffe und bete, dass das nicht nur hohle Worte sind, um Elsa zu einer Heirat zu überreden. Wenn sie erst einmal mit ihm auf seiner Farm in Afrika ist, wird sie ihm ausgeliefert sein. Hoffentlich zeigt er dann nicht das wahre Gesicht hinter der korrekten Maske."

„Immerhin hat Elsa mit der Werkstatt ein Stück Eigenständigkeit bewahrt."

Der Onkel nickte. „Ja, ich habe dafür gesorgt, dass der Herr Notar Wesendonk, einer meiner ältesten und treuesten Kunden, einen wasserdichten Ehevertrag aufsetzt. Was auch immer geschieht, die Werkstatt deines Großvaters wird in Elsas Besitz und nach ihr in dem ihres Kindes bleiben, ohne, dass Müller darauf zugreifen können wird."

„Ich finde den Gedanken schön, dass die Räumlichkeiten wieder in die Familie zurückgekehrt sind. Vaters Ansatz, die Firma zu vergrößern und Sättel in industriellem Rahmen herzustellen, war sicher grundsätzlich richtig. Aber das, was unsere Familie seit Generationen ausgemacht hat – Handwerkskunst, Einzelstücke – das findet sich doch am besten in der Werkstatt wieder."

Der Onkel lächelte. „Es sollte mich nicht wundern, wenn Elsa vielleicht eines Tages zurückkehren würde, um die Werkstatt selbst zu führen. Das Talent dazu hätte sie."

Isolde nickte. „Hast du den Sattel gesehen, den sie zusammen mit Moritz von Berlitz gebaut hat? Er steht denen in nichts nach, die mein Großvater für den verstorbenen König angefertigt hat."

„Schade, dass ihn der Prinzregent nie zu Gesicht bekommen wird“, sagte der Onkel. „Die Etikette untersagt es ihm, ein Geschenk von einer gefallenen Frau anzunehmen.“

„Ich glaube kaum, dass ihre Majestät an den vielen Verzierungen Gefallen gefunden hätte. Er mag es doch eher schlicht.“

Der Onkel lachte. Isolde merkte, wie ihre Mundwinkel leicht nach oben zuckten.

„Wie geht es dir?“, fragte er unvermittelt.

Isolde seufzte. „Es gibt bessere und schlechtere Tage. Aber es ist gut, dass ich München bald hinter mir lasse. Manche Wunden heilen rascher in der Ferne. Wenn sie denn je heilen.“

„Ich wünsche es dir von Herzen“, sagte der Onkel.

Die Tür öffnete sich und Zenzi steckte den Kopf herein.

„Der Apfelstrudel wäre fertig.“

***

Elsa arbeitete in der Werkstatt. Sie polierte den Sattel, der inzwischen fertiggestellt war. Neben ihr stand eine geöffnete Kiste auf dem Boden, in der das Werkstück verstaut werden würde. Sie hatte durchgesetzt, dass es mit ihr nach Afrika ging. Sie wusste allerdings nicht, was sie dort mit ihm anfangen sollte. Müller würde sie ihn sicher nicht schenken. Ob sie ihn selbst reiten sollte? Was sie wusste, war, dass sie ihn nicht zurücklassen wollte, denn er war ihre einzige Erinnerung an Moritz. Wenn man einmal von dem Kind absah, das in ihrem Leib heranwuchs.

Es klopfte an der Tür. Das mussten die Arbeiter sein, die den Sattel abholten. Sie wandte sich um und erstarrte, als sie Alfred von Berlitz eintreten sah. Der Vater ihres Geliebten nickte ihr kaum merklich zu. Sie erwiderte seinen vorsichtigen Gruß. Einige Momente sahen sie sich nur an. Einmal mehr fiel ihr auf, wie sehr der Gram über den Tod seines einzigen Sohnes sich in die Züge des Unternehmers eingegraben hatte. Er war hager, grau und wirkte um Jahre gealtert.

„Ich wollte Ihnen eine gute Reise wünschen", sagte er.

„Danke", sagte Elsa. Sie deutete auf den Sattel.

„Wollen Sie sich Moritz' Meisterstück noch einmal anschauen, bevor es verpackt wird?"

Er schüttelte den Kopf. „Ich habe ihn schon bewundert. Es ist eine großartige Arbeit."

Elsa nickte. „Ja, das ist sie."

Sie schwiegen. Schließlich sagte von Berlitz: „Ich habe Ihnen noch eine kleine Überraschung mitgebracht."

Elsa runzelte die Stirn. „Eine Überraschung?"

Sie war verblüfft. Bislang war von Berlitz ihr gegenüber schroff aufgetreten. In jedem seiner Worte, vor allem aber in seinen Gesten, seiner Mimik und seiner Haltung hatte sie den Vorwurf gespürt, dass sie für den Tod seines Sohnes verantwortlich war. Freundlichkeit hatte sie nicht von ihm erfahren.

Von Berlitz nickte. Er öffnete die Tür und trat beiseite. Elsa sah erwartungsvoll hin. Doch ihr Blick ging zu hoch, denn was da durch die Tür kam, war nur einen knappen Meter groß. Ein blonder Junge stürmte auf sie zu.

„Hermann!", rief sie und breitete sie Arme aus.

„Mama!“, rief ihr Sohn und stürzte sich hinein. Sie drückte den kleinen Körper an sich, spürte seine Wärme, nahm seinen Geruch nach Milch und Honig in sich auf. Über seine Schulter sah sie, dass Eulalie im Türrahmen stand. Das Kindermädchen sah schüchtern zu Boden. Hermann löste sich von ihr und begann, ihr voll Begeisterung von dem Spielzimmer zu erzählen, dass sein Großvater für ihn in seiner Wohnung eingerichtet hatte. Es brach Elsa fast das Herz, ihren Sohn mit leuchtenden Augen von seinem Schaukelpferd und den vielen Zinnsoldaten berichten zu hören, die Woldemar von und zu Horn nach wie vor bei jedem seiner Besuche erweiterte.

Was ihr jedoch am meisten wehtat, war die Tatsache, dass ihr Sohn sie nicht fragte, wann sie zu ihm zurückkomme. Offenbar hatte sein Großvater ganze Arbeit geleistet. Schließlich räusperte Eulalie sich und trat einen Schritt vor. Elsa verstand sofort.

Sie drückte Hermann noch einmal an sich, dann sah sie ihm in die Augen.

„Ich hab dich lieb, mein Kleiner“, sagte sie. „Pass auf dich auf. Und denk an deine Mama.“

Er warf sich in ihre Arme. „Ich hab dich auch lieb, Mama“, sagte er. Sie umarmte ihn, dann löste sie sich von ihm, nahm seine Hand und gab sie an das Kindermädchen weiter. Sie nickte Eulalie zu und diese ging mit Hermann nach draußen. Als die Tür sich hinter den beiden schloss, begannen die Tränen zu fließen. Es scherte sie nicht, dass von Berlitz sie beobachtete. Dass er dann aber auf sie zutrat und ihr ein Taschentuch reichte, schockierte sie beinahe.

„Sie haben auch einen Sohn verloren“, sagte er leise. „Ich weiß, wie Sie sich fühlen.“

Sie schnäuzte sich, und als sie den Stoff zusammenlegte, sah sie, dass es die Initialen MB trug.

„Behalten Sie es“, sagte von Berlitz. „Ich weiß, dass Sie es in Ehren halten werden. Mein Sohn war glücklich mit Ihnen. Ich hätte ihm gewünscht, dass ihm eine längere Zeit dieses Glücks vergönnt gewesen wäre. Aber es sollte nicht so sein.“

Er holte etwas aus seiner Tasche, das sich als ein an einer Kette baumelnder Anhänger entpuppte. Sie nahm ihn in die Hand und sah, dass es ein Medaillon war, das einen Öffnungsmechanismus hatte. Sie schob den Deckel beiseite und hielt den Atem an. Das Schmuckstück enthielt ein Foto von Moritz. Es musste schon ein bisschen älter sein, denn er sah jünger aus, als sie ihn in Erinnerung hatte. Aber das schelmische Lachen, das sie so an ihm geliebt hatte, umspielte seine Lippen und zauberte ihm Fältchen um die Augen. Ihr Blick verschwamm in Tränen. Sie klappte das Medaillon zu und drückte es an ihr Herz.

„Passen Sie gut auf sich auf“, sagte von Berlitz. „Und auf Ihr Kind. Sie sind alles an Familie, was mir geblieben ist.“

Er wandte sich um und ging zur Tür. Ehe er hinaustrat, drehte er sich noch einmal zu ihr um. „Und wenn Sie etwas brauchen, wenden Sie sich an mich.“

KAPITEL 33

München, Samstag, 12. April 1900

Isolde trat auf den Bahnsteig. Der Zug war bereits eingefahren. Überall wuselten Menschen umher, Passagiere, Gepäckträger, Schaffner. Eine Dampfwolke hüllte die Waggons ein. Offenbar hatte man schon damit begonnen, die Lokomotive anzuheizen. Dann sah sie Johann von Linden und das Gefühl eines Déjà-vus überkam sie.

Er überwachte das Beladen eines Güterwaggons und hakte etwas auf einer Liste ab. Als er den Kopf hob, traf sein Blick auf Isolde. Er lächelte ihr zu, aber sie spürte, dass eine Unsicherheit darin lag. Von Linden reichte die Papiere an einen jungen Mann weiter und trat auf sie zu.

„Guten Morgen", sagte er. „Ich hoffe, Sie kommen nicht, um mir abzusagen?"

Sie schüttelte den Kopf und deutete auf den Gepäckträger, der ihre Habseligkeiten auf einem Rollwagen hinter ihr herschob.

„Nein, dieses Mal komme ich mit. Es gibt nichts mehr, das mich in München zurückhält."

Sie hielt inne und korrigierte sich. „Doch, es gibt etwas. Mein Onkel und seine Haushälterin. Aber die beiden kommen gut zusammen zurecht. Die kann ich eine Weile alleine lassen."

Er lächelte ihr zu. „Und Ihre Schwester?"

Isolde schüttelte den Kopf, konnte aber nicht verhindern, dass sich dabei ihre Stirn in Falten legte.

„Ich hoffe, dass ihr Weg glücklicher und weniger verschlungen sein wird als bisher. Sie reist kommende Woche nach Deutsch-Ostafrika ab. Ihr zukünftiger Mann führt eine Plantage in den Usambara Bergen.“

„Ein schönes Fleckchen Erde“, sagte von Linden. „Aber es wird noch viele Jahre dauern, bis die Landwirtschaft dort wirklich profitabel ist. Weiß sie, worauf sie sich einlässt?“

„Ich hoffe es“, sagte Isolde.

„Dann wollen wir einmal Ihre Habseligkeiten einladen“, sagte von Linden und gab dem jungen Mann mit der Liste ein Zeichen, der daraufhin auf den Gepäckträger zuging und ihm zeigte, wo er die Gepäckstücke verstauen sollte.

Isolde wollte gerade in den Zug einsteigen, als sie eine Stimme ihren Namen rufen hörte. Sie wandte sich um. Aus dem Dampf, den die Lokomotive ausstieß, schälte sich die Gestalt ihrer Schwester heraus. Elsa trug ein blaues Kleid und einen dazu passenden grauen Mantel. An ihrer Brust baumelte ein Amulett, das sie bisher noch nicht an ihr gesehen hatte.

„Ich wollte dir Lebewohl sagen“, sagte Elsa.

Die beiden Schwestern sahen sich an. Dann breitete Isolde die Arme aus und Elsa stürzte sich hinein. Sie schluchzte und Isolde spürte etwas Nasses an ihrer Wange. Sie streichelte Elsa über den Kopf und merkte, dass auch ihre Augenwinkel feucht wurden.

Als sie sich wieder voneinander lösten, sagte Elsa: „Pass bitte gut auf dich auf. Ich will nicht noch einen Menschen verlieren, der mir wichtig ist.“

„Genau das wollte ich dir auch sagen. Ich hoffe, dass du in Afrika dein Glück findest.“

Auf Elsas Gesicht erschien ein schmales Lächeln. „Ich trage mein Glück in mir“, sagte sie und legte eine Hand auf ihren Bauch. Die andere nestelte an dem Amulett herum. „Aber ich kann nicht verhehlen, dass ich Angst habe. Afrika ist so weit weg. Ich kenne niemanden dort. Und alle Menschen, die ich liebe, befinden sich in ganz anderen Winkeln der Erde.“

„Und doch bin ich immer bei dir, Elsa“, sagte Isolde. Sie schlossen sich noch einmal in die Arme. Der Zug stieß einen Pfiff aus.

„Ich glaube, du musst aufbrechen“, sagte Elsa.

Isolde nickte. „Ja, das muss ich. Aber wir werden uns wiedersehen, Elsa. Das verspreche ich dir.“

- ENDE DES ZWEITEN TEILS -